Das Cover-Foto wurde mir

von meiner lieben Freundin

Brunhilde zur Verfügung

gestellt. Vielen Dank dafür.

Für Luna

„Alle Dinge sind möglich dem,

der da glaubt."

(Markus 9,23)

Der Herr ist mein Hirte; mir wird nichts mangeln. Er weidet mich auf grünen Auen und führt mich zu stillen Wassern. Er erquicket meine Seele; er führt mich auf rechter Straße um seines Namens willen. Und wenn ich auch wanderte durchs Tal des Todes-Schattens, so fürchte ich kein Unglück, denn du bist bei mir; dein Stecken und dein Stab, die trösten mich.

(Psalm 23)

Geh' mit Gott und mit Liebe

und allen

Risiken und Nebenwirkungen

Bevor er das unscheinbare Gebäude verließ, schaute er noch einmal nach rechts und links, um sich zu vergewissern, ob ihm nicht jemand aus dem Kollegium oder einer seiner Studenten über den Weg lief. Der wiederkehrende Besuch der Wohnung im 3. Stock sollte nicht als Gerücht in der Uni dazu dienen, ihm, dem Professor für Moraltheologie und Ethik Christian M. Köller, etwas Negatives anzuheften. Er, der das moralisch Gute zu leeren hatte, suchte eine junge Frau auf, viel jünger als er selbst, um seinen gefälligst zu unterdrückenden sexuellen Gelüsten freien Lauf zu lassen und das Menschliche in sich zu fühlen.

Doch was war und ist jetzt für ihn das moralisch Gute? Viel zu oft setzte er sich mit all den Widersprüchen und Gegensätzen der ihm auferlegten religiösen Theorien auseinander. Schon während des Studiums war er derjenige, der viele Sachverhalte der moralischen Ethik hinterfragt und die Vorgaben Roms innerlich infrage gestellt hatte.

Ja, die junge Celine hatte ihn wieder glücklich gemacht. Im Moment der vollen Erfüllung war sie für ihn das seelisch Gute, das menschlich nicht beschmutzte Vollkommene. Das Reine, das Saubere, das seine Seele sanft benetzte und vor der Austrocknung bewahrte, das, was ihm ständig neuen Atem in seine ausgelaugten Lungen blies.

In diesem Augenblick entschied er für sich selbst, welche Moral für ihn die wohltuende Salbung beinhaltete. Niemand, auch nicht der Absolutismus der Kirche sollte sich in seine Gefühlswelt einmischen und ihm vorschreiben, was, und wie er zu fühlen hatte.

Er mochte diese zärtliche, zurückhaltende und stille Art der Frau, mit der sie ihm all seine geheimen Wünsche erfüllte. Christian M. Köller sah in ihrer Person nicht die Prostituierte, die die Beine breit machte, um Geld damit zu verdienen. Nein, sie war seine Herzenswärme, das heilende Seelenpflaster, Rosenöl, Süßstoff, Paradies aus Haut und Atem, blauer Himmel, Weinseligkeit und Medikament für ihn und seine leicht verwundbare Psyche.

Und einmal im Monat gönnte er sich diese Erfüllung. Wenn er die Stufen hinauf in ihre Wohnung nahm, räumte er alle Hemmnisse, die sich ihm aus irgendwelchen Moralvorstellungen in den Weg legen wollten, kurzerhand beiseite und machte sich frei von allen belastenden religiösen Kettenhemden. Dann entschied er sich kurzfristig für ein neues, nur 2-3 Stunden währendes Leben in einem anderen

Körper mit einem anderen Namen. Und er bereute nichts, nichts, was bereits hinter ihm lag und nichts, was ihm noch auf seinem Lebensweg mit dieser jungen Frau begegnen würde.

Christian M. Köller war ansonsten frei von Süchten und Trieben, wenn man seine Liebe für einen guten Rotwein, köstliches Essen und eine anspruchsvolle Klassische Musik, und sein geliebtes Schachspiel einmal ausklammerte.

Für eine Schachpartie kam sein Freund „Wolke" meistens am Wochenende zu ihm, und dann saßen sie bis spät in die Nacht vor dem Brett, redeten meistens über Frauen, die ja im Endeffekt nur Geld kosteten und meistens kein Glück brachten, was hauptsächlich Wolke's Meinung war.

Gebhard Wolkenstein, Oberschrauber des Stadtviertels für PKW und Oldtimer, der fast jede alte Karre wieder zu neuem Leben erwecken konnte. Man sagte ihm nach, er habe magische Kräfte, wie ein Arzt, der einen Patienten operierte und ihm somit das Leben rettete. In seiner etwas unsortierten Autowerkstatt, dem Operationssaal, konnte er diese Obsession perfekt ausleben. Die katastrophale Unordnung, in der er lebte, machte ihn schon wieder sympathisch.

Sie beide wuchsen im selben Ort auf, gingen gemeinsam in die Grundschule, erst danach trennten sich ihre Wege. Christian ging auf ein katholisches Internat für Jungen, Wolke begann nach dem Abitur ein Ingenieursstudium, das er nach kurzer Zeit jedoch abbrach, eine KFZ-Lehre absolvierte und später die Prüfung zum KFZ-Meister ablegte. Hier hatte er sich nebenbei auf die Restaurierung wertvoller Oldtimer spezialisiert und sich einen ausgesprochen guten Ruf in der Branche zugelegt. Sein anderes Hobby jedoch war der Schrebergarten, den er am Stadtrand in einer Laubenkolonie besaß. In seinem grünen Paradies widmete er sich voller Hingabe der Rosenzucht. Die weiblichen Namen der Gewächse stellte er sich als schöne Frauen vor, sie zu pflegen war Leidenschaft und Sucht zugleich. Männliche Bezeichnungen der Blumen ähnelten Königen und Prinzen, die weiblichen waren Prinzessinnen und edlen Damen, denen man Ehrfurcht und Respekt entgegenzubringen hatte.

Christian studierte damals in Marburg und Fulda Theologie und Ethik. Seine weiteren Qualifikationen bis zur Professur erlangte er im schweizerischen Fribourg. Er und Wolke blieben stets in Verbindung, ihre Freundschaft hielt die langen Pausen zwischen den Treffen problemlos aus.

„Wenn du schon kein Auto fährst, solltest du dir wenigstens ein gescheites Fahrrad zulegen", sagte Wolke, als er zum wiederholten Male Christians alten Drahtesel repariert hatte. „Mir reicht das alte Ding, ich liebe es. Für die Fahrt zur Uni und 3-mal die Woche zur Muckibude ist es allemal gut genug", widersprach Christian.

„Ich kenne da jemanden, der verkauft E-Bikes, ich werde mal nach einem geeigneten für den Herrn Professor schauen", schloss Wolke das Thema.

Der Besuch im Fitness-Studio war, außer ein paar Spaziergängen am Main, das einzige Ertüchtigungsprogramm, das sich Christian für seinen 42 Jahre alten Körper leistete. Er war kein Vereinsmensch, wo er in Gesellschaft seinen Body stählen konnte; ausufernder Sport war nichts für ihn. So, wie er seine Fitness zurzeit trainierte, war es ihm recht, mehr musste nicht sein.

An 2 Tagen in der Woche kam eine Zugehfrau zu ihm, um die Wohnung zu reinigen, seine Wäsche zu waschen und sein manchmal wohnliches Chaos zu beseitigen. Besonders nach den Wochenenden war diese Hilfe vonnöten. Herr Professor vergaß gerne mal die Spülmaschine in Betrieb zu setzen und getragene Kleidung in die Wäschebox zu legen.

Seine Wohnung lag unweit des Stadtparks und des Mainufers, an dessen Promenade er an lauen Sommerabenden gerne saß, die Natur genoss und die Menschen beobachtete. Nein, Einsamkeit kannte Christian nicht. Viel zu sehr bestimmte die Arbeit den Tag und die innere Auseinandersetzung mit seinem Chef da oben, den er so oft umzustimmen versuchte, ihm gerne und oftmals eine andere Fahrtrichtung innerhalb der kirchlichen Straßen empfahl.

Obwohl Christian fast anonym in dem Haus wohnte, fühlte er sich wohl in dieser weitläufigen Wohnanlage.

Zu den anderen Mietern gab es so gut wie keinen Kontakt. Doch jedes Mal, wenn er zum Hausflur hereinkam, seinen Briefkasten leerte und die Treppe zum 1. Stock nahm, fühlte er die Blicke von Frau Bauerfeind durch den Türspion gegen sein Gesicht fliegen, dann winkte Christian freundlich in Richtung ihrer Wohnungstür.

In den Pariser Wohnblöcken gab es die Concierge, die Hausmeisterin, die alles wusste, alles mitbekam und für Ordnung sorgte. Diese Rolle übernahm hier in diesem Haus Frau Bauerfeind, und zwar außerordentlich gewissenhaft. Deshalb nahm Christian entgegen seiner Natur hin und wieder den Lift.

Die jungen Leute, die seinen Studiengang Ethik und Moralwissenschaften belegt hatten, mochten „ihren" Professor. Sie liebten seine kritischen Sichtweisen gegenüber der Kirche, die er sich moderner, aufgeschlossener und nicht so penetrant frauenfeindlich wünschte. Man spürte, dass ihm die dogmatischen Vorgaben zuwider waren, ihm aber die Hände für eine andere, neuere Lehrmethoden gebunden hatten. Sich von dieser Fessel zu befreien, hieß seine Stellung zu gefährden und an den Pranger gestellt zu werden, so fügte sich Christian widerwillig, aber ständig kritisch.

„Das Fahrrad ist genau das richtige für dich", sagte Wolke, als er das E-Bike aus dem Transporter hob. „Komm, mach mal ne Probefahrt", forderte er Christian auf, der noch relativ staunend und argwöhnisch das neue Gefährt betrachtete.

Doch entgegen den ersten Zweifeln fuhr sich das Ding hervorragend. Völlig problemlos und wie ferngesteuert meisterte Christian die erste kurze Tour um die Häuserblocks.

„Gekauft", sagte er kurz und knapp. „Wusste ich doch", gab sich Wolke zufrieden, verschloss den Transporter und übergab seinem Freund die Papiere. Es war wie so oft, man musste den Herrn Professor zu seinem Glück zwingen, dachte Wolke und lächelte in sich hinein, als er den Weg zurück zu seiner Autowerkstatt nahm.

****

Sie waren perfekt instruiert, hatten wochenlang die oft wechselnden Wege und Fahrtrouten des Werttransportes ausgekundschaftet. Alle Vorbereitungen waren getroffen. Nun sollte das Vorhaben in die Tat umgesetzt werden. Für die Flucht hatten sie sich 2 Fahrzeuge besorgt und in dem alten Lagerhaus am Hafen zwischengelagert und teilweise farblich umgearbeitet. Das eine wurde in der Nähe auf dem Parkplatz eines kleinen Waldstückes abgestellt. Hier wollte man nach gelungenem Coup umsteigen. Die Fracht sollte in 3 handelsüblichen Sporttaschen transportiert und am nächsten Tag dem Auftraggeber übergeben werden.

Die Fluchtrouten waren exakt berechnet und alle etwaigen Hindernisse in den Abläufen berücksichtigt worden. Alles Weitere wollte man vor Ort kurzfristig und lageangepasst entscheiden.

Der Plan ging auf. Es war geschafft. Über die Autobahn gelangten sie an den Stadtrand, wo auf dem Parkplatz an dem kleinen Wäldchen ihr Fluchtfahrzeug wartete. Der Chef wippte vor Freude auf dem Beifahrersitz umher und drehte die Musik lauter.

Der Wagen fuhr im hohen Tempo über den schmalen Wirtschaftsweg, um hinter der letzten Buschreihe abzubiegen.

"Pass auf, der Radfahrer", schrie jemand von der Rückbank. Zu spät, der SUV erwischte den Mann seitwärts und schleuderte ihn im hohen Bogen auf einen Steinhaufen, der am Feldrand aufgeschichtet war.

Das Fahrzeug kam von der Straße ab, prallte gegen einen Wasserdurchlass und blieb auf dem Dach liegen. Die Männer konnten sich so gut wie unverletzt aus den Gurten befreien, krochen aus dem Wrack, schnappten sich ihre auf dem Feld verteilten Taschen und rannten in Richtung des kleinen Waldes, um mit dem Fluchtauto in Höchstgeschwindigkeit die Gegend zu verlassen. Niemand von ihnen kümmerte sich um den verletzten Radfahrer.

Der Bauer hörte nur ein scharfes Quietschen der Reifen und den Knall des Aufpralls auf den Wasserdurchlass. Er brach die Reparatur ab, kroch unter seinem Mähdrescher hervor und rannte in Richtung Unfallstelle, wo er ein leeres Autowrack und den bewusstlosen Christian M. Köller auf dem Steinhaufen liegend vorfand.

Auch die Hundehalterin, die gerade ihren Cocker-Spaniel anleinte, drehte sich in Richtung Unfallstelle und beobachtete die hektischen Tätigkeiten der Fahrzeugbesatzung.

Die vom Landwirt herbei gerufenen Sanitäter begannen mit der Erstversorgung und betteten den Verletzten anschließend behutsam und mit äußerster Vorsicht in die Spezialtrage, um ihn damit in das Innere des Rettungswagens zu bugsieren. Bevor sie abfuhren, legte der Bauer noch die Sporttasche des Mannes in das Fahrzeug und beantwortete danach die Fragen der den Unfall aufnehmenden Polizeibeamten.

Frau Tamme beruhigte ihren Hund und gab ebenfalls ihre Beobachtungen zu Protokoll. Sie schilderte insbesondere die Tatsache, dass die in schwarz gekleideten Personen, ja alles Männer mutmaßte sie, sich absolut nicht um den verletzten Radfahrer gekümmert hatten.

Die Spurenlagen in und am Fluchtfahrzeug wurden vor Ort gesichert und das Wrack anschließend zur weiteren Untersuchung ins Polizeipräsidium transportiert.

Die Polizei hatte über die Personalien den Wohnort des Verletzten ermitteln können. Eine Frau Bauerfeind im Erdgeschoss des Hauses gab den Beamten den Hinweis, dass der Herr Professor alleinstehend war niemand hatte, außer diesen komischen Automechaniker Gebhard Wolkenstein, der seinen Transporter ständig in der Feuerwehreinfahrt abzustellen pflegte. „Wenn da mal was passiert", legte die alte Dame nach und riet den Beamten den notorischen Falschparker endlich einmal zu überprüfen. Anschließend zeigte sie ihnen die Handyfotos vom Transporter, auf denen man deutlich Namen und Adresse der Autowerkstatt lesen konnte. Sie verabschiedete stolz die Polizisten. Hatte sie doch mit den „Beweisfotos" vom falsch parkenden Schrauber Wolkenstein sicher einen gehörigen Beitrag zur Lösung eines Falles beigetragen.

Der diensthabende Arzt klärte Wolke über den Zustand seines Freundes auf. Er wollte nicht glauben, was er zu hören bekam. Momentan ginge man davon aus, dass Christian außer eines Wirbelbruchs auch eine schwere Rückenmarksprellung erlitten hatte. Ferner lag eine erhebliche Kopfverletzung vor. Auf die einzelnen kleinen, noch zu diagnostizierenden Brüche und Verstauchungen wollte der Mediziner nicht eingehen. Die ausführlichen MRT-Untersuchen würden noch am Abend vorgenommen und frühestens am nächsten Mittag wolle man eine Prognose abgeben.

Wolke deponierte die Sporttasche seines Freundes im Lager seiner Werkstatt. Anschließend fuhr er in dessen Wohnung, zu der er einen Schlüssel besaß, sah nach dem Rechten und packte ein paar Sachen für die Klinik, obwohl schon jetzt feststand, dass Christian in den nächsten Wochen keines dieser Dinge benötigen würde.

Zwei Tage später wurde ein ärztliches Bulletin erstellt, das Wolke ein klein wenig leichter durchatmen ließ. Man hatte Christian nunmehr erfolgreich operiert. Der Wirbelbruch erwies sich weniger besorgniserregender als vorher angenommen. Lediglich die massive Rückenmarksprellung und die Kopfverletzung gaben noch Grund zur Sorge. Mit einer zeitlich begrenzten Lähmung wichtiger Nervenstränge der unteren Körperhälfte würde man wohl rechnen müssen.

Die Unfall-Fahndungsgruppe hatte ihre Untersuchungen am E-Bike des Verletzten abgeschlossen und gaben Wolke Bescheid, dass es zur Abholung bereitstand. Über den Stand der Ermittlungen konnte man ihm keine Auskunft geben.

Das völlig verbogene Fahrrad fand in Wolke's Werkstatt, hinten im Ersatzteillager Platz. Am Zustand des Gefährts konnte man erkennen, mit welcher Wucht der Freund zu Fall gebracht wurde.

******

Die junge Ärztin beugte sich über den Patienten, der versuchte, die zuckenden Augen zu öffnen. Er hörte aus weiter Ferne Namen rufen. War seiner dabei? Die Töne wollten jedoch nicht in sein Ohr gelangen, sie waberten vorbei, wie wenn ein seichter Windhauch sein Gesicht streichelte. Das Offenhalten der Augen gelang ihm nicht. Eine unsichtbare Hand strich ständig die Lider nach unten, als wollten sie ihm böse Anblicke ersparen.

Christian genoss die Tour mit seinem neuen E-Bike. Er war froh, auf seinen Freund Wolke gehört zu haben. Er verließ den Main-Radweg und nahm den asphaltierten Wirtschaftsweg, der zu dem kleinen Wäldchen führte, bog später rechts ab und fuhr Richtung Stadt.

Er sah von links den dunklen SUV kommen und vor der Kreuzung anhalten. Die Beifahrertür öffnete sich und ein sportlich gekleideter Mann stieg aus und ging ihm entgegen. Dieser Mann hatte dieselbe Kappe auf, die auch Christian trug. Beim Näherkommen erkannte Christian sich selbst.

Christian fuhr auf seinem Rad weiter und verspürte einen heftigen Schlag in die Seite, der ihn vom E-Bike hob, durch die Luft schleuderte und ihn auf einem Steinhaufen landen ließ.

Er sah mit geschlossenen Augen wieder und wieder diesen SUV von links kommen und anhalten. Als sich die Beifahrertür öffnete und dieser Mann ausstieg, verschwand das Bild wieder aus seinem Blickfeld und eine tiefschwarze Dunkelheit legte sich wie ein Tuch auf sein Antlitz.

War es Tag, oder hatte sich erneut diese schwarze Nacht um ihn herum breit gemacht? War es die Nacht aus seiner Kindheit, wenn der Vater noch mal in sein Zimmer kam, um dem Sohn -gute Nacht- zu sagen, dem Kind, dem in der anschließenden Dunkelheit wieder diese höllische Angst befiel? War sein Ende gekommen? Willig fügte er sich in sein Schicksal. Ihm kamen diese alten Zeilen eines unbekannten Dichters in den Sinn, die Johann Sebastian Bach seinerzeit vertonte:

Bist du bei mir,

geh' ich mit Freuden

zum Sterben und zu meiner Ruh'.

Ach, wie vergnügt wär' so mein Ende,

es drückten deine lieben Hände

mir die getreuen Augen zu.

Christian spürte den dezenten Lichtschein einer Taschenlampe, der seine Augen zittern ließ. War es das Zimmer in dem Internat, das er sich mit Sebastian teilte? War es dieser Lichtschein, der ihn stets nur kurz traf, wenn der Lateinlehrer Ferdinand Herschbach seinen

Freund Sebastian zum „Gespräch" abholte, und dieser danach völlig verstört und weinend unter der Bettdecke verschwand?

Nein, ein lächelndes Frauengesicht war über ihm, es schien groß und rund zu sein, der leuchtend rot umrandete Mund, aus dem schneeweiße Zähne strahlten, bewegte sich und mit einiger Verzögerung erreichten ihn die Töne der gesprochenen Worte.

Ja, ich lebe, signalisierte ihm sein Gehirn. Ja, die Frau über ihm war Realität.

Jetzt blieben die Augen offen. „Wo bin ich?" fragte sein Orientierungssinn und versuchte Zusammenhänge zu irgendwelchen erlebten Geschehnissen herzustellen, doch vergebens; er konnte seinen momentanen Standort nicht bestimmen.

In verschwommener Silhouette erkannte er den Mann in Schwarz aus dem SUV. Er stand am Bett neben der weiß gekleideten Frau mit den auffallend roten Lippen. Die Arme hatte er selbstbewusst vor der Brust verschränkt,….auf irgendetwas wartend. Als wolle er das Tun der Frau kontrollieren, so ausführlich beobachtete er ihre Handgriffe.

Was für ein wohltuendes Gefühl breitete sich in dem Patienten aus, als eine zarte Frauenhand das feuchte Tuch über das unruhig fragende Gesicht strich. Bitte mehr davon, wollte er sagen, doch seine Lippen versagten, konnten die erdachten Worte nicht sprechen. Aber scheinbar erfüllten die Augen diese Aufgabe, denn erneut spürten seine glühenden Wangen diese erfrischend feuchte Kühle.

„Nachher kommt der Arzt und erklärt Ihnen alles", hörte er an sein Ohr hämmern. Arzt, warum Arzt? Wo zum Teufel bin ich? dachte er und versuchte den Kopf anzuheben, was ihm jedoch nicht gelang. Ich bin festgeschnallt, schoss es ihm durchs Hirn, das nun eigene Nachforschungen anzustellen begann.

Der Mann aus dem SUV stand nunmehr am Kopfende des Bettes und legte seine kalte Hand auf die heiße Stirn und sagte: „Ich komme bald wieder, es gibt viel zu reden". Christian versuchte die Wahrheit zwischen Realität und Einbildung zu erkennen, versank jedoch wieder in eine halbwache Ohnmacht.

Er sah sich am Fenster sitzen, die Beine übereinandergeschlagen. *„Nun da staunst du", sprach der ihn an," Ich bin, ja, wie soll ich mich dir* *vorstellen? Ich bin, sagen wir mal, ich bin das M aus deinem 2. Vornamen, also nenne mich bitte EM"*, schlug der Mann vor. Christian versuchte einen Ton herauszubringen, was ihm jedoch nicht gelang. Zwischen seinen geöffneten Lippen entwichen lediglich heftig zischende Atemgeräusche.

"Wir sehen uns bald wieder, alles wird gut, irgendwann", sagte EM und seine Gestalt verlor sich im Krankenzimmer.

******

"Wir gehen jeder Spur nach", sagte Hauptkommissar Löw vom Dezernat Gewaltverbrechen auf die Frage des Automechaniker Wolkenstein, was er denn mit dem Überfall auf den Werttransport zu tun haben sollte. "Einzig und allein ist es mein Freund, der geschädigt und schwer verletzt wurde, als die Bande ihn auf der Flucht angefahren hatten", gab Gebhard Wolkenstein dem Beamten zu verstehen.

"Ja, ich weiß, wir waren auch schon bei ihm in der Klinik, doch er ist noch nicht vernehmungsfähig. In den nächsten Tagen werden wir uns wieder melden, es sind noch einige Fakten ungeklärt, bei deren Aufklärung ihr Freund sicher helfen kann. Wiedersehen", war die kurze und knappe Verabschiedung des Polizisten, bevor er den kalten Zigarillo angewidert aus dem Mundwinkel entfernte und in den Mülleimer warf.

Wolke saß in seiner über der Werkstatt liegenden Wohnung und überdachte die ganze Angelegenheit. Er versuchte die Brisanz zu erkennen, die die Beamten bewogen, im Umfeld Professors Köller gezielt zu ermitteln.

"Na klar, seine Tasche", schrie Wolke in sich hinein und ging hinunter in die Werkstatt, um den Inhalt der Sporttasche seines Freundes zu untersuchen.

Sieben dickbäuchige Briefumschläge entnahm Wolke und staunte nicht schlecht, als er den Inhalt auf seinem Küchentisch ausbreitete. Investmentfonds, Aktienpapiere, Anleihen und Zertifikate waren ein großer Teil der Beute und anscheinend versehentlich in das Krankenfahrzeug gelangt. Andere Couverts enthielten Tabellen, Listen und sonstige undefinierbaren Unterlagen. 2 weitere waren mit Datenträger verschiedener Größen gefüllt.

Wolke dachte über die Zusammenhänge nach, und ihm wurde klar, dass hier Dinge vor ihm lagen, die für die Adressaten von unschätzbarer Wichtigkeit waren. Christians Sporttasche mit den durchschwitzten Sportsachen dürfte nunmehr bei den Räubern auf dem Beutetisch liegen. Könnte sie der Inhalt zu Christian führen? Wolke musste unbedingt mit seinem Freund sprechen, um hier eine klare Front erkennen zu können.

Nachdem man ihn informiert hatte, dass Professor Köller nunmehr aufgewacht und durchgehend stabil sei, meldete sich Wolke auf der Intensivstation an.

In einen grünen Schutzkittel gezwängt und mit einer Plastikhaube auf dem Kopf kam er sich ziemlich lächerlich vor. Eine junge Pflegeschwester führte ihn zum Bett seines Freundes. Dessen Körper war mit einer Reihe von Kontrollgeräten verbunden, die unaufhörlich irgendwelche akustische Signale von sich gaben. Schläuche und Kabel führten Flüssigkeiten und Daten zu und ab, Monitore zeigten Kurven und Werte und tönten akustische Messergebnisse in den Raum.

Ein dicker Kopfverband zierte das Haupt Christian Köllers, während das Gesicht relativ „normal" aussah. Seine Hände ruhten entspannt und friedlich auf der Bettdecke. Der Patient versuchte sein Gesicht in Richtung des Besuchers zu drehen, was die im Kopfteil des Krankenbettes eingearbeitete Fixierung jedoch verhinderte.

„Hallo Christian", sprach Wolke seinen Freund leise an.

„Du musst etwas lauter sprechen, ich höre noch etwas schlecht", nuschelte dieser und ließ den Besucher ziemlich erstaunen. „Ja, mir geht es schon viel besser. Anscheinend haben sie mich wieder gut zusammengeflickt, nur bewegen kann ich mich nicht", schickte er hinterher.

„Das wird sicher wieder werden", sagte der Arzt, der gerade das Krankenzimmer betrat. Er gab seinem Patienten im Beisein des Freundes einen Überblick der durchgeführten Eingriffe, konnte jedoch noch keinen ungefähren Heilungsverlauf diagnostizieren. Auch für das Abklingen der momentanen Lähmung der unteren Körperhälfte wollte er sich zeitlich nicht festlegen, stellte aber aus Erfahrungswerten eine positive Besserung in Aussicht.

Wolke war sich nicht sicher, die richtigen Worte zu finden, um seinem Freund Mut zu machen. Nur ein -Das hört sich doch gut an- konnte er als aufmunterndes Statement abgeben.

Christian versuchte es mit einem Lächeln zu quittieren, was ein Nicken, des in der Ecke sitzenden EM hervorrief. Dieser hatte es sich wortlos im Besucherstuhl am Fenster gemütlich gemacht.

„Die Polizei fahndet nach den Insassen des SUVs und sammelt alle relevanten Erkenntnisse zum Unfallhergang. Was befand sich eigentlich in deiner Sporttasche?", wollte Wolke wissen, ohne auf die Tasche aus der Werkstatt mit den Briefumschlägen und Datenträger einzugehen.

„Trinkflasche, durchgeschwitzte Trainingssachen, Handtuch und Sportschuhe, sonst nichts, warum?", konnte Christian genau beschreiben.

„Werde ich dir später erklären, ist jetzt nicht so wichtig. Komm erst mal wieder auf die Beine", sagte Wolke. „Ja, vor allem auf die Beine, ich lach mich kaputt", stöhnte Christian in einem Anflug von Ironie.

Die Freunde tauschten noch gegenseitige Floskeln aus und bevor sich Wolke verabschiedete, bat Christian ihn sein demoliertes Handy an sich zu nehmen.

„Ich werde es zu Cloudy bringen, sie wird's vielleicht richten können. Ansonsten wieder dasselbe in neu?", fragte Wolke, worauf Christian nur den Daumen hochreckte.

Um zu vermeiden, dass seine 2 Hilfsschrauber rein zufällig auf die Sporttasche im Werkstattlager stoßen würden, deponierte Wolke die Wertpapiere in dem Holztreppenkorpus der Stiege, die zum Dachboden seines Hauses führte. Den ebenfalls in dem Paket befindlichen Schriftverkehr bestehend aus Tabellen und sonstigen Unterlagen positionierte er zwischen den Aufzeichnungen und Rechnungen, die er als Unternehmer ein paar Jahre aus steuerlichen Gründen aufzubewahren hatte. CDs und die anderen Datenträger fanden in der Musikabteilung seines Wohnzimmers Platz.

Die leere Tasche nahm er mit in Christians Wohnung, als er nach dem Rechten sah und Blumen und Gewächse versorgte.

Es war ihm bewusst, dass irgendwann die Suche nach der Beute aufgenommen würde, sei es von den Tätern oder der Polizei. Ferner war davon auszugehen, dass sämtliche Unterlagen im Einzelnen versicherungsmäßig abdeckt waren, deshalb würden sicher auch Detektive hier ihre Ermittlungen bald aufnehmen.

******

„ER hat dich noch einmal davonkommen lassen", hörte Christian aus Richtung Fenster, wo EM sich wieder niedergelassen hatte. *„Grund genug dich sterben zu lassen hätte ER, wenn man deinen Lebenswandel betrachtet. So, wie du IHN verhöhnst und belügst kannst du froh sein, dass ER es dich nicht noch schlimmer hat spüren lassen"*, belehrte er Christian.

„Ich wusste bisher nicht, dass ER die Menschen je nach Verhaltensweisen aburteilt und hier die Maßstäbe fürs Sterben anlegt. Er könnte sich mit dem Antichristen absprechen, wer für oben oder für unten vorgesehen ist", antwortete Christian.

„Doch du bist in einer anderen, in höher verantwortlich gestellten Position. Du hast seine Lehren zu lehren und nicht ad absurdum zu führen, mit deinen ständigen Kritiken und Neuauslegungen", belehrte EM den Professor, der erfolglos versuchte, seinen Kopf in Richtung Fenster zu drehen.

Die Konversation verstummte, als der Chefarzt mit Gefolge das Krankenzimmer betrat. EM verfolgte mit Interesse die Aussagen der Ärzte, nachdem sie ihren Patienten begrüßt hatten.

„Wir werden heute die Fixierung der Halswirbelsäule lösen und die Wundversorgungseinrichtungen entfernen, damit die Therapeuten mit einer leichten und vorsichtigen Mobilisierung beginnen können. Die ersten Übungen werden noch im Krankenbett vorgenommen", sagte der Chefarzt und klopfte Cristian aufmunternd auf die Beine.

Die Handgriffe des medizinischen Personals wurden akribisch von EM beobachtet. Als würde er eine praktische Prüfung abnehmen, nickte er zu den einzelnen Arbeitsschritten. Christian nahm es wortlos hin und beantwortet lediglich die Fragen der Schwestern nach Schmerzaufkommen und Beschwerden.

Nachdem der Patient von allen Schläuchen und Fixierungen befreit war, nahm abschließend eine Lehrschwester noch eine Körperwaschung vor, was Christian außerordentlich guttat. Danach fühlte er sich wie neu geboren.

Nach weiteren 3 Tagen besuchte Wolke seinen Freund und brachte ihm das neue Smartphone und diverse Trainingsbekleidung und frische Wäsche. Er fand Christian wie aus dem Ei gepellt vor. „Du siehst gut aus. Man könnte meinen, du hättest gerade ein Hotelzimmer für einen Urlaub bezogen", lobte er seinen Freund.

Christian dämpfte die Euphorie und wies daraufhin, dass er seinen Unterkörper kaum spürte. „Das wird schon werden", munterte Wolke ihn auf.

Sein Freund berichtete nun von der Sporttasche mit dem fremden Inhalt. „Man hat dir versehentlich einen Teil der Beute in den Rettungswagen geschoben. Es ist damit zu rechnen, dass versucht wird, das Ganze ausfindig zu machen. Es handelt sich hier schließlich um einen immensen Wert in Papierform und für einige Besitzer um die Sicherung geschäftlicher Geheimnisse", erklärte Wolke.

„Wir müssen es der Polizei übergeben", legte sich Christian fest.

„Warten wir es erst einmal ab. Die Papiere sind wahrscheinlich hoch versichert. Ich habe sie gut deponiert. Wir könnten sie der Versicherung verkaufen, so hättest du wenigstens eine kleine Entschädigung für dein ertragenes Leid", schlug Wolke vor.

Bevor Christian sich dazu äußern konnte, mischte sich der immer noch am Fenster sitzende EM ein. *"Na bitte, jetzt wirst du auch noch kriminell. Muss ich mich denn um alles kümmern? Sag deinem Freund, er soll die Unterlagen gefälligst der Polizei übergeben. Ihr hättet sie erst jetzt entdeckt, so währet ihr raus aus der Sache!"*

Christian überhörte die Anweisungen von EM und stimmte Wolke zu, erst einmal abzuwarten, wie sich die Sache entwickelte.

EM verstand nicht, was Christian damit bezwecken wollte, kannte er ihn doch immer als einen rechtschaffenden, gesetzestreuen Mitmenschen, der keiner Fliege etwas zu Leide tun konnte und jeden

Strafzettel umgehend bezahlte. Und gerade jetzt in dieser hilflosen Situation sollte sich der bettlägerige Patient seiner Lage bewusst sein und nicht auch noch neue Baustellen anfangen.

Hauptkommissar Löw stellte sich kurz und knapp vor, um sogleich zum Zweck seines Besuches zu kommen. Christian antworte ebenso so spärlich und gab zu allen Sachverhalten an, sich kaum erinnern zu können. Personen? Nein zu beteiligten Personen könne er absolut keine Angaben machen. Vom gesamten Vorfall sein ihm nur das schwarze Fahrzeug im Gedächtnis haften geblieben.

******

Clemens Helmroth hatte sich in den Vorgang äußerst penibel eingelesen. Die *Global Insurance,* als Versicherer für Wertpapiere, Schmuck und sonstige Wertsachen, hatte ihn wegen seiner unübertroffenen Aufklärungsquote mit dem Auftrag, die gestohlenen Dinge wieder zu beschaffen, betraut.

Wird ein Kinderspiel dachte er sich und sah schon die nicht unerhebliche Provision auf seinem Konto leuchten. Die außergewöhnlich hohen Tagegelder und Aufwandsentschädigungen machten es ihm möglich, nicht unbedingt in mittelmäßigen Hotels zu übernachten. So konnte er in einem der ersten Häuser am Platz einchecken. Seine ansprechende Bekleidung ließ ihn als einen der Reichen und Schönen erscheinen. Das trug zu seinem gedeckten Inkognito bei, denn niemand vermutete in ihm einen Versicherungsdetektiv.

Zuallererst wollte er sich beim Dezernat für Gewaltverbrechen über den Stand der Ermittlungen informieren. Ihm war klar, dass er dort auf Granit beißen würde, denn Versicherungsdetektive waren nicht besonders gern gesehen, hatten sie doch bei erfolgreicher Aufklärung mit einer hohen Provision zu rechnen, welche den „normalen" Polizeiermittlern stets verwehrt blieb. Besonders ihm schlug eine große Abneigung entgegen, war er doch früher einmal einer von ihnen. Ein Disziplinarverfahren, das ihm wegen Körperverletzung im Amt anhing, sorgte dafür, dass er freiwillig aus dem Polizeidienst ausschied.

Den finanziellen Abstieg konnte glücklicherweise ein kleines, aber solides Erbe seiner verstorbenen Mutter abfedern. Ein erster Versicherungsfall, den er damals schnell und unkompliziert lösen konnte und der Gesellschaft eine immense Leistung einsparte, fungierte als Türöffner für eine gesicherte Position in dem Versicherungsverbund.

Der zuständige Hauptkommissar Löw war wie erwartet bis oben hin zugeknöpft. „Wir selbst haben kaum Hinweise zur möglichen Täterschaft bzw. zum Verbleib der Beute. Ich kann ihnen da nicht weiterhelfen", war der einzige und einsilbige Kommentar des Beamten, bevor er sich wieder dem Aktenstapel auf seinem Schreibtisch widmete, und einen frischen Zigarillo anfeuerte.

Helmroth verließ gruß- und wortlos das Büro und erneuerte seine Abneigung gegen diese Art von Beamten, ohne den Begriff -Arschloch- zu erwähnen.

Am frühen Nachmittag stellte er sein Fahrzeug am Parkplatz des kleinen Wäldchens ab und ging in die Richtung des vermeintlichen Unfallortes. Der Sommer hatte seine Spuren auf die abgeernteten Felder gelegt und schickte erste Grüße dem Herbst entgegen.

Hier an dem Wasserdurchlass könnte sich der Vorfall zugetragen haben. Schleifspuren im Acker zeugten von einem Fahrzeugaufprall. Er bückte sich und schien die Spuren zu streicheln. „Es hat einen lauten Knall gegeben, wohl als das Auto auf die Betoneinfassung gerast ist, sie sind sicher von der Kripo", hörte er hinter sich sagen. Ein hellbrauner Cocker-Spaniel wischte ihm freundlich um die Beine.

„Ich habe ihren Kollegen damals schon alles gesagt, was ich gesehen habe, der Bauer von dem Hof dahinten hatte ihn als erster gefunden", fügte Carina Tamme hinzu und zeigte in die Richtung eines großen Gehöfts.

„Ja, ich weiß", sagte Helmroth ,“ doch oftmals übersieht man etwas, was einem später wieder einfällt. Deshalb bin ich hier, um nochmal den Unfallort in Augenschein zu nehmen", stellte der Detektiv richtig. Es war ihm nicht unangenehm, dass man ihn für einen Kripo-Beamten hielt.

„Wir suchen immer noch nach Verwandten des Verletzten, er ist nämlich noch nicht vernehmungsfähig", log er und versuchte von der Frau etwas zu erfahren.

„Ich habe nur mitbekommen, dass der Krankentransport ins Uni-Klinikum ging", sagte die Hundehalterin. „Ja, vielen Dank, auch das ist uns ja bekannt", antwortete der Detektiv.

„Ich gehe schon seit Jahren immer diese Strecke um das kleine Wäldchen, aber diesen Radfahrer habe ich hier noch nie gesehen. In der Zeitung stand, dass es sich um einen 42 Jahre alten Mitarbeiter der Uni handeln soll ", wusste die Frau noch mitzuteilen. „Ja, vielen Dank, auch das wissen wir bereits. Auf Wiedersehen und noch einen schönen Tag", verabschiedete sich Helmroth und ging wieder in Richtung des kleinen Wäldchens. Er war zufrieden, hatte er doch ein paar Puzzle-Steinchen einsammeln können.

Er stieg in sein Auto und fuhr zu dem Hof, wo er nur die Ehefrau des Landwirts antraf. „Mein Mann kommt erst am späten Abend zurück, und er hat doch ihren Kollegen schon alles geschildert", sagte sie auffällig kurz angebunden und ging grußlos zurück ins Wohnhaus.

Der Detektiv, der auch hier die angebliche Identität eines Polizeibeamten hinterließ, programmierte das Navi mit Ziel Uniklinikum; hier wollte er den Verletzten ausfindig machen.

Im Taunus' bester Lage war die Kanzlei für Wirtschafts- und Finanzrecht Brauner, Allersleben und Kuhnert die allererste Adresse für das gesamte Rhein-Main-Gebiet. Auf dem Parkplatz sah man Fahrzeuge oberster Kategorie stehen. Mandanten aus besten Wirtschaftssektionen und Politiker in höchsten Ämtern fühlten sich hier adäquat vertreten. Die allerhöchsten Klienten besuchte man zuhause in ihren Anwesen.

Seniorchef Hilmar Brauner führte das Unternehmen mit gewohnt fester Hand, Veränderungen in Führung und Einsatz ließ er kaum zu. Einzig und allein er selbst passte den Stil seines Unternehmens allen neuen wirtschaftsorientierten und politischen Konstellationen an. Der Endsechziger war der Kopf des Unternehmens und so gab er sich auch.

Von seinem Personal verlangte er absolute Loyalität und herausragende Leistung, und diese wurde übertarifmäßig entlohnt. Er forderte volle Hingabe zum Beruf, Überstunden waren selbstverständlich. Der Chef hatte ein ausgesprochen gutes Gefühl für Mitarbeiter, von der

Schreibkraft bis zum Assessor, die sich ihm beruflich voll ergaben und dieses ließ er sie auch positiv spüren.

Als neuer Mitarbeiter verdiente sich gerade Benedikt (Benny) Siebecke die ersten Sporen. Man hatte ihn in einem Auswahlverfahren unter vielen Mitbewerbern ausgesucht, weil er den besten Abschluss im 2. Staatsexamen vorweisen und alle alten Spieler des Bundesligavereins Schalke 04 aufzählen konnte. Hier imponierte dem Seniorchef insbesondere die Fähigkeit, dass er nicht nur Namen der Spieler wusste, sondern auch die Anzahl der geschossenen Treffer aufzuzählen in der Lage war.

Siebecke war Modellathlet erster Sorte. Sein Muckibuden-Abo verlängerte sich automatisch und er genoss die Abende und die Wochenenden, an denen er seinen Körper stählen konnte. Hier hatte er den Professor kennengelernt, der jetzt gelähmt in einem Krankenbett der Uni-Klinik lag. Im Fitness-Studio hatte sich das Gerücht verbreitet, dass der Professor einen Unfall hatte. In den nächsten Tagen wollte er ihn besuchen.

Die Schreibkraft Adelina Schorn konnte all diesen Freizeitvergnügen des jungen Anwalts nichts abgewinnen. Sie genoss es, wenn er sie in seine kleine Wohnung einlud und sie mit Zärtlichkeiten überhäufte. Das Verhältnis zueinander konnten beide in der Kanzlei noch unbemerkt halten. Es sollte sich auch nicht ändern, denn Benjamin Siebecke hatte noch für seine in einer Seniorenresidenz lebenden Mutter etwas zum Unterhalt beizusteuern. Sein Vater hatte damals verfügt, dass das gut angelegte Festgeld erst mit dem Tod der Mutter zur Auszahlung kommt. Bis dahin hatte er Monat für Monat einen Anteil seines Gehalts für die Mutter aufzuwenden.

Gebhard Wolkenstein fühlte sich wie im 7. Himmel, als er den alten Oldtimer durch den von der Augustsonne erwärmten Taunus fuhr. Der Wind strich ihm ums Gesicht und ließ sein Halstuch übers Kinn flattern. Das erhabene Gefühl, diesen Oldtimer Mercedes 300 SL-Cabrio nach gut einem halben Jahr Arbeit wieder hergestellt zu haben, pushte seine Stimmung zusätzlich in ungeahnte Höhen.

In Kronbergs bester Wohnlage lieferte er das Schätzchen ab. Die weiträumige Garageneinfahrt vor der Villa des Juristen konnte eine Vielzahl von Fahrzeugen aufnehmen. Ein älteres Porsche-Cabrio, das von einer hübschen Frau gerade bestiegen wurde, fiel sofort in Wolkensteins Blickfeld. Das lange dunkelblonde Haar der Dame wurde durch ein knallgelbes Tuch am Hineinwuscheln in deren Gesicht gehindert. Beim Anfahren setzte sie eine große Sonnenbrille vor die Augen und reckte zum Abschied den Arm zu Gruß aus dem Fahrzeug.

„Auch ein schönes Auto", sagte Wolke bewundernd und zeigte auf den in hohem Tempo davonrasenden Porsche.

Der Rechtsanwalt und Notar Hilmar Brauner nickte kurz, sah der abfahrenden Frau winkend hinterher und streichelte anschließend zärtlich die Motorhaube des von Wolkenstein angelieferten Oldtimers.

Er zeigte sich sehr angetan von der hervorragenden Arbeit des Automechanikers und lobte ihn in hellsten Tönen. Die entsprechende Entlohnung plus Prämie würde spätestens in 3 Tagen auf Wolke's Konto sein.

Ein für die Anwaltskanzlei tätiger Taxidienst brachte Wolke zurück in seine Werkstatt. Den Sonntag verbrachte der Schrauber zufrieden in seinem Schrebergarten. Hier machte er sich für ein paar Stunden frei von den Problemen um seinen Freund, und von den aufwendigen Arbeiten in seiner doch gut florierenden Werkstatt. Schon an der Eingangspforte hatten ihn seine Rosen begrüßt. *Graham Thomas* strahlte ihm ihr leuchtendes Gelb entgegen, die *weißen Schneeküsschen* winkten von der gegenüberliegenden Rabatte herüber. *Amber Moon* war wie immer zurückhaltend und zeigte nur widerwillig ihre tiefrote Blütenpracht. Sie alle waren Wolke's Kinder, die er innig liebte und herzlich und verantwortungsvoll versorgte. Sie dankten es ihm mit einer imposanten und ausgiebigen Blüte.

Auf der Gartenliege schien ihm die Sonne ins Gesicht und wärmte seine Gedanken. Bis zum späten Abend blieb er im Garten, wo er für die nächsten Tage ausreichend Kraft gesammelt hatte. In der Nacht kamen wieder die Rückblicke um den Unfall seines Freundes Christian M. Köller und hielten ihn stundenlang wach.

******

Die Mitteilung hob Hauptkommissar Felix Drescher aus seinem Schreibtischstuhl. Wieder war ein junger Teenager tot aufgefunden worden. Schon der zweite in den letzten 3 Monaten. Der Beamte machte sich sofort auf den Weg zur Staustufe Griesheim, wo der tote Körper angeschwemmt worden war.

„Das Mädchen ist ca. 16 bis 19 Jahre alt und ist eindeutig ertrunken. Die Leiche lag mindesten schon 5-7 Tage im Wasser. Der Körper weist heftige Wunden am Rücken, Gesäß und an den Oberschenkeln auf", diagnostizierte Dr. Helene Sangmeister, die leitende Pathologin der Rechtsmedizin und zeigte auf eine 20 cm lange Risswunde an der Hüfte der Leiche. „Diese Wunde könnte durch Schraubenschlag hervorgerufen worden sein. Die Haut weist wenig Algenbelag auf, das bedeutet, dass der Körper strömungsmäßig längere Zeit unterwegs war. Alles Weitere nach der Obduktion", sagte die Ärztin und wies die Mitarbeiter des Instituts an: „Ihr könnt sie mitnehmen, Abmarsch".

„Könnte die Tote mit dem anderen Mädchen in Zusammenhang stehen", fragte Oberkommissar Lückel, Assistent in der Mordkommission 3 seinen Chef. „Könnte gut sein", antwortete Drescher. „Wenn wir ermittelt haben, wo ungefähr das Mädchen in den Main geworfen wurde, wissen wir mehr. Bemerkenswert ist auch die Tatsache, dass, wie bei dem anderen Fall, keine Vermisstenanzeige eingegangen ist. Niemand scheint die Mädchen zu vermissen. Waren sie illegal hier bei uns?" Diese Gedanken beschäftigten den Beamten massiv.

Am Tag darauf konnte Dr. Helene Sangmeister den Beamten das Obduktionsergebnis liefern:" Das Mädchen ist eindeutig ertrunken, doch absolut sicher nicht im Main. In ihren Lungen und im Magen konnte ich gechlortes Leitungswasser nachweisen, vielleicht aus einem Pool. Des Weiteren gibt es starke Wunden im Genitalbereich, die auf heftigen Geschlechtsverkehr hinweisen, vaginal und auch rektal. Der auffällige Kurzhaarschnitt könnte eine weitere Verknüpfung zum letzten Fall sein. Heftiger Geschlechtsverkehr, Leitungswasser in der Lunge und kurze Haare. Und noch ein besonders auffallendes Merkmal konnte ich feststellen. Am linken Unterschenkel, knapp oberhalb des Knöchels waren starke, blutunterlaufene Druckstellen zu erkennen. Sie trug anscheinend über einen längeren Zeitraum eine Fußfessel, genau wie das andere Mädchen", schloss die Pathologin ihren Bericht.

Hauptkommissar Drescher nahm all diese Merkmal auf und wollte seinen Vorgesetzten intensiv auf die Dringlichkeit zur Bildung einer Sonderkommission hinweisen.

Am Informationsschalter der Klinik wirkte der 50 Euro-Schein wie ein Türöffner. Versicherungsdetektiv Clemens Helmroth erfuhr alles über den durch den Unfall nahe dem kleinen Wäldchen geschädigten Radfahrer. So konnte er ihn in offizieller Funktion aufsuchen und befragen.

„Keine Ahnung, ich weiß nicht, wovon sie reden. Die Polizei hat mich dazu ebenfalls schon vernommen. Seit dem Unfall liege ich hier, bin erst seit ein paar Tagen wieder unter den Lebenden und kann mich immer noch nicht bewegen", antwortete Christian auf die eindringlichen Fragen des Detektivs. Helmroth bekräftigte sein Anliegen und schickte eine präzise Warnung hinterher:" Die Papiere sind durch meine Versicherung nur zum Teil abgedeckt. Also wird der Eigentümer alles daransetzen, sie zurückzubekommen. Ich gehe davon aus, dass die Mittel zur Erreichung des Zieles nicht die menschlichsten sein könnten".

Helmroth beließ es dabei, und stellte keine weiteren Fragen, denn er wusste, er hatte den Fuß in der Tür. Nun brauchte er nur noch zu beobachten, zu warten, was im Umfeld des Patienten geschehen würde, z.B. wer seine Besucher waren.

Irgendwann würde sich etwas Unvorhergesehenes ereignen; dann wollte er zur Stelle sein.

Am Fenster des Patientenzimmers saß EM und sammelte Vorwurf-Munition, die er in kürze auf Christian abzufeuern gedachte. Lediglich die Krankenschwester, die Verbände erneuerte und Christian mit einer erfrischenden Waschung versorgte, hinderte ihn am Abschuss.

Nachdem sie wieder allein waren, feuerte EM los: *„Du reitest dich immer weiter hinein. Warum hast du dem Versicherungsfritzen nicht die Wahrheit gesagt? Dann wärst du raus aus der Sache. Du wirst diesen Typen nicht mehr loswerden. Er wird wie eine Klette an dir hängen, an dir und an Wolke. Du gefährdest auch ihn, der dir nur helfen will. Ihr werdet nicht nur die*

Polizei und diesen Detektiv am Hals haben, sondern auch über kurz oder lang die Täter, die nach ihrer Beute suchen werden".

Christian lag stumm in seinem Bett und überdachte die Vorwürfe. Was sollte er tun?

Gebhard Wolkenstein hatte sich den Inhalt der Tasche am Wochenende genauer angesehen. Die Wertpapiere gehörten 3 verschiedenen Besitzern. Der größte Anteil wurde auf einen gewissen Hark van den Brinck ausgewiesen. Die beiden anderen, anscheinend nicht so werthaltig, gehörten einer Hiltrut Bevensen und einem Sven Dörner.

Auffallend war, dass letztere dieselbe Adresse aufwiesen. Anscheinend handelte es sich hier um ein Ehepaar oder eine Lebensgemeinschaft. Waren sie vielleicht auf die Wertpapiere wegen ihrer Lebensumstände unbedingt angewiesen? War es ihre Alterssicherung? In Wolke stiegen langsam Zweifel und Scham auf.

Wer war Hark van den Brinck aus Rotterdam? War es jemand, der den Verlust der Papiere leicht verkraften konnte? Man sollte sie ihm zum Rückkauf anbieten, dachte Wolke für einen Moment.

Das Internet beantwortete Wolke die Frage nach der Identität des Holländers. Hark van den Brinck war ein Unternehmer, der mehrere Automatenhotels, Discotheken, Massagestudios und Clubs in Rotterdam, Utrecht und Deutschland unterhielt.

Diese Tatsache löste in Wolke einiges an Turbulenzen aus. Dieser Herr würde sich garantiert nicht mit einem Rückkauf zufriedengeben. Christian und Wolke könnten sich schon jetzt auf eine gehörige Strafaktion gegen sich gefasst machen. Morgen wollte er sich mit seinem Freund besprechen.

******

Nummer1 befand sich weiterhin im Stressmodus. Die Tatsache, dass ihnen ein Teil der Beute abhandengekommen war, ließ ihn nicht zur Ruhe kommen. Die Auftraggeber hatten die Einleitung einer sofortigen Nachsuche verlangt. Hierbei sollten, wenn nötig, **alle** Mittel eingesetzt werden.

Der Landwirt, als erster Unfallzeuge, wurde schon ausgiebig in die Mangel genommen, blieb aber bei der Version die Tasche in den Rettungswagen gelegt zu haben. In dem Fahrzeug hätten die Sanitäter Einsicht nehmen, und die Tasche anschließend in einem Versteck deponieren können. Den Verletzten ließ man bisher außen vor, denn der war körperlich nicht in der Lage, die Tasche an sich zu nehmen. Man wollte zunächst die Sanitäter ermitteln, um hier den Hebel anzusetzen. Die vertauschte Tasche beinhaltete lediglich verschwitzte Sportkleidung, von der man keinerlei Hinweise auf ihren Besitzer ableiten konnte. Nummer1 sah sich einem außerordentlichen Druck ausgesetzt, denn er kannte die Verhaltensweisen seiner Auftraggeber, wenn irgendwelche Unternehmungen ihr Ziel verfehlten.

„Das ist Wolke, mein bester und ältester Freund", stellte Cristian seinen Freund dem Anwalt Benedikt Siebecke vor. Gebhard Wolkenstein war erstaunt hier im Krankenzimmer auf weiteren Besuch zu stoßen. „Hallo, angenehm", sagte Wolke brav. „Ich war gerade in der Nähe und wollte nur mal kurz nach dir sehen. Wenn alles ok ist...". „Nein, bleiben sie", sagte der Anwalt, „ich muss eh weiter". Er verabschiedete sich, nachdem er dem Patienten alle mögliche Hilfe angeboten hatte.

„Wer ist der Typ", fragte Wolke kurz und sichtlich angefressen.

„Ach, das ist ein Anwalt, der auch in die Muckibude geht, ist ein netter Typ, wir kennen uns schon länger", antwortete Christian kurz und knapp. Am Fenster saß wie immer EM, der gespannt darauf wartete, was Wolke zu berichten hatte.

Der Freund schilderte die Einzelheiten um die Besitzer der Wertpapiere und drängte Christian die Unterlagen endlich an die offiziellen Stellen weiterzuleiten.

„Wir könnten sie der Polizei anonym zustellen, oder gegen kleines Geld dem Versicherungsfritzen, der dich besucht hat, überlassen. Nur endlich weg damit", forderte Wolke.

Leider biss er auf Granit. Sein bettlägeriger Freund wollte plötzlich noch warten. Doch auf was? Auf Pistolenläufe, die sich ihren Schläfen näherten? Auf Sprengstoff, der in ihrer Umgebung explodierte und ihre Körper zerlegte? Unverständnis machte sich in Wolke breit. Was verfolgte der verletzte Professor mit dieser Taktik? Hatte der Unfall sein Gehirn dermaßen geschädigt, dass er die realen Gefahren, die sich aus dieser Situation ergaben, nicht mehr einzuschätzen in der Lage war?

Der am Fenster sitzende EM wartete, bis sich Gebhard Wolkenstein verabschiedet hatte, um anschließend Christian verbal niederzustrecken. Ein Trommelfeuer von Vorhalten prasselte auf ihn ein, was jedoch nicht die kleinste Regung in ihm aufkommen ließ.

„Ich werde mich nicht mehr von dir manipulieren lassen, du bist ein idiologisch abgehängtes, rückständig vernarbtes Teilstück meines Ichs, mit dem ich nichts mehr zu tun haben will", drosch Christian zurück, was EM für einen Augenblick ratlos machte.

„Du hast dich anscheinend ganz und gar von IHM abgekehrt, hast IHN aus deinem Herzen verbannt, der, der dich bisher wohl geleitet und auf Händen getragen hat. Welche Macht hat jetzt dein Herz erobert?" fragte er den sich mittlerweile schlafend stellenden Professor.

Christian antwortete nicht, er hielt die Augen geschlossen und versuchte gedanklich in eine andere Sphäre zu gelangen, weg von all den Zwängen, die ihn bisher seelisch eingepfercht hatten. EM war für ihn mittlerweile zum ewig störenden Gegenspieler geworden, sie beide fochten nunmehr um das Gute in Christian M. Köller.

******

Hauptkommissar Löw vom Dezernat Raub und Diebstahl sah sich in einer ermittlungstechnischen Sackgasse. Es gab keinerlei Hinweise, die sich eignen würden, eine neue heiße Spur aufzunehmen. Abfragen an Interpol wegen gleichgelagerten Delikten brachten keinerlei Erkenntnisse. Neben eines hohen Geldbetrages hatten die Täter eine Anzahl von Wertpapierpaketen erbeutet, deren Inhaber mittlerweile versicherungsmäßige Ersatzleistungen einklagten. Hierbei spielte die

Kanzlei für Wirtschafts- und Finanzrecht Brauner, Allersleben und Kuhnert aus dem nahen Taunus eine maßgebliche Rolle. Sie vertrat in diesem Fall einige der Geschädigten, die bereits über Jahre von dieser Anwaltschaft betreut wurden. Für den Nachmittag hatte die Kanzlei bei den Ermittlern den Besuch eines ihrer Juristen angekündigt, der Akteneinsicht nehmen, und den Stand der bisherigen Ermittlungen erfragen wollte.

Rechtsanwalt Benedikt Siebecke wurde von seinem Chef auf die Brisanz des Mandats eingeschworen. Der holländische Unternehmer gehörte zu der obersten Klientel, die schon jahrelang von der Kanzlei vertreten wurde. Dieser unterhielt im Rhein-Maingebiet einige Etablissements, die erhebliche Gewinne erwirtschafteten, jedoch nach außen hin etwas Anrüchiges von sich gaben. Die Einrichtungen waren gewerblich unter anderen Namen eingetragen, dahinter stand jedoch Hark van den Brinck, der von Holland aus die Fäden zog.

„Welche Ermittlungen meinen sie, es laufen einige in denen der Herr aus Holland involviert ist", fragte Hauptkommissar Löw den jungen Anwalt ironisch, nachdem er die Vertretungsvollmacht überprüft hatte.

Benedikt Siebecke ließ sich nicht auf dieses Spielchen ein sondern forderte kurz und knapp. „Es geht um den Werttransportraub, und hierüber bitte ich um Akteneinsicht!"

Löw gab nur widerwillig Auskunft und ließ eine Kopie der Aktenteile anfertigen, die ausschließlich die Beute betraf, denn nur hierfür lag eine anwaltliche Vertretungsvollmacht vor.

Der Beamte war froh, als der Anwalt sein Büro wieder verlassen hatte.

Über einen neuen Hinweis, der am Vortag anonym eingegangen war, berichtete der Beamte nicht.

Die junge Journalistin Carina Scheller hatte vor der Tür wartend einige Gesprächsfetzen zwischen dem Anwalt und dem Beamten mitbekommen.

Als Benedikt Siebecke das Büro verließ, hatte sie sich bereits in Position gebracht. Sie stellte sich dem jungen Anwalt vor und fragte in ihm auch einen Journalisten vermutend: „Ist der Hauptkommissar bei

Ihnen auch so zugeknöpft gewesen, für welches Medium arbeiten Sie?"

„Nein, ich bin nicht von irgendeiner Zeitung, ich bin Anwalt", antwortete Benedikt Siebecke. „Das ist ja interessant", heuchelte sie, hakte sich bei ihm ein und gab ihm am Ausgang des Polizeipräsidiums ihre Visitenkarte.

Als Wolke das Krankenzimmer betrat, beugte sich in diesem Moment eine junge Frau über den Kopf des Patienten und zog ihn unvermittelt zurück. Sichtlich erschrocken und überrascht stotterte Christian: „Hallo Wolke, darf ich dir Celine Michel vorstellen. Celine ist eine alte Bekannte".

„Angenehm, Gebhard Wolkenstein", sagte Wolke offensichtlich verblüfft, und streckte der blonden Frau die Hand entgegen. „Ich wollte gerade gehen, nett, sie kennengelernt zu haben. Bis bald", sagte sie in leicht französischem Akzent und verließ mit einem angedeuteten Winken und leichtem Lächeln das Krankenzimmer.

„Eine alte Bekannte, die aber noch ziemlich jung ist. Hat der Herr Professor für katholische Moralethik vielleicht eine Liebschaft, die ich noch nicht kenne", meinte Wolke ironisch.

„Ich kenne Celine schon sehr lange Punkt, Komma, aus!!", beendete Christian dieses Thema.

Nachdem Christian den Bericht seines Freundes über die Eigentumsverhältnisse der Wertpapiere vernommen hatte, war er froh, mit der Weitergabe der Unterlagen an die Polizei noch gewartet zu haben. Der am Fenster sitzende M, der auch Celine's Besuch aufmerksam verfolgt hatte, schüttelte nur verwundert den Kopf und verschränkte wie immer die Arme vor der Brust.

„Die beiden kleinen Wertpapierumschläge sollten wir zurückgeben, den großen Packen behalten wir vorerst", legte sich Cristian fest.

Wolke vermied hierüber eine Diskussion anzufangen, da er keine konkrete Begründung erwartete und nickte nur stumm. „Ich werde das große sicher deponieren und die kleinen Päckchen der Polizei anonym zukommen lassen", schlug Wolke vor.

„So werden wir es machen", sagte Christian und versuchte seine Liegeposition durch Abstützen der Arme etwas zu verändern. Wolke, der das Manöver beobachtet hatte, fragte: „Was sagt dir dein Körper. Ich meine die unteren Bereiche. Spürst du sie wieder?", wobei er sarkastisch lächelte.

„Ja klar und ich möchte sofort Sex haben", antwortete Christian ironisch, um sofort ernst und entschlossen fortzufahren. „Noch nicht wirklich, doch der Therapeut hatte ein paar Kniffe vorgenommen und meinte aktive Nervenreaktionen erkannt zu haben. Daran wird jetzt weitergearbeitet und die Übungsdauer forciert", antwortete Christian mit einem Blick in Richtung Fenster, wo EM die offene Hand zu einem -comme-ci comme-ca hin und herdrehte, um seine gespaltene Meinung dazu zu äußern.

„Ich bin zuversichtlich, mir bleibt ja eh nichts anderes übrig, als positiv nach vorn zu schauen", konstatierte Christian, worauf Wolke nur ein schlappes -Und deshalb hältst du die Wertpapiere des Holländers zurück- antworten konnte. „Was uns allen das Genick brechen könnte", schob Wolke hinterher und war froh, den Ermittlern des Dezernats Gewaltverbrechen bereits eine anonyme Nachricht in den Briefkasten geworfen zu haben. Voller Genugtuung, das Richtige veranlasst zu haben, verließ er die Klinik.

EM hatte wieder die Vorwurfsposition eingenommen. "Wann willst du endlich deinem Freund die Wahrheit sagen und dich erklären? Meinst du nicht, er hat ein Recht darauf alles zu erfahren?" Christian nickte und stimmte ihm insgeheim zu. Beim nächsten Besuch wollte er seinen Freund über das Verhältnis zu Celine Michel aufklären.

Hauptkommissar Löw hatte den kleinen Zettel mit den schriftlichen Hinweisen aus dem Briefkasten bereits spurentechnisch untersuchen lassen, welche allesamt keine verwertbaren Ergebnisse brachten. In dem mit 3 Kameras überwachten Eingangsbereich, wo der Hinweis eingeworfen wurde, war bei strömendem Regen nur eine vermummte, mit Regenschirm geschützte Person zu sehen. Auf dem Papierfetzen war der Besitz der Wertpapiere erklärt und eine baldige Rückgabe angekündigt worden.

33

******

Clemens Helmroth hatte die junge Frau, die den Verletzten im Klinikum besucht hatte, bis zu ihrer Wohnung verfolgt. Anscheinend gehörte sie zu dessen Freundeskreis. Eine Anfrage über seine Verbindungsleute bei Europol ergab, außer dass sie französische Staatsbürgerin sei, ansonsten seien keinerlei Auffälligkeiten verzeichnet.

Seit 5 Jahren war sie hier gemeldet. Ihr vorheriger Wohnsitz war ein kleiner Ort nahe Straßburg. Für eine Aufnahme in den Kreis der Verdächtigen, sah Helmroth keinerlei Veranlassung.

Für den Versicherungsdetektiv kam außer dem verletzten Christian M. Köller nur sein Freund, der Automechaniker Gebhard Wolkenstein als die Personen infrage, bei dem die Wertpapiere zu finden wären. Die 3 Angestellten der Autowerkstatt hatte der Detektiv bereits überprüfen lassen. Sie waren bisher noch nicht mit dem Gesetz in Konflikt geraten. Sie zu befragen, würde nur unnötig Staub aufwirbeln.

Er wollte dem Schrauber Wolkenstein auf der Fährte bleiben, um eine zeitnahe Aufklärung zu erreichen, denn er ging davon aus, dass auch die Werttransporträuber nicht untätig zuhause herumsitzen würden.

Während sich der Detektiv eine Überwachungstaktik für Wolke überlegte, hatte Nummer1 des Räuberquartetts bereits seine Hausaufgaben erledigt. Mittelsmänner konnten die Sanitäter des seinerzeitigen Krankentransportes ausfindig machen. Sie konnten glaubhaft versichern, den Patienten mitsamt der an Bord befindlichen Habseligkeiten in der Notaufnahme abgeliefert zu haben.

Die Auftraggeber hatten über die Versicherung erfahren, dass bereits ein Detektiv die Ermittlungsarbeit aufgenommen habe. Berichte von ihm hierzu lägen noch nicht vor. Die Geschädigten würden jedoch umgehend Mitteilung erhalten, sollten sich relevante Hinweise ergeben.

Nummer1 hatte über die Sanitäter die Identität des Verletzten aus der Transportabrechnung für dessen Krankenversicherung erfahren und wollte hier den nächsten Hebel ansetzen. Nach einer gelungenen Ausspähung nach dem Patienten kamen ihm Zweifel. Wie sollte sich der ans Bett gefesselte Mann um den Verbleib der Beute gekümmert haben können? Ganz sicher nicht er selbst. Hatte er eventuelle Helfer? Und Nummer1 legte sich auf die Lauer, doch irgendwann musste er den bisher vermiedenen Gang ins Polizeipräsidium antreten, um sich die erforderlichen Informationen zu beschaffen.

******

„Ich habe das Gefühl, dass mich seit Tagen jemand beobachtet", sagte Celine, nachdem sie Christian mit einem Kuss auf die Wange begrüßt hatte. „Und es scheint, als solle ich es spüren, denn der Mann zeigt sich manchmal ganz offen. Oftmals steht er gegenüber meiner Wohnung in dem Buswartehäuschen und sieht zu mir herauf", erklärte Celine ausführlich.

EM, der wie immer am Fenster saß, klatschte nur für Christian hörbar hämisch Applaus und fügte hinzu: „Siehst du, Christian, jetzt geht's los". Christian würdigte EM keines Blickes.

Er fragte Celine nach Figur und Aussehen des Mannes und war sich aufgrund ihrer Beschreibung sicher, dass es nur der Versicherungsdetektiv sein konnte, der sie beobachtete.

„Ich habe Angst Christian, was wollen die von mir? Sind es die alten Feinde?", fragte sie mit bebender Stimme. Christian versuchte sie zu beruhigen, was ihm aber kaum gelang. Was sollte er tun, er, der hier ans Bett gefesselt und damit zur Untätigkeit verurteilt war.

Und wieder tat sich EM gegenüber Christian mit markanten Bemerkungen und Warnungen hervor: „Du wirst das Problem niemals lösen können, ohne dass jemand zu Schaden kommt. Überlege gut, was du tust. Auch wenn du meinst, du hättest ein Faustpfand, das alles ungeschehen machen würde. Täusch dich nicht".

„Kannst du nicht für ein-zwei Wochen zu deinen Freunden nach Straßburg fahren? Es wäre im Moment dort viel sicherer als hier", schlug Christian vor. Er wollte Celine nicht den Grund für die anscheinend übertriebene Vorsicht nennen, viel zu sehr war er um ihre

Sicherheit besorgt. „Ja, ich werde so schnell als möglich fahren" willigte Celine ein.

„Ich werde Wolke bitten, dir zu helfen. Er sollte dich fahren. So könntest du erst einmal dieser Überwachung entgehen", legte Christian fest, worauf Celine nur ängstlich nickte.

Gebhard Wolkenstein hatte die Erklärung Christians über die Sicherheit der Freundin wortlos zur Kenntnis genommen. Er versprach zu helfen und nahm zuerst Celines Wohnung eine Zeit lang unter Beobachtung und konnte das Fahrzeug des Versicherungsdetektivs schnell ausmachen. Er wartete, bis sich Helmroth in dem kleinen Bistro um die Ecke verpflegte, um mit schnellen Handgriffen die Ventile aus Vorder--und Hinterrädern aus dessen Fahrzeug zu schneiden.

Durch den rückseitigen Kellerausgang des Hauses führte er Celine über die kleine Gartenanlage zu seinem dahinter abgestellten PKW. So konnte er die junge Frau der Überwachung des Detektivs entziehen.

Während der Fahrt in ein sicheres Versteck bei Freunden in der Nähe von Straßburg unterhielten sich beide nur über Belanglosigkeiten. Celine wusste, dass Christian das Verhältnis zu ihr auch vor dem Freund geheim gehalten hatte. „Er wird Ihnen sicher alles erklären. Er sollte es bald tun", verabschiedete sich die junge Frau und bedankte sich bei Wolke für die sichere Fahrt.

Nach einer kurzen Begrüßung nach Wolkes Rückkehr, begann Christian seinem Freund zu erzählen, wie er Celine kennengelernt hatte. EM, der wie immer am Fenster Platz genommen hatte, verfolgte aufmerksam die Erklärungen des Patienten, der versuchte, sich eine bequeme Lage im Krankenbett zu verschaffen.

„Ich war, wie du sicher noch weißt, vor 6 Jahren zu diesem Professorenaustausch an der Erasmus Universität in Rotterdam. Dort lernte ich Celine Michel kennen, die Psychologie studierte, das Studium jedoch abbrach. Sie geriet in die Fänge einer Maffia, die Menschenhandel und Prostitution in höchstem Maße betrieb. Celine versank unter einem anderen Namen irgendwo in einem Nobelbordell in

Rotterdam, wo ich sie durch Zufall wiedertraf. Wir schmiedeten einen Plan, sie aus diesem Umfeld und aus der Stadt zu entführen. Sie hatte zur Puffmutter, die als Verbindungsglied zur Führung des Kartells fungierte, ein freundschaftliches Verhältnis aufgebaut, das uns in unserem Vorhaben sehr helfen konnte."

Christian nahm einen tiefen Schluck aus der Schnabeltasse, um danach fortzufahren.

„Bei der französischen Botschaft in Den Haag meldete ich mit einer Vollmacht Celines Ausweispapiere, die man ihr abgenommen hatte, als gestohlen, so dass nach einer Neuausstellung ein legaler Aufenthalt gesichert war.

In der letzten Woche meiner Lehrtätigkeit wurde der Plan dann mithilfe eines engagierten Helferduos umgesetzt. Die Auslösung Celines aus dem Bordell hatte die Puffmutter organisiert, hierfür habe ich 6.000,- € gezahlt.

Die ersten Wochen konnte ich sie in der Ferienwohnung von Bekannten unterbringen. In dieser Zeit verfasste Celine eine umfangreiche schriftliche Schilderung der Jahre in dem holländischen Bordell. Sie berichtete präzise über sexuelle Übergriffe, körperlichen Folterungen, Geldwäsche und von den auf Nimmerwiedersehen verschwundenen, namentlich genannten Kolleginnen. Diese Aufzeichnungen wurden seinerzeit den holländischen Behörden anonym zugestellt, worauf umgehend gegen Hark van den Brinck ermittelt wurde. In einem Prozess konnten ihn seine Anwälte haarscharf vor einer Haft retten. Eine weitere Ermittlung gegen ihn, z.B. wegen Geldwäsche, würde eventuell mehrere Straftaten aufdecken. Dies zu vermeiden, wird sein einziges Bestreben sein. So, das wars erstmal", schloss Christian seine Erklärung und nahm mit leicht zitternden Händen einen erneuten Schluck aus der Schnabeltasse.

Die Krankenschwester, die zum Blutdruckmessen eingetreten war, störte die momentane Situation des Erstaunens und der Befreiung, von denen die beiden Männer ergriffen waren. Lediglich EM saß ziemlich gelangweilt am Fenster und hatte die Arme vor der Brust verschränkt.

„Hundertachtzig zu hundert, haben sie sich aufgeregt?", fragte die Krankenschwester den Patienten ob des hohen Blutdrucks. „Nein nicht aufgeregt, mein Freund hier hat einen nicht stubenreinen Witz erzählt, der mich sehr erheitert hat", log Christian, worauf die Frau mit einem süffisanten Lächeln das Krankenzimmer verließ.

„Jetzt wird mir einiges klar. Du willst Rache nehmen, willst dem Holländer zurückzahlen, was er deiner Freundin und allen anderen angetan hat", versuchte Wolke die Lage zu beschreiben, worauf Christian keine Antwort gab.

„Ich kann dich verstehen, doch finde ich, dass die Sache schon jetzt zu brenzlich für uns wird", versuchte Wolke ihn umzustimmen und berichtete Christian von seinem eigenmächtigen Plan, die kleinen Wertpakete zurückzugeben, was dieser nur mit einem zustimmenden Nicken quittierte.

„Es bedarf einer guten Planung hier äußerst wirksam zu sein und selbst keinen Schaden zu erleiden. Wir müssen alle gegnerischen Felder beleuchten. Ist dir bekannt, wer den Holländer seinerzeit anwaltlich vertreten hat? Wenn die Kanzlei Brauner, Allersleben und Kuhnert auch bei einer Sozietät in den Niederlanden anteilig ist, könnten sie für van den Brinck im Prozess tätig gewesen sein. Frag deinen Muckibuden-Anwalt", schlug Wolke konkret vor und begann sich von seinem Freund zu verabschieden, nicht ohne ihm noch einen sinnbildlichen Tritt gegens Schienbein zu verpassen. „Na, da hat uns der Herr Professor ja was Tolles eingebrockt", sagte Wolke und verließ das Krankenzimmer.

EM hatte seine Warteposition am Fenster verlassen und sich vor Christians Krankenbett aufgebaut. Mit erhobener Stimme sprach er hochherrschaftlich:" Jeremia sagt: Darum spricht der Herr also: Siehe, ich will dir deine Sache ausführen und dich rächen, ich will ihr Meer austrocknen und ihre Brunnen versiegen lassen. Hat der Herr Professor vergessen, wer für Rache zuständig ist? Willst du dich jetzt als Racheengel aufspielen? Willst du unsterblich sein, keinen Schatten werfen? Nicht in einen Schlaf fallen? Nach der Rache mit dem Flammenschwert keine Spuren hinterlassen? Deinen Speer in des Gegners Brust stoßen? Stellvertretend für IHN handeln? Rache zu nehmen an Seiner Stelle? Was für eine Anmaßung, du kleiner Mensch, der du die wohlen, himmlischen Pfade schon seit langem verlassen, und die Tür zum Dunkel der Hölle weit aufgestoßen hast, um darin für immer zu versinken", womit EM sich im Zimmer aufgelöst hatte, bevor sich Christian verteidigen konnte.

Gebhard Wolkenstein hatte die Wertpapiere, die er zurückgeben wollte, sicher und wasserdicht verpackt. Neben der Polizeidirektion befand sich ein Einkaufscenter mit mehreren Geschäften und ein dazugehöriger großer Parkplatz. Unter einem der Müllcontainer hatte Wolke das Päckchen deponiert und mit verstellter Stimme in der Telefonzentrale der Polizeidirektion den Auffindeort genannt. Den Anruf tätigte er von einer Telefonzelle aus. Da er einen Zeitpuffer eingebaut hatte, konnte er aus gesicherter Entfernung die Abholung des Päckchens beobachten.

Nun war er einer Sorge entledigt. Der größere Problembrocken würde noch aus dem Weg geräumt werden müssen, um wieder sorglos das weitere Leben genießen zu können.

******

Nummer1 hatte die Person, die den Patienten besucht hatte, voll Visier. Das könnte der Automechaniker sein, von der die Dame aus dem Wohnhaus ihm erzählte, als er die Wohnung des Verletzten ausfindig gemacht hatte. Morgen wollte er dem Schrauber einen Besuch abstatten.

Celine Michel fühlte sich bei ihren Freunden in der Nähe von Straßburg ausgesprochen wohl. Die Beklemmungen der ständigen Überwachung waren gewichen und sie genoss den elsässischen Spätsommer mit all seinen Facetten. Lange Spaziergänge in den Rheinauen verhalfen ihr neuen Lebensmut zu schöpfen und das Überwachungsgespenst abzuschütteln. Die finanzielle Unterstützung ihres noch ans Krankenbett gefesselten Freundes sicherte ihr momentan ein sorgenfreies Auskommen.

Gern hätte sie seine Gesellschaft öfter genossen, war sie doch durch Christian M. Köller von einer nie gekannten Woge von Zärtlichkeit umspült worden. Hatte endlich echte Liebe erfahren. Aber sie musste sich auch in Zurückhaltung üben, denn seine Stellung erlaubte nicht ein Händchenhalten beim Spaziergang, eine öffentliche Umarmung, eine unbedachte Berührung auf der Einkaufsmeile hätte schon Probleme hervorrufen können.

„Da kommen sie leider zu spät, die Sachen sind gestern der Polizei übergeben worden", versuchte Wolkenstein dem Gast glaubhaft klarzumachen, der ganz in schwarz gekleidet und mit aggressiver Geste vor ihm stand.

„Sie können sich erkundigen, alles wech", ließ Wolke Nummer1 wissen, der sich als Mitarbeiter des Bundeskriminalamtes ausgegeben und über den Dienstausweis entsprechend ausgewiesen hatte. Er war erstaunt über die Kaltschnäuzigkeit, die der Freund des Verletzten an den Tag legte und sich wieder selenruhig in den Motorraum eines Autowrack beugte. Die Kollegen des Mechanikers waren mit Räderwechsel beschäftigt und nahmen keine Notiz von dieser Unterhaltung.

„Was ist, warten sie auf den Bus", fragte Wolke frech und ging Richtung Büro, um sich einen Kaffee zu holen. Als er sich umdrehte, sah er wie der schwarz Gekleidete Zeige- und Mittelfinger zur Augenpartie führte, um zu signalisieren: -Ich habe dich im Blick- und danach die Werkstatt verließ.

Wolke`s Hände zitterten noch leicht und er war von sich selbst überrascht, wie selbstbewusst er diesem Mann gegenübergetreten war. Nichts destotrotz war er sich der Tragweite bewusst, die diese weiterhin prekäre Situation für sie alle bedeutete.

„Es wird von Tag zu Tag besser", war die Diagnose des Neurologen als er Christian von den Kabeln der Nervenstrangmessungen entledigt hatte. „Die Nervenbahnen reagieren mehr und mehr, seitdem die Hämatome abgeheilt sind. Eine durchweg positive Entwicklung", schloss er die Untersuchung ab.

Am Fenster saß bereits EM, als Christian ins Krankenzimmer zurückgefahren wurde.

Nachdem das Krankenbett wieder auf dem alten Platz stand, meldete EM sich zu Wort. „Siehst du, ER gibt dir eine neue Chance, ER tut alles, damit du wieder gesund wirst. Du solltest IHM dankbar sein und auf den rechten Weg zurückkehren", versuchte EM den Patienten zu bekehren.

Christian atmete tief durch, schloss die Augen und ließ das gute Untersuchungsergebnis vollkommen in sich wirken. Ein wohlig zufriedenes Gefühl machte sich in ihm breit. Es durchflutete jede Pore der Haut, jede Zelle seines geschundenen Körpers und entfachte eine neue Motivation. Er wollte sein neues Leben kraftvoll starten, angefangen mit den vom Therapeuten vorgeschlagenen Übungen. -Schnell wieder auf die Beine kommen- lautete jetzt seine Devise, die Voraussetzungen dafür waren optimal. Er wollte sie als neue Chance nutzen.

„Wenn du einen neuen Anfang machen willst, solltest du IHN wieder zurück auf dein Lebensschiff nehmen. ER wird dir helfen, den richtigen Kurs zu navigieren, und wird dich wieder ins richtige Fahrwasser steuern", prophezeite EM was Christian nicht kommentierte.

Er lag weiterhin mit geschlossenen Augen in seinem Krankenbett und stellte sich vor, wieder auf dem Fahrrad zu sitzen und die Natur zu genießen. Zwischendurch stemmte er sich mit beiden Armen hoch, um eine bequemere Lage zu finden.

EM zog sich schmollend ob dieser Gleichgültigkeit des Patienten in seine Fensterecke zurück.

Am Abend kam Wolke und berichtete seinem Freund vom Besuch des schwarz gekleideten Mannes, der nach den Wertpapieren suchte.

„Er wird schon bald herausgefunden haben, dass sich die wichtigsten Papiere noch in unserem Besitz befinden, dann werden die Herrschaften schwerere Geschütze auffahren. Eine neue und gute Taktik muss her", gab sich Wolke kampfbereit.

„Ich habe mir die Wertpapiere noch einmal intensiv angesehen. In den Unterlagen befinden sich auch Belege und Aufzeichnungen, die größere Transaktionen und diverse kleinere Zahlungen auf verschiedene Konten ausweisen. Der hiermit bedachte Personenkreis wurde mit Namenskürzeln und Nummern gekennzeichnet. Wer im Einzelnen die Empfänger waren, könnten nur Entschlüsselungsspezialisten herausfinden. Das Transportziel des überfallenen Fahrzeugs war eine in Frankfurt ansässige Bank, die den Inhalt anscheinend in einem Bankschließfach sicher deponieren sollte. Zugriff hierauf könnte, außer dem Inhaber der Papiere auch ein Finanzverwalter o.ä. haben. Die Datenträger konnte ich nicht öffnen", legte Wolke nach.

„Das Ausmaß der Beute dürfte wertvoller sein als bisher angenommen. Die Unterlagen weisen anscheinend Schmiergeldzahlungen an Politiker und sonstige Personen aus. Ganz schön brisant. Des Weiteren gibt es mehrere Seiten, die ausschließlich Zahlenkolonnen beinhalten, die aber keinerlei Regel oder Gleichungen aufweisen. Sehr rätselhaft das Ganze. Wir zwei sind mit der Angelegenheit allein, haben keinerlei Verbündete, und das Heer der Feinde groß und mächtig. Unser Ziel ist es, dem Holländer so viel wie möglich finanziellen Schaden zuzufügen und gleichzeitig die Behörden auf ihn anzusetzen. Es wird ein schwieriger Balanceakt werden. Wollen wir das? Uns dieser immensen Gefahr aussetzen.", fragte Christian voller Enthusiasmus und gleichzeitigem Zweifel an ihrem Tun. Sein hilfloser Blick fiel auch auf den leeren Stuhl am Fenster.

Nach dem Besuch bei seinem Freund in der Klinik freute sich Wolke darauf, den Rest des Tages in seinem Schrebergarten zu verbringen. Die neu erstandenen Rosenstöcke -Mary Anns Beauty und Symphony in Red- wollten unbedingt noch ins Freiland gesetzt werden, um für das kommende Blütenjahr gewappnet zu sein. Als er die Rosen vor der Hütte abgestellt hatte, fiel ihm auf, dass das Vorhängeschloss beschädigt und die Tür aufgehebelt worden war. Jemand hatte sich gewaltsam Zutritt verschafft und das Gartenhaus durchsucht, eine große Unordnung jedoch vermieden. Es wurden systematisch und zeitaufwändig Schrank für Schrank, Regal für Regal und Box für Box durchforscht.

Sofort informierte Wolke seinen Freund in der Klinik, dessen Bestürzung sich in Grenzen hielt. Anscheinend hat Christian diese Entwicklung kommen sehen.

Nachbarn in der Gartensiedlung war lediglich ein schwarzer Kombi abseits des Haupteingangs aufgefallen, was jedoch als nicht besonders außergewöhnlich angesehen wurde, denn hier luden fremde Gartenfreaks oftmals ihren kompostfähigen Grünschnitt ab.

Wolke setzte die auf Freiheit wartenden Rosen in das Beet, gab gute Erde und reichlich Wasser hinzu und versprach sie beim nächsten Mal noch mit Langzeitdünger zu versorgen. Anschließend versah er die Tür mit einem neuen Vorhängeschloss und fuhr mit schlechten Gefühlen in seine Werkstatt.

Hier waren alle Türen unversehrt. Auch Haus -und Wohnungseingang wiesen keinerlei Beschädigungen auf.

Wann würden sie sein Haus und die Werkstatt heimsuchen?

******

Versicherungsdetektiv Clemens Helmroth war sich sicher, dass der Schrauber Wolkenstein ihm die Reifen seines Fahrzeuges platt gemacht hatte. Hierfür wollte er ihm noch eine kräftige Rückzahlung verpassen. Die Beobachtung des Gartengrundstückes hatte ergeben, dass sich der schwarz gekleidete Fahrer eines dunklen SUV gewaltsam Zutritt zum Gartenhaus des Schraubers verschafft hatte. Da der sich ausgiebig Zeit für die Durchsuchung nahm, jedoch mit leeren Händen das Grundstück verließ, ging der Detektiv davon aus, dass der Einbruch erfolglos war.

Nun blieb nur noch die Werkstatt mit der darüberliegenden Wohnung als das nächste zu durchsuchende Objekt. Hier wollte sich Helmroth in Position bringen. Wie würde er sich verhalten, sollte der schwarz gekleidete Einbrecher in der Wohnung gefunden haben wonach er suchte? Ihm die Beute abnehmen? Hierüber musste er selbst lächeln.

Die junge Journalistin Carina Scheller hatte die bisherigen Berichte, die in ihrer und anderen Zeitungen über den Überfall auf den Werttransport noch einmal aufmerksam gelesen und durchgearbeitet. Sie wunderte sich über den Stillstand, der sich in dem Verlauf der polizeilichen Ermittlungen eingestellt hatte. Die Boulevard-Blätter hatten sich in Mutmaßungen und Verdächtigungen geradezu übertroffen. Die Tatsache, dass bei dem Überfall niemand verletzt wurde und die Bande gegenüber dem Wachpersonal nicht handgreiflich wurde, unterschied sich geradezu prägnant zu anderen Überfällen auf derartige Transporte.

Seitens der Polizei hatte es in den letzten Wochen keine weiteren Veröffentlichungen gegeben. Die Journalistin konnte erst vor einigen Tagen den mit der Aufklärung des Falles beauftragten Beamten nach dem neuesten Stand befragen. Der gab sich äußerst zugeknöpft, was eigentlich nicht zum Stil dieser Polizeidirektion passte.

Lediglich im Fall des tot aufgefundenen Mädchens wurde die junge Frau vom bearbeiten Hauptkommissar Drescher ausführlich ins Bild gesetzt. Dementsprechend hatte sie ihre Berichterstattung lanciert. Ein Foto der Toten wurde bundesweit veröffentlicht, wovon man sich den Eingang einiger zielführenden Hinweise erhoffte.

Die Journalistin nahm sich vor im Wertpapierraub am Ball zu bleiben und die Beamten weiterhin zu nerven. Auch den jungen Anwalt, den sie im Polizeipräsidium kennengelernt hatte, wollte sie kontaktieren, um eventuelle Neuigkeiten zu erfahren. Hier würde sie ihre fraulichen Reize einsetzen, denn der junge Mann würde sich auf das Verschwiegenheitsgebot berufen. Mit ein paar sanften Augenaufschlägen sollte sie in der Lage sein dieses erfolgreich aufzuweichen.

Ein Kioskbesitzer auf der Höchster Mainseite, nahe der Fährstelle Schwanheim, konnte sich gut an das junge Mädchen erinnern.

„Es kaufte Zigaretten und einen Flachmann. Mir fiel der jungenhafte Haarschnitt und der leicht torkelnde Gang auf", gab dieser zu Protokoll.

Das bringt uns schon ein gutes Stück weiter. Unter Einbeziehung der Fließgeschwindigkeit könnte der dortige Bereich die Stelle sein, wo die Leiche ins Wasser geworfen wurde, stellte Drescher für sich fest. Auch den nah gelegenen Industriepark wollte er in seine Ermittlungen einbeziehen.

Am Wochenende unternahm der Hauptkommissar eine Radtour entlang des Main-Radweges. Er wollte ganz nebenbei den Bereich um den Kiosk und die weitere Umgebung, in deren Richtung das Mädchen vom Büdchen-Besitzer beobachtet wurde, einmal ausführlich in Augenschein nehmen.

Unweit des Kiosks setzte sich der Beamte auf eine Bank und beobachtete die Gegend mit dem Fernglas. Am gestrigen Abend hatte er die Umgebung im Internet bereits nach etwaigen Unterhaltungslokalen und Diskotheken und Kinos abgescannt. Keine der Locations war hier zu finden. Hierher würden sich junge Leute sicher nicht verirren, um abzuhängen oder Feten zu feiern.

Ein paar sehr gepflegte Wohnhausboote lagen fest vertäut an der Kaimauer. Die in der Nähe parkenden Autos der Bootsbesitzer waren allesamt Fahrzeuge der gehobenen Klasse. Die Hausboote waren anscheinend Wochenenddomizile der Upperclass aus dem Rhein-Main-Gebiet. Ein wenig abseits lag das ehemalige Restaurantschiff -Bella Donna-, das seit langem leer stand, aber nunmehr einen neuen Besitzer gefunden haben soll.

Weiter stromabwärts gab es einen kleinen Sportboothafen mit einer totschicken Marina. Abgeschlossenen Bereiche, also alles nichts für Teenager. Straßen und Wege, die direkt zur Wasserkante führten, gab es ausreichend. Wurde das Mädchen hier in aller Öffentlichkeit überfallen, vergewaltigt und in den Main geworfen, dachte Drescher, als er den beiden Männern zusah, von denen einer im Rollstuhl saß und der andere ihn schob. Der Kripobeamte freute sich über die gute Laune der beiden, die durch viel Lachen während ihrer Unterhaltung positiv nach außen drang.

„Endlich mal wieder draußen sein, endlich mal wieder am Wasser", freute sich Christian M. Köller, als ihn sein Freund Gebhard Wolkenstein am nahen Mainufer in den Rollstuhl hob. Die Ärzte hatten aufgrund des guten Genesungsverlaufs dem Patienten den Ausflug genehmigt. So genoss er den ersten Tag seit seinem Unfall in freier Natur.

Die spätsommerliche Sonne schien ihnen ins Gesicht als Gebhard Wolkenstein seinen Freund über den Uferweg schob. Beide ließen sich wortlos von der angenehmen Situation völlig in sich gekehrt treiben.

Das gute Wochenendwetter lockte viele Menschen ans Wasser, der kleine Biergarten hinter der Sportboot-Marina war gut besucht und auch Christian und Wolke gönnten sich nach einer ausgiebigen Spazierrunde eine längere Pause.

„Man hört und liest nichts mehr in den Nachrichten und in den Zeitungen über den Raub, ist es dir auch schon aufgefallen? Nichts über Gewaltanwendung und Waffenbenutzung. Kein neuester Ermittlungsstand, keine aktuelle Pressekonferenz. Verläuft alles mittlerweile im Sande?", wollte Christian wissen und nippte an seinem sauergespritzten Apfelwein.

„Vielleicht die Ruhe vor dem Sturm?", sinnierte Wolke und blendete das Thema aus, viel zu schön war dieser Tag mit seinem Freund.

Von seinem Fensterplatz im Krankenzimmer beobachtete EM die beiden zurückgekehrten Ausflügler. Die frische Gesichtsfarbe passte gar nicht mehr zum übrigen Körper des Patienten. „Schlapp, aber glücklich, es hat mir sehr gutgetan endlich mal wieder rauszukommen", sagte Christian und ließ sich von Wolke ins Krankenbett heben. „Ja, mir hat`s auch Spaß gemacht", antwortete Wolke, der sich daraufhin verabschiedete.

EM wartete nicht lange und begann seine verbale Attacke: „Es geht dir immer besser, das freut mich für dich. Doch du und dein Freund solltet nicht vergessen, dass man euch auf den Fersen ist. Und mit IHM da oben hast du ja auch noch eine Rechnung offen. Er wartet geduldig darauf, dass du zu IHM zurückfindest, vielleicht hilft ER dir bei der Lösung deiner Probleme. Denke immer daran, du darfst nicht nur nehmen, jetzt ist es an der Zeit, dass du auch wieder geben musst. Gib IHM deine Zuneigung zurück und achte IHN wieder, wende dich IHM wieder zu und schenke IHM dein Vertrauen, ER wird dich zu neuen Höhen führen ", riet EM und verschwand im Nichts, bevor Christian antworten konnte.

******

Das Mädchen lag halbnackt und stöhnend auf der Pritsche. Karges Licht traf das schmale, leichenblasse Gesicht. Der Körper ächzte vor Erschöpfung. Die blutunterlaufenen Augen ertranken in ihren Tränen. Heißbrennender Schweiß lief vom Gesicht über den zottig verschandelten Kurzhaarschnitt zum tattooverzierten Nacken, die zitternden Hände versuchten die Haltegurte an den Unterarmen zu erreichen, zogen, zerrten, rissen und rieben sich blutig. Die Beine wollten sich strampelnd aus den Fesselungen befreien. Unter dem Klebeband, das den Mund fesselte, versuchten die Hilfeschreie hinauszugelangen. Vergebens, der halbdunkle Raum verschluckte jedes Geräusch, machte das Mädchen unsichtbar, wie nie geboren. Wie lange befand es sich schon hier? Was hatte es falsch gemacht? Welcher Gott ließ diesen Teenager derart leiden und ihm jegliche Hilfe verweigern? Warum ging niemand gegen die Peiniger vor?

Während das junge Mädchen die schwersten Leiden zu ertragen hatte, blätterten wohlmanikürte und mit hochwertigen Ringen geschmückte Männerhände einen Katalog mit hübschen, blutjungen Mädchenfotos durch, um ihn anschließend in einem Geheimfach eines protzig dickholzigen Schreibtisches verschwinden zu lassen. Die Hände griffen zum Telefon, um eine neue Bestellung aufzugeben.

Im Kommissariat des Beamten Löw wurde die Fahndung nach den Werttransport-Räubern neu ausgerichtet. Sämtliche Zeugen sollten nochmals vernommen werden, um eventuelle Versäumnisse bei den Ermittlungen zu berichtigen. Seitens der Staatsanwaltschaft wurde der Druck auf das Polizeiteam verstärkt, da von höchster Stelle ständig die ausbleibenden Fahndungserfolge hinterfragt wurden.

Die Journalistin konnte beim Betreten des Büros von Hauptkommissar Löw an der Glas-Pinwand gerade noch den Namen Professor Christian M. Köller lesen, bevor der Beamte den Vorhang darüber schließen konnte.

„Ich habe angeklopft", hob Carina Scheller entschuldigend die Hände, um sofort ihr Begehren kundzutun.

„Gibt es Neuigkeiten in Sachen Werttransport?", fiel sie mit der Tür ins Haus. „Nein, nichts Neues. Ich würde sie sofort unterrichten", antwortete Löw knapp und genervt.

Die Journalistin verabschiedete sich sofort wieder und wollte im heimischen Büro alles über den kurz erhaschten Blick auf der Pinwand erkannten Namen erfahren.

„Nein, der Herr Professor ist nicht zuhause. Wissen sie, er ist bei einem Verkehrsunfall verletzt worden und liegt schon seit längerem in der Klinik, um was geht's denn?", wollte Frau Bauerfeind wissen und gewährte der jungen Frau keinen Einblick in ihre Wohnung. „Fragen sie doch mal seinen Freund. Der hat ne Autowerkstatt. Wolkenstein heißt der", sagte sie und ließ ihre Wohnungstür zurück ins Schloss fallen.

Carina Scheller hatte nunmehr einen Ansatzpunkt, wo sie ihre Recherchen beginnen konnte. Was hatte dieser Professor mit dem Werttransport zu tun? War er diejenige Person, die laut Polizeibericht auf der Flucht der Räuber verletzt wurde? Mit diesem bekannten Indiz schien sich nunmehr der Kreis zu schließen. Dem wollte sie nachgehen.

Nette Augen, dachte Christian, nachdem die junge Frau sein Krankenzimmer betreten, und sich vorgestellt hatte. Ihr Ansinnen, mehr über den Wertpapierraub zu erfahren, wollte er nicht nachkommen. „Ich habe kein Interesse daran, dass meine Beteiligung an diesem Unfall von ihrer Zeitung für die Öffentlichkeit breitgetreten wird", gab er der jungen Journalistin zu verstehen. „Sie würden mich dadurch in Gefahr bringen, denn alle Welt vermutet die Beute bei mir, was ich strikt verneinen muss. Ich werde keinerlei Fragen beantworten", schob Christian nach.

„Veröffentlichen werde ich gar nichts, noch nicht, ich recherchiere nur und das ist mein gutes Recht. Ich werde niemand in Gefahr bringen", gab Carina Scheller dem Patienten zu verstehen. „Schließlich schreibe ich für ein seriöses Nachrichtenmagazin und nicht für ein schnödes Boulevardblatt. Es werden bei uns keine reißerischen Mutmaßungen, sondern ausgiebig recherchierte Tatsachen veröffentlicht. Vielleicht denken Sie in ein paar Tagen anders darüber. Ich werde mich wieder bei Ihnen melden. Gute Besserung wünsche ich Ihnen", sagte die Journalistin und verabschiedete sich.

Sie war erstaunt, den jungen Anwalt Siebecke im Aufzugsbereich der Klinik zu begegnen.

„Einen Krankenbesuch. Ein Bekannter liegt hier, machen Sie's gut, ich bin in Eile", entgegnete er und ging schnellen Schrittes zum Fahrstuhl.

Carina Schelle achtete genau auf die Leuchtanzeige, die die Etage anzeigte und wollte beim nächsten Treffen mit ihm über den Patienten Christian M. Köller reden.

******

Nummer1 rückte sein schwarzes Hemd zurecht, ehe er Hauptkommissar Löw im Kellerraum seiner Behörde konspirativ traf.

Bevor dieser etwas sagen konnte, gab Nummer1 seine Identität preis. Der Beamte war schon nach wenigen Minuten froh in einem breiten Bürostuhl zu sitzen, sonst wäre er ob dieser Offenbarung des Gastes schier wie ein aufgeblähter Ballon geplatzt. Eine völlig neue Dimension schob die bisherigen Erkenntnisse des Falles in den Reißwolf. Aufmerksam und ständig Notizen machend ließ der Kommissar die Ausführungen, die Nummer1 nun haufenweise von sich gab, immer wieder kopfschüttelnd auf sich wirken.

Auch auf die Gefahr hin, hier einen illoyalen, korrupten Beamten vor sich zu haben erklärte Nummer1 ausgiebig und in kleinteiligen Fragmenten den Werdegang seiner Aktivitäten, die er mit eindeutigen Fakten zu dem Fall unterlegen konnte.

„Nachdem der Holländer van den Brinck seinerzeit damit begonnen hatte, hier in Deutschland sein Imperium aufzubauen, gelang es dem BKA, mich in sein System einzuschleusen. Lange Vorarbeiten waren hierfür nötig. Schon sehr bald konnte ich mich in die obere Vertrauensebene vorarbeiten. So war ich in der Lage, den holländischen und deutschen Behörden einige, wenn auch nur kleine Hinweise zu geben, ohne dass van den Brinck Verdacht auf Verrat schöpfen konnte. Kürzlich erfuhr ich, dass van den Brinck einen gehörigen Teil wichtiger Unterlagen mittels dieses Werttransports auf Schließfächer in verschiedenen deutschen Banken verteilen wollte. Es wären angeblich brisante, hochexplosive Papiere, deren Sicherheit er anscheinend in Holland als massiv gefährdet ansah, denn die niederländischen Ermittler waren ständig an ihm dran. Schon einmal wurde versucht, über einen osteuropäischen Server in sein IT-System zu gelangen. Seitdem mischte er seine Unterlagen wieder in Papierform und passwortgesicherte Datenträger. Ein zur Nato abgeordneter

Bundeswehroffizier richtete ihm seinerzeit ein geschütztes Verschlüsselungssystem ein. Diese Codierungsunterlagen befanden sich teilweise auch in den beim Überfall erbeuteten Unterlagen. Wir konnten mit eigenen Leuten diesen fingierten Überfall durchführen. Dass dabei dieser Unfall passierte, ist tragisch, war aber nicht zu vermeiden. Jetzt muss der Teil der Beute gefunden werden, um sie wenigstens einsehen und auswerten zu können", schloss Nummer1 seinen ausführlichen Bericht.

Als Schlussfolgerung war zu vermerken, dass ein Teil der Beute rein zufällig in die Hände unbescholtener Bürger gefallen sein könnte. Zuallererst sollten der verletzte Professor, dessen Freund, sowie der Landwirt, der unmittelbar nach der Tat die Erstversorgung des Verletzten vornahm, erneut, und wenn notwendig, schärfer vernommen werden. Auf diese Personen und deren Umfeld wollte man sich nunmehr massiv konzentrieren, um einen zügigen und positiven Fahndungsabschluss zu erreichen.

In Hauptkommissar Löws Hirn rasten die Gedanken durch enge Bahnen, wollten jedoch nicht in eine positive Erkenntnisschleife einbiegen.

„Mich wundert nur, warum das BKA nicht offiziell an uns herangetreten ist und uns über Sie informiert hat. Wenn jetzt herauskäme, dass das BKA hinter dem Überfall steckte, um an die Unterlagen des Holländers zu gelangen und dadurch ein Mensch quasi in den Rollstuhl katapultiert wurde, wird es einen Riesenskandal geben. Hierbei werden Köpfe rollen, und zwar welche von ganz oben, und sie werden uns mit nach unten ziehen. Warum hab ihr den Holländer nicht schon längst hochgenommen?", wollte Löw wissen und pfefferte verärgert den kalten Zigarillo in Richtung Mülleimer.

„Weil wir noch nicht über seine gesamten Machenschaften Kenntnis haben. Und wer weiß? Wir haben die Befürchtung, dass ihre Behörde nicht wasserdicht ist. Darum darf der Sachverhalt nicht öffentlich werden, weil dann auch mein weiterer Undercover-Einsatz in Holland gefährdet wäre. Ich würde auffliegen und eine jahrelange, aufwendige und teure Initiative, den Holländer und sein europaweites Mittäternetz endlich zu entlarven, wäre umsonst gewesen. Darum informiere ich auch explizit nur Sie. Dem BKA und den holländischen Sicherheitsbehörden haben die bisherigen Erkenntnisse für eine Anklage noch nicht ausgereicht, sie wollen mehr. Man vermutet, dass van den Brinck hinter anderen Delikten steckt, von denen noch nicht einmal ich und sein unmittelbares Umfeld weiß. Möglicherweise ist er in einem weiteren Netzwerk verstrickt, das über die mitteleuropäischen Grenzen hinausragt. Ich persönlich vermute, dass selbst das BKA erheblich durch ihn infiltriert worden ist. Als außereuropäische Filiale seines Machtzentrums ist Albanien ganz vorn zu nennen. Er fährt scheinbar auf mehreren Geleisen gleichzeitig", antwortete Nummer1 eindringlich.

„Was sollen wir tun, ich muss die Staatsanwaltschaft von unserem Gespräch in Kenntnis setzen, sie wird sie und ihre Vorgesetzten befragen wollen, und das BKA dienstlich offiziell einbinden, schätze ich", gab Löw zu bedenken.

„Das BKA wird bald hier aufkreuzen und versuchen, den ganzen Fall ganz an sich zu ziehen. Wir müssen die Unterlagen haben, um Kopien anfertigen zu können. Dann gebe ich sie dem Holländer zurück und beruhigen ihn damit. Die Zeit drängt, heute Abend werde ich wieder mit den Vertrauten van den Brincks in Holland telefonieren müssen. Sie warten auf meine Ermittlungsergebnisse, ich muss bald etwas vorweisen. Ich hoffe, ich kann sie noch vertrösten. Sollten die in Holland ungeduldig werden, schicken sie andere Leute, und deren Methoden…", schloss Nummer1 ohne den Satz zu beenden und verabschiedete sich.

Die Journalistin Carina Scheller war sich sicher, diesen Mann, der aus dem rückwärtigen Kellerausgang herausgetreten war und über den Parkplatz huschte, schon mal irgendwo gesehen zu haben.

„Hatten sie interessanten Besuch?", fragte sie Löw, der beim Anblick der jungen Frau sein Gesicht in den Händen vergrub. „Sie schon wieder, was wollen sie?", gab er verärgert zurück und griff nach dem läutenden Telefon. „Hier Oberstaatsanwalt Perchtl, Löw, sofort zu mir!". Der Kripo-Beamte wusste, was die Stunde geschlagen hatte. Er schob die junge Frau etwas unsanft aus seinem Büro und spurtete die Treppe hinauf.

Nummer1 war froh, dem Ermittler Löw seine Erkenntnisse dargelegt zu haben und unerkannt das Polizeipräsidium wieder verlassen zu haben.

Nun freute er sich auf das Treffen mit ihr und auf den Duft dieser herrlichen Haarpracht. In Gedanken fühlte er ihre warme Haut und er vernahm ihre zarten Seufzer, wenn er an ihren prallen Brüsten saugte und seine Finger sanft ihre erogenen Körperöffnungen liebkoste. Nein, Liebe war es nicht, aber ein unsagbar heftiges Aufeinandertreffen von gegenseitigen sexuellen Gelüsten, die sich bei jeder Zusammenkunft wie atomare Explosionen entluden; Gebäude würden fast zum Einsturz gebracht.

Dass diese Schönheit vage Verbindungen zu einem besonderen und überaus wichtigen Verbündeten und Mitwisser des holländischen Clanchefs hatte, wusste Nummer1 nur zu gut. In dieses dubiose Nest vorzudringen, das sich vielleicht in seiner Dienststelle ausgebreitet hatte, war dem Undercover-Beamten noch nicht gelungen. Namen, Stellungen oder Amtsbereiche blieben noch im Nebel verborgen. Er musste höllisch aufpassen, dass sich das Verhältnis zu ihr nicht als KO-Schlag für ihn erweisen würde.

******

Gebhard Wolkenstein genoss die warmen Strahlen der Herbstsonne. Seine Rosen forderten von ihm die letzten Aufmerksamkeiten, bevor er sie für den Winter zu präparieren hatte. Wärmender Rindenmulch sollte ihre Füße vor dem Frost schützen, und ein Schal aus dickem Flies würde den scharfen Ostwind von ihren Zweigen fernhalten. Wolke pflegte zu allen von ihnen ein inniges Verhältnis. Liebe Worte in seinen Ansprachen für seine Schätzchen ließen im Frühjahr die Knospen erhaben aufgehen und die Blüten in hellster Pracht erstrahlen. Feines, scharfes Werkzeug schnitt vorsichtig das Verblühte ab, sanfter, wohl dosierter Dünger gab ihnen Kraft und Ausdauer für das kommende Blütenjahr. Wolke's Gartennachbarn beneideten ihn ob seines guten Händchens für die vielfältige Rosenzucht. Allein das Geschehen um seinen Freund Christian M. Köller riss einen breiten Spalt in seine Wohlfühlpalette. Aufwallende Gedanken über unerledigte Dinge waberten in seinem Kopf herum. Die Tatsache, dass sich sein Freund gesundheitlich auf dem Weg der Besserung befand, gab ihm ein kleines Signal der Entwarnung. Doch die Verwahrung der brisanten Papiere bereitete Wolkenstein massive Schlafstörungen in der Nacht und heftig bittere Empfindungen am Tage.

Es musste eine Lösung her, koste was es wolle, dachte er und widmete sich wieder den Rosen.

Versicherungsdetektiv Clemens Helmroth war erstaunt, als er den schwarz gekleideten Typen sah, der den Parkplatz des Polizeipräsidiums in schnellster, gedeckter Gangart verließ. Hatte er ihn nicht unlängst beim widerrechtlichen Eindringen in Wolkensteins Gartenhütte beobachtet? Was ging hier vor sich? War ihm etwas Wichtiges entgangen?

„Nein, es gibt keinerlei neue Entwicklung in dem Fall. Nichts, was ich ihnen mitzuteilen habe. Ich bin kein Auskunftsbüro", antwortete Löw auf die Frage Helmroths. Den Beamten nervten diese ständigen Besuche des Mannes, der in seinem hellen, etwas altmodischen Anzug wie ein abgehalfterter Staubsaugervertreter aussah. Des Weiteren widerte Löw dieser allzeit grinsende Ausdruck im Gesicht des Mannes an, dem er gerne einmal kräftig einen reinhauen möchte.

Die abschätzige Art und Weise, mit der sich Helmroth verabschiedete, und mit der er seine Abneigung gegenüber dem Polizeiapparat zeigte, brachte Löw ziemlich in Rage.

„Sie haben hervorragende Fortschritte gemacht", lobte der Oberarzt den Patienten und studierte kurz die Krankenakte. „Wir beginnen heute mit Laufübungen unter Zuhilfenahme von Unterarmgehstützen. In unseren Physiocentrum gibt es eine Laufbahn, mit der wir das Programm starten, um sie wieder ans selbstständige Gehen zu gewöhnen. Unser Therapeut wird sie später abholen", schloss der Arzt seine Ansprache und verabschiedete sich.

EM machte es sich auf dem Stuhl am Fenster gemütlich und begann seinen Appell.

„Du siehst, ER lässt dich gesunden. ER tut alles, damit es dir wieder gut geht. Du darfst jedoch nicht nur nehmen. Gib IHM die Liebe zurück, die ER dir schenkt, dann seid ihr wieder versöhnt", sagte EM mit einer nie dagewesenen Bestimmtheit.

„Und wenn ich es nicht tue? Wenn ich meine Lebensweise und meine Einstellung nicht ändere und die Verfehlungen der Kirche weiterhin zum Anlass nehme, mich ebenso zu verhalten? Sie positioniert sich politisch schon seit längerer Zeit offensiv in eine Richtung. In die falsche meines Erachtens. Die Kirche sollte sich ganz aus der Politik raushalten. Was ist mit den Schwulen und Lesben, die er gewollt so schuf, sie aber in seiner Kirche nicht haben will und deren Sexualausrichtung verteufelt? Sah er sie als Versuch an, so wie, -ach ich probiere mal was Neues aus-. Warum stattete er so viele seiner Priester mit pädophilen Neigungen aus? Will er ihre Stärke testen, dem Drang zu widerstehen? Denkt er dabei nicht an deren Opfer? Also, komm mir nicht mit Liebe und Versöhnung", antwortete Christian.

Er wandte sich ab und dachte nicht weiter über EM's Worte nach. Die ständigen Vorhaltungen waren ihm zuwider. Sein momentanes Denken wollte er doch einzig und allein für seine Gesundung verschwenden.

Er war zufrieden. Die ersten Gehversuche konnte man zwar noch nicht als Erfolg verbuchen, doch die Tatsache, fast wieder auf eigenen Beinen stehen zu können, gaben Christian ein ganz neues Lebensgefühl. Er war froh, in dem Therapeuten einen zielstrebigen Mitstreiter gefunden zu haben, der seinem Patienten stets alles abverlangte und ihn so im Gesundungsprozess nach vorne brachte.

******

Nummer1 hatte es kommen sehen. Der Holländer van den Brinck hatte Verstärkung geschickt, und die hatte es in sich. Der Kroate Darian Maric gehörte nicht gerade der zarten Fraktion an. Wenn der einen Auftritt hatte, floss meistens Blut, und so schien es, als hätte der Holländer nunmehr die Geduld verloren und für die Problemlösung einen seiner härtesten Akteure geschickt. Nummer1 war von dessen Ankunft gar nicht begeistert. Nun stand er unter dessen Kuratel und konnte sich nicht mehr ungehindert frei bewegen. Die Order aus Holland, eine enge Zusammenarbeit mit Maric zu pflegen, ging Nummer1 voll gegen den Strich. Er musste nunmehr außerordentlich achtgeben, dass er nicht aufflog. Seine Undercover-Tätigkeit musste er vorerst einstellen und alle Verbindungen zu den Behörden einfrieren. Er hatte mit dem Kroaten zusammenzuarbeiten, ob es ihm gefiel, oder nicht. Dessen Ankunft hatteNummer1 dem Beamten Löw noch rechtzeitig mitteilen können.

Hauptkommissar Löw zeigte ein gespieltes Erstaunen, als der Oberstaatsanwalt ihm den Leiter der Abteilung schwere organisierte Kriminalität des Bundeskriminalamtes vorstellte. Er nahm zur Kenntnis, dass man ein Mitglied des Amtes in den Clan des Holländers van den Brinck einschleusen konnte, usw usw….

Der Hauptkommissar fragte pro forma interessiert nach und bekam Antworten über Details, die er bereits von Nummer1 erfahren hatte. Nun war er offiziell in den Undercover-Einsatz des BKA eingeweiht. Jetzt befand sich Löw in einer massiven Zwickmühle. Er wusste anscheinend mehr als der Abteilungsleiter des BKA, denn dieser erwähnte mit keiner Silbe das Dilemma um den nunmehr aktiven Kroaten und der damit verbundenen Zurückhaltung des Undercover-Beamten. Wie sollte er jetzt mit dem Wissen umgehen? Seinem Chef reinen Wein einschenken und alles offenlegen? Die Wände in seinem Büro brachten Löw keine Antwort, so fest und ausdauernd er sie auch anstarrte.

Ein neuer Morgen legte seine spätsommerlichen Farben auf den Fluss und die Sonnenstrahlen gaben der Natur an dessen Ufer Kraft für die letzte Blütenpracht.

Der junge Mann versuchte seinen Hund zu beruhigen, um ihn nach dem Morgenspaziergang am Main in den Fond des Autos zu verfrachten. Aber das Tier blieb weiterhin aufgewühlt bellend am Ufer des Parkplatzes stehen. Der Hundeführer entdeckte den Grund dieser Aufgeregtheit, als er sich über das Geländer beugte, um das an der Kaimauer hängengebliebene Etwas genauer erkennen zu können. Sofort alarmierte er die Polizei.

Vom gegenüberliegenden Mainufer bot die Justinuskirche ein erhaben friedliches Bild. Dieses karolingische Gotteshaus in Frankfurt-Höchst ist das älteste erhaltene Bauwerk in Frankfurt am Main und eine der ältesten Kirchen in ganz Deutschland. Die dreischiffige Kathedrale stammt aus der Zeit um 830. Der spätgotische Hochchor wurde ab 1441 errichtet.

Heute jedoch stand auf dem unterhalb dieser Kirche gelegene Parkplatz eine weißes Arbeitszelt in dem und um ihm herum Menschen in weißen Einwegoveralls fotografierten, markierten, Messungen vornahmen, notierten, schrieben und sprachen Ermitteltes in Diktiergeräte.

Sie begutachteten 2 menschliche Körper, die leblos unter dem weißen Zeltdach lagen. Eine männliche Leiche in einem hellen, stark verschmutzten Anzug. An ihrem Unterarm und Unterschenkel war mit Klebeband ein völlig nackter, weiblicher Körper befestigt. Ihr kurzgeschorenes Haupthaar mündete in ein Tattoo, das den Nacken der Frau zierte. Ihr Körper wies mehrere Verletzungen auf, die teilweise von Messereinwirkungen, als auch von kleineren Schiffsschrauben herrühren könnten.

Die Pathologin Dr. Helene Sangmeister hatte in ihrer langjährlichen Tätigkeit eine derartige Drapierung von Leichen noch nie erlebt. Auch Hauptkommissar Drescher, als Leiter der Sonderkommission, war ebenso sprachlos. Seine Mitarbeiter und die Bediensteten der Spusi bemühten sich, alle möglichen Spuren und Indizien haarklein zu archivieren. Es durfte nicht die kleinste Kleinigkeit übersehen werden. Man wollte endlich diese Leichenflut stoppen. Der heutige Fund brachte alle Beteiligten zum Nachdenken.

Hauptkommissar Drescher begutachtete die durchnässten Ausweispapiere des Mannes. Was hatte die Leiche eines Versicherungsdetektiven mit den bisherigen und der neuerlichen Frauenleiche zu tun? Stand dieser Mann in Verbindung mit der an ihm festgebundenen jungen Frau?

Die Pathologin versprach ein baldiges Obduktionsergebnis.

Hauptkommissar Löw staunte nicht schlecht, als ihm der Leiter der Sonderkommission Hauptkommissar Drescher das Foto der beiden aneinander gebundenen Leichen präsentierte.

„Dieser Mann fahndete im Auftrag einer Versicherung nach der Beute eines Werttransport-Raubes. Er hatte sich bei mir nach dem Stand der Ermittlungen informiert. Doch wie hängt der Überfall mit den Mädchenmorden zusammen? Wollte man uns hiermit eine Mitteilung machen, uns auf eine besondere Fährte lenken?", fragte Löw seinen

Kollegen, der den Kopf schüttelte und die Schultern ratlos anhob. „Zwei Leichen aus 2 verschiedenen Fällen aneinandergebunden. Wie hängen diese Fälle zusammen?", zermarterte sich Löw den Kopf. Musste er jetzt die Ermittlung in eine andere Richtung lenken?

Er wollte umgehend Oberstaatsanwalt Perchtl vorschlagen, gemeinsam mit dem Kollegen Drescher ermitteln zu dürfen. „Ich bin einverstanden. Sie beide leiten ab sofort die neue Soko „Werttransport/Mainleichen" einvernehmlich gemeinsam, stellen Sie ein neues Team zusammen", ordnete Perchtl an. „Sie kennen sich lang genug und verstehen sich hoffentlich, dann ist ein Ermittlungswettbewerb ausgeschlossen", schob er hinterher, worauf die beiden Hauptkommissare einhellig nickten.

******

Christian war besorgt über die Berichte in den Tageszeitungen und in den Bild- und Tonmedien. Traf ihm eine Mitschuld an den Leichenfunden? Dieser Aufruf der Kripo, mögliche erkenntnisrelevante Angaben umgehend zu melden machte ihn nachdenklich.

„Du solltest nicht nur darüber nachdenken, sondern endlich handeln", gab EM zu bedenken und schlug am Fenster sitzend die Beine übereinander.

Christian ignorierte den Einwand, griff zum Mobilphone und rief Wolke an, der sich jedoch nicht meldete. Anscheinend lag dieser wieder unter irgendeinem Oldtimer. Erst eine Stunde später rief sein Freund zurück.

„Dieser Versicherungsdetektiv, der damals bei mir in der Klinik war, wurde tot aus dem Main gezogen", wollte Christian seinem Freund Wolke mit einer absoluten Neuigkeit überraschen. „Ich weiß", sagte Wolkenstein, „ich hab's auch gelesen".

„Der Fall dehnt sich aus. Was wollen wir tun?", fragte Christian seinen Freund.

Der war ob dieser Frage erstaunt und entgegnete: "Was wollen WIR tun? Was willst DU tun? Welchen Nutzen willst Du aus der Verwahrung der Beute ziehen? Gegen wen willst Du sie als Waffe einsetzen?".

„Ich weiß es nicht, doch ich ahne, dass hinter allem eine größere Sache steckt. Nicht ohne Grund ist alle Welt darauf erpicht die Unterlagen in ihren Besitz zu bringen. Doch dass es jetzt einen Toten gegeben hat, der unmittelbar in der Sache involviert war, macht mich traurig und nachdenklich", sinnierte Christian. „Und dann muss ich mich um Celine kümmern. Ich habe schon über eine Woche nichts von ihr gehört", schob er hinterher.

Für Gebhard Wolkenstein klangen diese Worte so, als würde sein Freund mit sich selbst sprechen oder ein Vorlesungsmanuskript erarbeiten, so weit weg erschien er ihm. Diese verdammte Tasche mit den vielen Unterlagen, sie brachte nur Unruhe in unser Leben, dachte Wolke und nahm sich vor, diesen unhaltbaren Zustand möglichst bald zu beenden.

„Wir sollten ab jetzt nicht mehr über unsere Mobiltelefone darüber reden, oder uns ein paar nette Wortverschlüsselungen für einzelne Begriffe einfallen lassen", beendete Christian das Gespräch. Wolke war sich nicht sicher, ob sein Freund diesen Vorschlag ernst gemeint hatte, oder ihn nur veräppeln wollte.

Hauptkommissar Löw ärgerte sich über die Einzelheiten, von denen in der Zeitung über den doppelten Leichenfund berichtet wurde. Sie konnten nur über dem engeren Mitarbeiterkreis an die Presse gelangt sein. Wer von seinen Kollegen besserte sein Gehalt mit der Weitergabe brisanter Ermittlungen auf? Wer hatte die Journalistin Carina Scheller mit Informationen versorgt?

Nun lagen die Obduktionsergebnisse vor. Frau Dr. Sangmeister hatte wie immer akribisch gearbeitet und alle relevanten Indizien aufgelistet. Die männliche Leiche wies keinerlei sofort sichtbare Wunden auf. Für die Obduktion benötigte die Pathologin nicht viel Zeit, anders sah es bei dem Leichnam der jungen Frau aus. Die etwa 19 Jahre alte Frau könnte aus der Ukraine stammen. Ihr Tattoo deutete die Pathologin als ein Friedensbild, das im östlichen Teil des Landes häufig vorkommt. Die junge Frau war ertrunken. Sie hatte wie die anderen bisher aufgefundenen weiblichen Opfer kein Mainwasser in Lunge und Magen, sondern gechlortes Poolwasser.

Ihr Körper war übersät mit kleinen Wunden, die auch von einer Messerattacke herrühren konnten. Anus und Scheide waren durch Gewalteinwirkungen erheblich verletzt worden. Hier hatte sich ein masochistischer Peiniger erneut sexuell ausgetobt.

„Doch ein sehr wichtiges Indiz ist das hier"; sagte die Pathologin mit leichtem Stolz und zeigte den Beamten einen auffälligen Ring, der gerne von Männern getragen wird. „Dieses Teil hatte die junge Frau im Magen", vervollständigte sie.

Löw betrachtete das Schmuckstück erstaunt und ausgiebig. „Eine Gravur mit den Buchstaben „VS for ever", murmelte er vor sich hin. „Wie gelangte der Ring in den Magen der Toten? Ein vollkommenes Rätsel", konstatierte der Beamte.

„Und noch etwas ist anders als bei den bisherigen Frauenleichen. Diese hier hatte fast keine Fingernägel mehr. Sie waren praktisch abgeschabt. Wir fanden Holzreste unter dem was von den Nägeln, bzw. Gewebeteilen der Fingerkuppen übrig war. Sie war vielleicht in einer Holzkiste eingesperrt. Aber unter Wasser, ein Drahtkäfig mit Holzboden und Holzdecke? An den Körperseiten, am Hals und an den Armen konnte ich Kratz- und Bissspuren nachweisen. An Oberschenkel und Kniebereiche waren Abdrücke von Drahtgittern fest eingepresst und als Hämatome sichtbar. Eine neue Dimension, mit der wir es hier zu tun haben", erklärte Dr. Sangmeister.

„Unter Wasser, vielleicht in einem Käfig?", wiederholte Löw sichtlich verwirrt, „wie pervers ist das denn, anscheinend wollte sich das Mädchen befreien und rieb sich die Fingernägel bis aufs rohe Fleisch herunter?"

Die Pathologin reichte noch nach, dass der Mann durch einen injizierten Medikamentencocktail starb, als weitere Verletzung konnte sie lediglich einen gebrochenen Zeigefinger feststellen.

Da nun beide Ermittlungsgruppen zu einer SoKo vereinigt waren, konnten die Hauptkommissare Löw und Drescher personell aus dem Vollen schöpfen, denn nun begann für die Beamten wieder der übliche Ermittlungsgang. Aus sämtlichen privaten Gartenpools der näheren Umgebung wurden von der Schutzpolizei Wasserproben entnommen, um einen Abgleich mit der in der Leiche gefundenen Wasserqualität vornehmen zu können. Ferner wurden sämtliche Juweliere im Umkreis von 50 km besucht, um eventuell den Hersteller des Männerringes zu ermitteln. Es handelte sich nicht um ein Schmuckstück „von der Stange", allein der kleine, fein aufgesetzte blaue Edelstein dürfte schon allein sehr wertvoll sein.

Lediglich der männliche Leichnam des Versicherungsdetektiv bildete ein zusätzliches Betätigungsfeld, das Löw aber vorerst hintanstellen wollte. Die Tatsache, dass der Undercover-Einsatz von Nummer1 nunmehr ausgesetzt war, und Löw somit ein Informationsdefizit hatte, bereitete dem Beamten zusätzliches Kopfzerbrechen.

Hauptkommissar Drescher, der zweite Mann in der Leitung der Sonderkommission, hatte es sich wieder einmal auf einer Bank am Mainufer gemütlich gemacht. Die Annehmlichkeiten des wohlverdienten Wochenendes zu genießen, wollte ihm nicht so recht gelingen. Viel zu sehr beschäftigte sich sein Gehirn mit den neuerlichen Ermittlungsergebnissen. Irgendwo hier, möglicherweise ganz in der Nähe waren die Mädchen und auch der Mann zu Tode gekommen. Fließgeschwindigkeiten des Mains, eventuelle Hemmnisse im Strömungsverlauf, sowie Gewicht der Leichen wurden bei der Berechnung zur Ermittlung des Einlassortes in den Fluss berücksichtigt.

Vergebens, man fand wie bei den bisherigen Fällen keinen Hinweis auf Gebäude, Privathäuser, Firmengelände o.ä., die als möglicher Tatort infrage kämen. Auch die Tatsache, dass beide Leichen aneinandergebunden waren, schwirrte in Dreschers Kopf herum. Wie waren die beiden grundverschiedenen Fälle zu einem verschmolzen? Wollte man den Behörden zeigen, dass sie machtlos gegenüber dem Clan um den Holländer van den Brinck waren?

Klar, das war es…eine Kriegserklärung seitens des Holländers gegen die Behörden. Dieser ging anscheinend ab jetzt auf vollen Kollisionskurs. Das Wort Kollisionskurs und die Blicke über den Main lösten in dem Beamten eine neue Gedankenflut aus. Ihre Ermittlungsrichtungen hatten sich bisher ausschließlich auf immobile Objekte konzentriert. Die Möglichkeit, dass die Straftaten auf Binnenschiffen oder

Privatjachten ausgeübt wurden, hatte man nie in Betracht gezogen. - Ja, mein Gott, oder deiner, eigentlich hätte ich schon früher draufkommen müssen-, dachte Drescher mit innerlicher Wut. Wie oft habe ich schon im Biergarten der *Alten Schiffmeldestelle Höchst* gesessen und erst jetzt kommen die Erleuchtungen.

Er klopfte sich auf den Oberschenkel, verließ die Parkbank und radelte ohne Eile, aber mit frischen Ideen für neue Ermittlungsansätze im Geistesgepäck, nach Hause.

Hauptkommissar Drescher's Idee, die neue Spur auf den Schiffsverkehr zu richten, fand bei seinem Kollegen Löw allerhöchsten Zuspruch. „Warum haben wir diese Möglichkeit bisher außer Acht gelassen. 16 Mitarbeiter und keiner hatte an so etwas gedacht. Vom Wasserstraßen -und Schifffahrtsamt Rhein/Main werden wir uns das Verkehrsaufkommen der letzten 3 Monate melden lassen. Mit allen infrage kommenden Schiffen, die zu Tal oder zu Berg gefahren sind", schlug Löw vor.

******

Nummer1 fühlte sich erkennbar unwohl in seiner Haut. Beim Rapport in Amsterdam machte man ihn dafür verantwortlich, dass die Unterlagen aus dem Werttransport weiterhin verschollen blieben. Die härtere Gangart, die man jetzt an den Tag legen wollte, war ihm ja schon mit dem Engagement des Kroaten bewusst geworden. Doch damit, dass dieser sofort die äußersten Maßnahmen ergriff, hatte Nummer1 nicht gerechnet. In Amsterdam hatte man den Todesfall des Versicherungsdetektiv als Kollateralschaden eingestuft. Damit wollte man unter anderem allen weiteren Beteiligten die Ernsthaftigkeit der kommenden Maßnahmen deutlich machen, und diesen Mord als letzte Warnung vermitteln.

Der Kroate hatte mit seinem Helferteam den Versicherungsmann in die Mangel genommen und ihm, nachdem den Folterern klar war, dass er nichts über den Verbleib der Papiere wusste, einen todbringenden Medikamentencocktail gespritzt. Mit der ausführlichen

Schilderung des Vorgangs wollte man auch Nummer1 die Entschlossenheit des holländischen Clan-Chefs van den Brinck näherbringen.

Auf eine derartige Gewaltexplosion war Nummer1 keinesfalls vorbereitet. Bisher war er in solchen Machenschaften nicht einbezogen worden, man hatte ihn heraushalten wollen. War die neue Marschrichtung ein geplantes Szenario der Stärke? Oder stand er kurz vor dem Auffliegen? Jedenfalls machte ihm seine Situation zurzeit sehr großes Kopfzerbrechen. War er der Sache nicht mehr gewachsen? Nummer1 musste demnächst unbedingt die Verbindung zum heimatlichen Amt aktivieren, um weitere Anweisungen für die neuen Lagen einzuholen. Vielleicht war auch der Besuch bei dem Ermittler im Frankfurter Polizeipräsidium ein gravierender Fehler. Gab es womöglich irgendwo undichte Stellen?

„Sie haben so erhebliche Fortschritte gemacht, dass wir Ihren Entlassungstag auf nächste Woche Mittwoch festgelegt haben", überraschte ihn der leitende Oberarzt, „ich empfehle ihnen eine weitgreifende Anschlussheilbehandlung. Hierfür schlage ich die Bergklinik in Bad Wildungen vor. Das Haus verfügt über ein erstklassiges Therapiepersonal und kommt auch in sonstiger Hinsicht Ihrer Genesung sehr entgegen", stellte der Mediziner Christian vor vollendete Tatsachen und wartete nicht die Reaktion des Patienten ab und verließ das Zimmer. Christian sah sich schon inmitten von Rollatoren schiebenden Senioren, deren Hauptgesprächsthema die Krankheiten waren, mit denen sie zeitlebens zu kämpfen hatten, wo auch noch die verschieden familiären Streitigkeiten hinzukamen, die man sich zwangsläufig anhören musste. Andererseits würde er weit weg von Tatorten und Ermittlungen sein, könnte sich unbehelligt von Polizei und sonstigen Schnüfflern um seine Gesundung kümmern.

„Ein guter Vorschlag deines Arztes. Dort in dem beschaulichen Bad Wildungen könntest du dich auch um die Genesung deines Seelenheils kümmern", schlug EM vor, der wieder auf dem Stuhl am Fenster Platz genommen hatte. *„ER setzt große Hoffnungen in dich, sonst hätte Er dich nicht so schnell gesund werden lassen. Nun kannst du schon wieder fast selbstständig laufen, wenn auch noch mit Gehilfen",* schob EM hinterher.

„Ich werde beizeiten den richtigen Weg zu IHM finden und mich mit IHM auseinandersetzen. Spätestens wenn ich meinen Dienst an der

Uni wieder aufnehme, bis dahin habe ich genügend Zeit und Gelegenheit IHM meine Meinung klarzumachen", legte Christian unmissverständlich fest.

„Wenn es bis dahin nur nicht zu spät ist, du könntest an den Wochenenden ein paar passende Exerzitien-Tage in der Pfarrei Bad Wildungen organisieren, sie würden dir helfen, den Weg zu IHM leichter zu finden", warf EM warnend und zugleich bestimmend zurück, während Christian überlegte, Celine dann für ein paar Tage in dem Kurort unterzubringen.

Während sich Christian mental auf die Reha vorbereitete, hatte Wolke vollendete Tatsachen geschaffen. Die brisanten Unterlagen lagerten nunmehr sicher in einem Schließfach der Rhein-Main-Bank. Gebhard Wolkenstein fühlte sich befreit und wieder lebendig. Diese einengende Klammer um seinen Hals hatte sich gelockert und ließ ihn wieder entspannter atmen.

*****

Christian fiel aus allen Wolken, als sein Freund ihm eröffnete, die brisanten Unterlagen ohne Absprache mit ihm in einem Schließfach einer Frankfurter Bank deponiert zu haben.

„So ist mir wohler, und sie sind ja nicht weg, nur fremdgeparkt. Ich habe ausdrücklich nur für dich und mich eine passwortgeschützte Zugriffsberechtigung einrichten lassen. Einfach nur mit dem Schlüssel zu kommen, wird nicht funktionieren. Wir können aber noch zusätzliche Personen notariell ermächtigen. Sie müssten dann auch im Besitz der Schlüssel sein, also in unserem Auftrag handeln", erklärte Wolke seinem Freund.

Am Nachmittag kamen für Christian die Reha-Unterlagen mit der Post.

Das Haus lag am Ortsrand von Bad Wildungen und grenzte direkt an den herrlichen Kurpark. Trotz der 70-ger Jahre Beton-Architektur machte die Klinik einen äußerlich sympathischen Eindruck.

Angesichts dieser großartigen Lage, der ausführlichen Beschreibungen im Katalog und auf der Website verspürte Christian eine motivierende Lust auf diese bevorstehende Rehabilitation. Er freute sich auf fruchtvolle Gespräche mit vielleicht netten Mitpatienten und einer fortschreitenden Genesung durch eine adäquate Therapie.

Doch vorher musste er hier vor Ort noch einige Dinge klären, und er hatte sich um Celine zu kümmern.

Die junge Frau hatte Christians Vorschlag ein paar Tage mit ihm in Bad Wildungen zu verbringen freudig aufgenommen. Sie war bei ihren Freunden in Straßburg bisher unbehelligt geblieben. Christian war sich sicher, dass sie nicht im Focus der Fahndungen stand. So ging er dem Vorhaben, sie zu sich zu holen, ziemlich gelassen an.

Sein Freund Gebhard Wolkenstein jedoch war hiervon nicht begeistert. Er wähnte die junge Frau unnötig in Gefahr, denn die Verfolger und Ermittler würden von Christians Ortswechsel erfahren und sie beide auch weiterhin nicht unbeobachtet lassen.

Die letzten Tage im Krankenhaus waren erfüllt von guten Gedanken an den bevorstehenden Aufenthalt in der Bergklinik in Bad Wildungen. EM hatte sich mit seinen Nörgeleien ziemlich zurückgehalten, außer 2-3 Auftritten am Fenster hatte er den Professor in dessen helle Vorfreude auf die kommenden Wochen absolut in Ruhe gelassen. Er würde, sobald die Reha angetreten war, neue intensive Versuche starten, den Theologen auf Gottes rechten Pfad zurückzuholen.

Christian war beeindruckt von der alten Architektur, mit der die Hauptstraße ihn bei der Durchfahrt durch Bad Wildungen begrüßte. Vom Straßenzug zurückgesetzte alte Villen erzählten von hochherrschaftlichen Zeiten, mit denen der Aufstieg des Kurortes damals begann.

Eine wohltuende Zufriedenheit, den richtigen Ort für die Rehabilitation gewählt zu haben, erfüllte Christian, während Wolke das Fahrzeug über die Brunnenallee Richtung Klinik lenkte.

Dieser positive Eindruck setzte sich fort, als er die Anmeldung durchlaufen und sein Zimmer mit weitem Blick über den Ort und auf den herrschaftlichen *Fürstenhof* bezogen hatte. Seine Bleibe für die nächsten vier Wochen war nicht der größte Raum, aber hell und freundlich eingerichtet. Das Bad war sauber, nicht übermäßig groß, bot Christian jedoch ausreichend Platz. Sein Freund Gebhard Wolkenstein hatte sich mittlerweile verabschiedet, jedoch nicht ohne Christian bei Bedarf mit -Du rufst, ich komme- jedwede Hilfe anzubieten.

Nach der eingehenden Aufnahmeuntersuchung ging Christian zum Mittagessen. Für die Patienten mit Gehhilfen war ein separater Speisesaal vorgesehen. Auf ihn warteten schon seine 3 Tischgenossen, 2 Damen und 1 Mann, um den „Neuen" zu begrüßen. Da man sich am Tisch duzte, fanden auch schnell die ersten Gespräche statt. Jeder einzelne schilderte seine Gründe, die ihn zur Durchführung einer Reha zwangen. 2 x Knie und 1 x Hüfte, so stellten sich die Tischnachbarn vor. Christian konnte mit mehrerlei „Gebrechen" aufwarten, die der Unfall ihm beschert hatte.

Die ersten Anwendungen waren für den nächsten Tag vorgesehen. So nutzte Christian nach dem Einräumen seiner Sachen das Haus und die nähere Umgebung kennenzulernen.

******

Die Mitarbeiter des Wasser- und Schifffahrtsamtes hatten umgehend das entsprechende, zeitlich eingegrenzte Verkehrsaufkommen für den betreffenden Main-Abschnitt übermittelt. Der Stab um die Hauptkommissare Löw und Drescher wertete die infrage kommenden Schiffstypen nach Größe und dem Vorhandensein von Pools oder Schwimmbecken aus.

Als Ergebnis verblieben 2 Frachtschiffe, 1 Maga-Yacht, und 7 Kreuzfahrtschiffe, die während des betreffenden Zeitraumes die Höchster Mainfront passiert hatten. Die 2 Frachtschiffe befanden sich momentan in holländischen Gewässern, die Mega-Yacht befuhr zurzeit einen Kurs entlang der Nordseeküste mit Destination Hamburg. 2 Kreuzfahrtschiffe lagen in Köln, wovon eines in den nächsten Tagen wieder Frankfurt anlaufen würde. 2 weitere lagen in Passau, die 3 anderen befanden sich auf der Donau in osteuropäischen Hoheitsgebieten.

„Auf welche Schiffe wollen wir uns konzentrieren? Die Kreuzfahrtschiffe verfügen über Kabinen für 120-180 Personen, könnten darauf unbemerkt diese Taten vollzogen worden sein? Nur eines hebt sich von allen ab, nämlich das eine, das in der nächsten Woche hier in

Frankfurt wieder anlandet, 1 Tag und eine Nacht bleibt, und danach wieder Richtung Holland bzw. Köln abdampft", erklärte Hauptkommissar Drescher. „Die in Passau liegenden Pötte laufen morgen Richtung Donaudelta aus", schob er hinterher.

„Das für nächste Woche hier zu erwartende Schiff ist kein typischer Kreuzfahrer. Es ist viel kleiner, bietet Übernachtungskapazität für nur maximal 60 Personen. Es fährt nicht immer nach einem Regelfahrplan, der Kahn wird meistens von großen Firmen, Vereinen oder Betrieben komplett gemietet", vervollständigte Hauptkommissar Löw. „Die Tour für nächste Woche ist eine freie Fahrt, das heißt man kann sich über Reisebüros, oder vor Ort am Liegeplatz in Köln einbuchen, was Kollege Drescher und ich tun werden. Die Maßnahme ist bereits vom Oberstaatsanwalt abgesegnet."

Kollege Drescher und das übrige Team waren erstaunt über die überraschende Planung, die der Mitarbeiter ohne vorherige Absprache vorgenommen hatte, stimmten aber unvermittelt zu.

Gebhard Wolkenstein hatte sich wieder seiner Arbeit hingegeben. Die Restaurierung eines Polizeifahrzeuges für das Polizeimuseum in Marburg sollte ihm und seinen Mitarbeitern Beschäftigung für die nächsten Wochen geben. Parallel standen noch Abschlussarbeiten an einer BMW Isetta aus dem Jahr 1959 an, die nach Fertigstellung an einen Privatmann in Nürnberg ausgeliefert werden sollte.

Wolke fühlte sich momentan ziemlich wohl in seiner Haut. Sein Freund Christian befand sich in guten Händen der Rehabilitation. In der nächsten Woche hatte er lediglich die junge Frau Celine aus Straßburg abzuholen und in Bad Wildungen abzuliefern. Bis dahin wollte er keinen Gedanken an seinen Freund und die Unterlagen verschwenden, sondern sich nur auf seine Arbeit in der Werkstatt und im Schrebergarten konzentrieren.

Mit Jan Stern war Christian ein kompetenter Therapeut zugeteilt worden. Zu dem offenen und zugänglichen Mitvierziger fand er sofort einen positiven Draht. Christian genoss die Einweisung in die Gerätschaften der Muckibude und die verabreichte Krankengymnastik als willkommene Abwechslung zum bisherigen Krankenhaus- Dasein.

Die Tatsache, dass all seine Operationsnarben komplett verheilt und trocken waren, bot ihm die Möglichkeit das große hauseigene Schwimmbad zu benutzen, was er bereits am Abend nach seinen ersten Anwendungen vollends auskostete.

Die psychosomatische Abteilung des Hauses hatte Christians Ansicht nach mehr Patienten zu betreuen, als das, was die Orthopädie zu leisten hatte. Es fiel ihm auf, dass besonders Frauen den größeren Part stellten. Hatte unsere Gesellschaft derart viele psychisch Erkrankte zu verantworten? Im Fahrstuhl, in der Cafeteria und auf der großen Terrasse vernahm er die Problematik, mit denen diese Patienten zu kämpfen hatten. Nach zwei/drei Tagen konnte Christian die einzelnen Gruppen fein unterscheiden.

Und in der nächsten Woche würde Celine anreisen. Am Wochenende wollte er eine Unterkunft für sie organisieren.

*****

Löw und Drescher waren zeitig angereist, um vor der Abfahrt des Schiffes in einem der Kölner Brauhäuser noch ein paar Kölsch und eine zünftige Portion „Himmel un Äd" (Blutworscht, Kartoffelpüree und Apfelbrei) zu genießen. Löw kannte sich aus, für Drescher war dieses Gericht recht gewöhnungsbedürftig. Am Nachmittag begaben sie sich ans Rheinufer, um auf dem Kreuzfahrtschiff „*Prestige*" einzuchecken.

Das Schiff lag direkt in Höhe des Kölner Domes kurz vor der Hohenzollernbrücke. Es machte von außen her einen sauberen modernen Eindruck. Die bodentiefen Kabinenfenster waren teilweise noch gardinenverhangen. Auf dem Oberdeck tummelten sich schon einzelne Passagiere und genossen Bierglas haltend den Ausblick auf die Stadt und den Strom. Crewmitglieder in Arbeitskombis waren mit der Vorbereitung des Anlegemanövers beschäftigt, das für 18 Uhr vorgesehen war. Das Servicepersonal betreute die nunmehr eintreffenden Passagiere. Löw und Drescher bekamen je eine Kabine mittschiffs zugeteilt und begannen sofort mit dem Einräumen ihrer Sachen, um anschließend einen gemeinsamen Rundgang durch das Schiff zu unternehmen.

Am hinteren Teil des Schiffes war der große Pool- und Saunabereich von außen einsehbar. Die Türen deckseitig und von innerhalb der Gänge waren noch verschlossen. Man erkannte eine angenehme Auswahl an Liegen und Tischen, von denen das mit einer Plane abgedeckte Schwimmbecken eingerahmt wurde. Der große Speisesaal nahm fast das gesamte Vorschiff ein. Der anschließende Salon grenzte an die weitläufige Lobby, wo auch Rezeption und Infoschalter untergebracht waren.

Drescher und Löw saßen auf dem Oberdeck und erarbeiteten eine Taktik mit der sie, ohne ihre polizeiliche Identität preiszugeben, beim gesamten Personal Ermittlungen zu früheren Fahrten des Schiffes anstellen konnten. Nach außen hin waren sie zwei Freunde, die ein paar Tage Abstand von Job und Familie suchten.

Ihre Tischgesellschaft beim ersten Abendessen machte es den beiden Polizisten leicht unterhaltsamen Kontakt zu finden. Ein Ehepaar aus dem Bergischen Land führte die hauptsächliche Konversation an, die von Geschichten über bisher unternommenen Kreuzfahrten geprägt war. Der pensionierte Mediziner, der mit dieser Kurzreise über den Tod seiner Ehefrau hinwegkommen wollte, quittierte das Erzählfeuer ebenfalls nur mit einem stillen Lächeln.

Der anschließende Abend im Salon beinhaltete eine Begrüßung durch die Schiffsführung und ein durch einen Alleiunterhalter geführtes seichtes Musikprogramm. Die etwas vollschlanke Bedienung wollte den beiden „Freunden" zeigen, dass der all inclusive Getränke-Service an Bord sehr wörtlich genommen wurde. So versorgte sie beide ständig mit frischen Getränken und etwas frechen Sprüchen, was den Männern sehr entgegenkam. Hier konnten sie einen ersten Ermittlungskontakt knüpfen.

Die Bedienung Irina war seit 7 Monaten an Bord und würde sicherlich über die letzten Reisen und dem Gästeklientel nach entsprechender finanzieller Schmierung Auskunft geben können.

Drescher und Löw hatten den Abend genossen und gut geschlafen. Nach dem Frühstück wollte man ein Bad im bordeigenen Pool nehmen. Der Schwimmbadbereich war fast menschenleer, lediglich 3 Badegäste tummelten sich im Wasser. Die Beamten belegten Plätze am Beckenrand und beobachteten das Treiben.

Hauptkommissar Drescher fiel auf, dass am hinteren Beckenrand eine Hebevorrichtung angebracht war. Hier konnte man anscheinend schwerbehinderte oder gelähmte Personen ins Wasser bringen. Des Weiteren erkannte er, dass unterhalb dieser Anlage der blaue Fliesenboden grobe Kratzspuren durch das Wasser heller schimmerten. Hier könnte etwas Schweres die Beschädigungen hervorgerufen haben.

„Ich werde diese Schäden, wenn niemand hier badet, fotografieren", schlug Drescher vor, „wenn wir heute Nachmittag in Rüdesheim sind, werde ich eine Wasserprobe aus dem Pool entnehmen und „nach Hause" schicken", fügte er noch an, was sein Kollege mit erhobenem Daumen kommentierte. Das Wetter war herrlich. Bis zum Mittagessen verbrachten die beiden die Zeit auf dem Sonnendeck und ließen sich von Irina mit Getränken verwöhnen.

„Sag mal Irina, uns gefällt es sehr gut hier an Bord, doch gibt es nicht mal aufregendere Fahrten, so mit Action und Frauen oder so?", wollte Löw wissen. Die Bedienung stutzte ein wenig, erkannte aber blitzschnell die Frivolität in der Frage, stellte die leeren Gläser aufs Tablett, warf den Männern noch ein verschmitztes Lächeln zu und verschwand wortlos im Niedergang, um neue Getränke aus dem Salon zu holen.

Nach der Ankunft in Rüdesheim machten sich die beiden Polizisten für den Landgang zurecht. Hier wollten sie mal losgelöst von allen Ermittlungsarbeiten einen gemütlichen Abend verleben.

Um sich gebührend in Stimmung zu bringen, „glühten" sie an der Salontheke mit ein paar Kölsch vor und beobachteten Irina bei ihrer Arbeit. „Ich habe bis um 22 Uhr Dienst, danach werde ich mit meiner Kollegin Estera in der Weinstube „Zum Glöckchen" sein. Dort sind wir immer, wenn wir hier festmachen und wir es zeitlich einrichten können", sagte Irina mit leichtem Augenzwinkern.

Christian fühlte sich in der Reha ausgesprochen wohl. Die Anwendungen waren seinem Krankheitsbild adäquat angepasst, die Verpflegung und der sonstige Klinikservice waren außerordentlich gut. Zu seinem Therapeuten entwickelte sich schnell ein fast freundschaftliches Verhältnis. Besonders derselbe Musikgeschmack führte zu intensiven Gesprächen, wobei oft das Ende der Anwendung verpasst wurde. Man traf sich zu Anfang der Anwendungen oft fast wie von selbst mit einem Songtitel von Johnny Cash.

Christian dachte verwundert darüber nach, dass EM noch nicht am Fenster seines Zimmers Platz genommen hatte, um ihn mit Vorwürfen zu bombardieren.

Das bevorstehende Wochenende sollte sonnig und trocken werden. Christian freute sich auf Celine, für die er in einem kleinen Hotel an der Brunnenallee ein Zimmer reserviert hatte. Im „Café Weise" hatte er einen Tisch bestellt, wo die Ankunft der Freundin im Beisein von Wolke gefeiert werden sollte.

******

Der Kroate Darian Maric saß zusammen mit Nummer1 im Besprechungszimmer der Basis in Amsterdam. Die Tatsache, dass die Papiere weiterhin verschwunden blieben, wurmte die Beteiligten. Positiv wurde vermerkt, dass die Unterlagen anscheinend noch nicht fachmännisch ausgewertet wurden. Längst hätten sich Betroffene gemeldet, eventuelle Erpressungsversuche wären der Führung angezeigt worden. Der Holländer van den Brinck hatte angeordnet vorerst auf gewalttätige Maßnahmen zu verzichten. Die Personen, die verdächtigt wurden, die Unterlagen eventuell zu besitzen, sollten mit finanziellen Angeboten zur Herausgabe genötigt werden. Hierbei standen insbesondere der verletzte Professor und sein Freund im Focus. Man ging davon aus, dass die Betreffenden irgendwann unvorsichtig würden, und diese Gelegenheit wollte man nutzen. Vorher sollte nur eine zeitlich begrenzte lasche Observation der beiden vorgenommen werden. Hierfür sollte sich Nummer1 ein Dreier-Team zusammenstellen. „Sie sollen merken, dass wir an ihnen dran sind", war die Vorgabe des Chefs.

Die Drosselgasse in Rüdesheim machte ihrem bekannten Klischee alle Ehre. Drescher und Löw bahnten sich ihren Weg durch Pulks von asiatischen Touristen. In der Weinstube „Zum Glöckchen" sicherten sie sich einen Tisch und warteten auf Irina und ihre Kollegin, die kurz danach eintrafen. Die Herren bestellten Getränke, was die Damen gerne annahmen. Irina kam gleich zur Sache und erklärte die Vorgehensweise für die Buchung von besonderen Fahrten mit der „Prestige" : „Es gibt ungefähr alle 2 Monate eine Fahrt, auf der einer der größten Entfesselungskünstler sein Können zeigt. Dabei treten noch weitere Zauberer und Magier auf. Es ist immer eine beliebte Tour, sie ist über Reisebüros buchbar". Drescher wollte gezielt mehr von anderen Touren wissen, und log : „Ein Bekannter hatte mal von einer Rhein-Main-Tour nur für Männer geschwärmt, gibt es die noch?"

Irina schaute ihre Kollegin an, die erstaunt ein leichtes Kopfschütteln als Antwort erwiderte. „Ich kenne nur die Privatfahrten, die von großen Unternehmen gebucht werden. Für Jubiläen, oder Betriebsausflüge", erklärte Irina und drehte sich mit leicht zittrigen Fingern eine Zigarette. Löw griff ins Jackett und ließ einen Hundert-Euro-Schein durch die Finger hervorschauen, den Irina sofort herauszog und in ihrer Jeans verschwinden ließ.

„Es gibt Fahrten, die von Holland aus organisiert werden. Nur für Herren aus gehobenen Schichten. Die Plätze werden versteigert, man gibt sein Gebot über eine bestimmte Telefonnummer ab", sagte Irina mit leiser Stimme, worauf ihre Kollegin kopfschüttelnd aufstand und den Weg zur Toilette nahm. „Die Fahrten sind beim Personal immer sehr beliebt, denn diese Passagiere geben sehr, sehr viel Trinkgeld. Verschwiegenheit und Loyalität sind Ehrensache ", fuhr Irina fort. Drescher zog einen Kugelschreiber hervor und Irina notierte die Nummer auf einem Bierdeckel, den er sofort in die Innentasche seines Jacketts steckte.

„Ein wirklich netter Abend, Wohlsein, auf uns", sagte Löw, hob sein Glas und prostete auch der vom WC zurückgekehrten Estera zu. Irina erzählte im Verlauf des Abends, wie es dem Entfesselungskünstler immer wieder gelang, sich aus einem Käfig, den man ins Schwimmbecken abgelassen hatte, aus seinen Fesseln zu befreien, um dann wohlbehalten wieder aufzutauchen.

Löw und Drescher sahen sich an und beide wussten spätestens jetzt, dass sie bei der Auswahl des Schiffes voll ins Schwarze getroffen hatten. Durch indirekte, aber gezielte Fragen erfuhren sie, dass die letzte pikante Tour der *Prestige* absolut in das Zeitfenster der letzten Leichenauffindung passte.

Am nächsten Morgen, als das Schiff nach dem Ablegen Kurs auf Koblenz nahm, war die Bedienung Irina zugeknöpft wie ein stramm gezogenes Lederkorsett. Sie begrüßte die Männer nur knapp und tat alles, um beiden aus dem Weg zu gehen.

„Möglicherweise bereute sie mittlerweile, uns so freudig Auskunft gegeben zu haben", versuchte Drescher dieses Verhalten zu verstehen.

Bevor das Schiff Koblenz erreichte, hatten die Beamten in einem Abstellraum am Ende des Kabinenganges den faltbaren Käfig gefunden. Sie fotografierten ihn ausgiebig und rieben mit einem Taschenmesser kleine Holzspäne von der Abdeckung, die sie von Koblenz aus an die heimische Spusi (Anm. Spurensicherung) verschickten.

******

Von der angenehmen Atmosphäre auf der Außenterrasse des „Café Weise" inspiriert, fanden die Drei leicht in eine Vielfalt von Gesprächsthemen. Christian erzählte in Hochstimmung von seinen positiven Genesungsfortschritten. „Ich gehe schon oft ohne Gehhilfen, zwar noch etwas wacklig, aber es funktioniert immer besser. Die Anwendungen bei meinem Herrn Stern sind super".

Gebhard Wolkenstein fand die Fahrt von Straßburg durch die Pfalz und über die Weinstraße nach Bad Wildungen „einfach nur herrlich".

Celine fühlte sich sehr wohl, und schlug vor, doch noch etwas zu bleiben, nachdem sich Wolke, mit Hinweis auf seine noch bevorstehende Heimfahrt nach Frankfurt, verabschieden wollte.

„Du hättest auch hier übernachten können", schlug Christian vor, was Wolke wegen noch zu erledigenden Büroarbeiten am morgigen Sonntag dankend ablehnen musste. Spät am Abend begleitete Christian Celine in ihr Hotel. In einer von unbeschreiblicher Sehnsucht erfüllten Zweisamkeit versanken beide in nicht enden wollende zärtliche Stunden. Eine von Liebe und Zuneigung überhäufte Nacht wollte sich nur sehr zögernd dem Tag ergeben.

Als Christian am nächsten Morgen sein Klinikzimmer betrag saß EM bereits mit übereinander geschlagenen Beinen am Fenster. Ohne ihn zu beachten, ging Christian sofort ins Bad, um sich für das Frühstück im Speisesaal zu stylen. Auch beim Ankleiden nahm er keine Notiz von seinem stumm am Fenster sitzenden zweiten ICH.

Nach dem Frühstück begab sich Christian in die Muckibude, um die dem Therapeuten Stern versprochenen Trainingseinheiten zu absolvieren. Es machte ihm Spaß, die Intensität der einzelnen Übungen frei wählen zu dürfen und schloss die Therapie mit einer ausgiebigen Runde auf dem Ergometer ab.

Zum Mittagessen traf er sich mit Celine in einem der besten italienischen Restaurants im Ort. Danach beschloss man, zwei der Holzliegen im Kurpark zu belegen, um die Natur zu genießen und die bisher so angespannten Seelen baumeln zu lassen.

*****

Drescher und Löw versuchten, die Bedienung Irina noch zu einem gemütlichen Abend einzuladen, nachdem die „Prestige" in Frankfurt festgemacht hatte. „Für uns ist die Reise leider vorbei, wir müssen hier auschecken, wir würden uns freuen, wenn wir sie und ihre Kollegin heute Abend zu einem guten Essen einladen dürften", sagte Drescher und versuchte so viel wie möglich süßen Honig in das Angebot zu verpacken.

„Tut mir leid meine Herren, aber heute habe ich keine Zeit, ich bin für die Nachtschicht eingeteilt, aber vielleicht sind sie ja mal wieder Gast auf unserem Schiff", antwortete Irina. „Kann man nix machen", entgegnete Drescher und gab der Bedienung seine private Visitenkarte. „Für alle Fälle", erklärte er und danach verabschiedete man sich herzlich.

Die Auswertung der von Rüdesheim und Koblenz übersandten Beweisstücke und Wasserproben hatten voll ins Schwarze getroffen. Die junge Frau und der Versicherungsdetektiv waren mit absoluter Sicherheit auf der „Prestige" zu Tode gekommen, das hatten die labortechnischen Untersuchungen ergeben. Somit musste auch der

Versicherungsdetektiv an Bord gewesen sein? Wann, wo und wie war er an Bord gelangt? Jetzt musste mit vorsichtigen Ermittlungsschritten vorgegangen werden, um ein positives Resultat nicht durch vorschnelles und unüberlegtes Handeln zu gefährden.

Oberstaatsanwalt Perchtl war hocherfreut über das Ergebnis der "Urlaubsreise" seiner Beamten und konnte daher mit ruhigem Gewissen eventuellen haushaltstechnischen Einwänden der Rechnungsprüfungsstelle seiner Behörde entgegensehen. Er hatte für Drescher und Löw einen Kontakt zu einem Ansprechpartner bei der Kölner Kripo hergestellt, der vor Ort die Ermittlungen zu Passagierlisten etc. für die betreffende Schiffstour umgehend aufnehmen wollte.

„Wir haben die von Euch übermittelte Telefonnummer festgestellt. Es handelt sich um einen privaten Festnetzanschluss in Holland, nahe der deutschen Grenze. Nach der erfolgten Versteigerung der Plätze, wurde von dort aus dann anscheinend das Schiff für die private Reisegesellschaft gechartert. Inwieweit eine Passagierliste vorhanden ist, muss noch geklärt werden", konnte der Kölner Kollege den Frankfurter Beamten mitteilen.

Drescher und Löw waren von der schnellen Arbeit der Kölner und holländischen Polizei angenehm überrascht. Es musste nun versucht werden, den holländischen Kreis der Verdächtigen nicht unnütz aufzuscheuchen, dadurch könnten weiterführende Ermittlungen gefährdet sein. Die eingebundenen Polizeikräfte in Köln und Holland würden bei ihren Maßnahmen höchstmögliche Vorsicht walten lassen und jedes Risiko vermeiden.

Nach einigen Tagen erreichte Hauptkommissar Drescher folgende Sprachnachricht auf seinem Socialmedia-Kanal „Hier ist Irina. Mein Freund, der auch auf der „Prestige" fährt, ist verschwunden. Gestern habe ich einen Brief von ihm erhalten. Ich schicke ihn an Ihre Adresse. Ich habe Angst. Gruß Irina"

„Ich habe sofort zurückgerufen, doch ihr Handy war ausgeschaltet, also können wir es auch nicht orten lassen", erklärte Drescher am nächsten Morgen seinem Kollegen Löw, der sich jetzt natürlich Vorwürfe machte, Irina durch die Ermittlungen in Gefahr gebracht zu haben. „Wir werden den Brief abwarten müssen, bevor die die Pferde scheu machen", versuchte Drescher ihn zu beruhigen.

*****

„Ich bin erstaunt, wie weit wir doch schon gekommen sind", lobte Therapeut Stern den positiven Genesungsverlauf seines Patienten. „Das liegt an Ihrer guten Arbeit", gab Christian zurück, als er sich zur Therapie auf die Behandlungsliege ausbreitete. „Entschuldigen Sie meine Neugier. Ich habe Sie am Wochenende mit einer hübschen jungen Frau im Kurpark gesehen", fragte Stern zurückhaltend.

„Ja, ich habe Besuch von einer Bekannten, sie wohnt im Hotel und bleibt noch ein paar Tage", antwortete Christian bestimmend. „Aha, wie schön", war Sterns Kurzkommentar, der sich wieder auf die Therapie konzentrierte.

Nach einigen Minuten Stille outete sich Christian eindeutig: „Ja, sie ist meine Freundin mit allem Drum und Dran. Und seitdem liege ich mit IHM da oben im seelischen Clinch. Fast täglich werde ich von meinem ICH daran erinnert, was ich nach meinem Studium gelobt und wem ich mich geistig und innerlich unterworfen habe", antwortete Christian. „Dieses christliche Menschenbild und das geforderte Weltverständnis für mein Handeln und Leben hat sich in mir völlig verschoben. Diese Grundlage für die Begründung bestimmter sittlicher Normen, wird nicht nur in meinem Inneren, sondern auch in Gesellschaft und Kirche heftig diskutiert. Nicht ohne Grund leidet die Kirche unter den massiven Austritten. Ein Wandel in Vorschriften und Vorgaben ist nicht zu erkennen. Daher die innerliche Rebellion ihrer Diener", fügte er ausführlich hinzu. Der Therapeut war sichtlich überrascht von der persönlichen Einordnung dieser Meinung und der überraschenden Offenheit seines Patienten. „Das Ausmaß ihres innerlichen Konfliktes vermag ich nicht zu beurteilen, aber ich bewundere ihren Mut, diese Rebellion mit ihrem Verhalten nach außen hin zu dokumentieren", lobte Stern Christians Outing.

Christian erklärte kurz das Zustandekommen seiner Beziehung zu der jungen Celine, was dem Therapeuten ein zustimmendes, mit leichtem Lächeln unterlegtes Kopfnicken entlockte. Danach widmete man sich der therapeutischen Anwendung und Allerweltthemen waren Inhalt der weiteren Unterhaltung. Über die Verwicklung in den Fall der versteckten Unterlagen verlor Christian kein Wort.

Der mit Rechtschreibfehlern durchsetzte Brief, den die Bedienung Irina von ihrem Freund bekommen hatte, beförderte die beiden Beamten in einen regelrechten Schockzustand.

„Liebe Irina, wenn du diesen Brief liest, bin vielleicht schon nicht mehr am Leben. Ich schreibe den Brief, weil sicher mein Handy und auch deines evtl überwacht werden. Ich habe einen großen Fehler gemacht. Viel früher hätte ich dir alles erzählen sollen. Auf der Reise mit den höheren Herren habe ich etwas beobachtet, was ich später zu Geld machen wollte. Ich habe versucht den Albaner Victor Skorpin zu erpressen. Seitdem werde ich verfolgt. Nun muss ich mich zu verstecken. Ich habe große Angst. Irgendwie melde ich wieder. Ich liebe dich.

Dein Paul

„Der Albaner mit deutschem Pass Victor Skorpin ist einer der größten Fuhrunternehmer in Deutschland. Er unterhält Busunternehmen, LKW-Transporte, Taxi-Firmen und einen bundesweiten Autoverleih. Das gesamte Unternehmen ging vor 3 Jahren von seinem Vater auf ihn über, als der alte Herr bei einem mysteriösen Verkehrsunfall zu Tode kam. Skorpin's Schwester Helena erhob seinerzeit ebenfalls Anspruch auf das volle Erbe, wozu auch noch mehrere Immobilien in bevorzugter Lage in Frankfurt, Wiesbaden und Stuttgart gehören. Doch das Testament war eindeutig; mehr als ein Pflichtteil stand ihr nicht zu. Seitdem tragen die beiden ihre Streitigkeiten auch gern in der Öffentlichkeit aus", berichtete Löw. „Ja, ich habe davon gehört. VS, die Initialen in dem Herrenring, der im Magen der jungen Frau gefunden wurde, sollte er Skorpin gehören, wäre er der Hauptverdächtige", vervollständigte Drescher. „Ihn damit zu konfrontieren, wäre im Moment nicht die beste Idee, wir würden den gesamten Laden in Aufruhr bringen und uns wertvolle Ermittlungswege verbauen. Wir sollten abwarten, um noch mehr in Erfahrung zu bringen", schlug Löw vor, was Drescher mit erhobenem Daumen quittierte.

„Alles Fake-Namen und Fantasieadressen", kommentierte ein Mitarbeiter der Soko den Inhalt der mittlerweile vorliegenden Passagierliste für die gecharterte Fahrt der *„Prestige"*. Keine der 30 Namen, bzw. Adressen konnte positiv mit irgendwelchen Melderegister abgeglichen werden. „Weil es auf der Fahrt keine Grenzüberschreitung gab, war die Vorlage von Ausweisen, bzw. Pässen nicht notwendig. Es wurden lediglich die von den Passagieren genannten Namen notiert. Wie auf einer normalen Rheinfahrt, man steigt ein, tanzt und vergnügt sich und steigt wieder aus", mutmaßte Löw.

„Möglicherweise liegen bei der Buchungsstelle die echten Namen vor. Wir müssen Irina kontaktieren, um auch mehr über ihren Freund zu erfahren", schlug er vor.

******

Benedikt Siebecke, der junge Anwalt aus der Kronberger Kanzlei Brauner und Partner freute sich, endlich einmal wieder etwas von Christian zu hören. Die gemeinsamen Tage in der Muckibude fehlten ihm. „In Bad Wildungen in der Reha? Das kenne ich, meine Mutter hat dort auch öfter gekurt, ihr hat es dort sehr gefallen. Am kommenden Wochenende, dein Geburtstag? Klar, ich komme gern!"

Schon am frühen Morgen erhielt Christian viele Anrufe, mit denen ihm Kollegen, Studenten und sonstige entfernte Bekannte zum Geburtstag gratulierten. Diesen Tag hatte er bisher stets ausschließlich mit Wolke gefeiert. Ein Essen beim Italiener und dann war der Tag vorbei. Doch in diesem Jahr war alles anders. Die Sache mit den brisanten Unterlagen, die zufällig in seinen Besitz gelangt waren, hatte vieles in seinem bisherigen Leben verändert. Ständige Diskussion mit dem am Fenster sitzenden zweiten ICH zerrten an Christians seelischer Festigkeit, wenn er es nach außen hin auch nicht zeigte.

Celine und Wolke waren jetzt näher an ihn herangerückt. Besonders die junge Frau wärmte Christians Herz. Er fühlte sich wohl in ihrer Gegenwart. Sie füllte sein ausgedorrtes Inneres mit würziger Feuchte.

Gebhard Wolkenstein war sein angenehmer Gegenpart. Diese grobe aber auch oftmals feine Unterstützung, die er von ihm empfing, festigte die Freundschaft der beiden. Häufig, und besonders in dieser Zeit, fühlte er sich schuldig für das Aufblühen und dem Fortbestand dieser Beziehung zu wenig zu tun, ihr mehr Elixier gegeben zu haben. Christian gelobte Besserung, in jeder Beziehung. In jeder.....?

Es war herrliches Geburtstagswetter. Die Sonne zeigte sich zur Feier des Tages von ihrer besten Seite. Das Servicepersonal des „Café Weise" hatte für Christian einen schönen Tisch auf der Außenterrasse hergerichtet. Die Geburtstagsgesellschaft fühlte sich augenfällig sehr wohl. Obgleich sich der Herbst schon breit gemacht hatte, lagen die Pflanzen in den Kübeln und Rabatten entlang der Hauptstraße noch in voller Blüte, so, als wollten sie gerade heute noch einmal ihre ganze Pracht zeigen. Die Menschen nutzten den warmen Tag und flanierten fast sommerlich gekleidet in der herrlichen Umgebung.

Christian freute sich, dass auch sein Therapeut Stern zu der kleinen Feier gekommen war. „Ich kann leider nicht allzu lange bleiben, ich habe zugesagt bei uns im heimischen Biergarten ein wenig Live-Musik zu machen", hatte der sich nur für einen kurzen Besuch angemeldet.

„Das ist ja großartig, wann geht's denn los", wollte Christian wissen. „Gegen 19 Uhr wollen wir starten", antwortete Stern, worauf Wolke begeistert ankündigte, eventuell noch vorbeizuschauen.

Der Therapeut Stern musste viele Fragen nach Musikrichtung und Art seines Auftrittes beantworten, wobei sich besonders Wolke hervortat. Celine, Christian und der junge Anwalt hörten gespannt zu. Nachdem sich Stern verabschiedet hatte, fragte Siebecke Christian, wie es denn zu dem Unfall gekommen war, obwohl er doch dank der Akteneinsicht bei der Polizei voll umfänglich über den Hergang informiert war. Ohne einen Gedanken an eine ihm entgegengebrachte Hinterlist zu vermuten, schilderte Christian das tragische Unglück, vermied jedoch auf die brisanten Unterlagen in der Sporttasche einzugehen.

Trotz der Kenntnis, dass bei einem Doppelmandat in derselben Rechtssache ein Interessenkonflikt vorliegen würde, bot Siebecke jedwede anwaltliche Hilfe an, die Christian bei Bedarf gerne annehmen wollte. Gebhard Wolkenstein war erstaunt über die ständige Nachfrage des Anwaltes zum konkreten zeitlichen Ablauf des Unfallgeschehens. Auch Christian erkannte bald das übersteigerte Interesse und wechselte umgehend gekonnt das Thema, worauf sich der Anwalt mit Hinweis auf die noch bevorstehende längere Heimfahrt freundlich verabschiedete. Als sich Celine für ein paar Minuten in ihr Hotel abmeldete, diskutierten Wolke und Christian ausführlich über das intensive Interesse des Anwalts Siebecke zum Unfallhergang und allen Beteiligten. „Das ist kein gutes Zeichen, es gibt offensichtlich einen Feind mehr im Ring", kommentierte Wolke die Angelegenheit.

Von dieser unangenehmen Tatsache wollten sie sich jedoch am heutigen Tag nicht die Laune verderben lassen. Man beschloss den Biergarten aufzusuchen, um den musikalischen Darbietungen des Therapeuten beizuwohnen.

Das rustikale Ambiente der Location mit den holzgearbeiteten Pergolen gab dem Anlass die passende Atmosphäre. Aus Christian, Wolke und Celine entschwanden an diesem Abend alle bösen Gedanken. Sie tauchten ein in eine von alten Liedern beseelte Heiterkeit, die sich auf sämtliche Besucher des Biergartens rasend schnell übertrug. Man lag sich in den Armen, schunkelte zusammen und grölte die Refrains der von Stern gekonnt vorgetragen Gitarren-Songs hinaus in den herbstlichen Abend. Die Bedienungen kamen nicht nach, die schnell geleerten Gläser der von Christian georderten Geburtstagsrunden nachzufüllen. Besucher und Personal waren vereint wie eine Familie. Leid, Schmerzen und schlechte Laune waren wie mit Wassereimern ausgeleert, nur Tränen der Freude über einen unvergesslichen Abend machten den Abschied schwer, als Wolke den heftig angeheiterten Christian und die darüber sorgenvolle Celine in ein Taxi bugsierte.

******

Nummer1 war froh, den regionalen, holländischen Zwängen vorerst entkommen zu sein. Der Observationsauftrag gab ihm eine gewisse Freiheit zurück. Allein die Tatsache, dass er den Kroaten Maric nicht mehr ständig in seiner unmittelbaren Umgebung wähnen musste, ließ eine gewisse Hochstimmung in ihm aufkommen. Jetzt konnte er wieder undercover tätig werden und Informationen auch für die Festigung seiner persönlichen Sicherheit einholen. Eine absolute Vorsicht wollte er trotzdem walten lassen und jeden seiner Schritte gut überlegen, denn wer weiß, vielleicht agierte Maric doch weiterhin in unmittelbarer Nähe. Sein BKA-Führungsbeamte hatte Nummer1 nach einem kurzen Kontakt angewiesen mit den Beamten Löw und Drescher umgehend Verbindung aufzunehmen.

Freude kam bei den Frankfurter Beamten nicht auf, als Nummer1 in ihr Büro hereinschneite. Nichtsdestotrotz waren sie angewiesen, dem ungeliebten Undercover-Typen volle Unterstützung angedeihen zu lassen. „Er ist unsere beste Verbindung zur Szene, verärgern sie ihn nicht", hatte Oberstaatsanwalt Perchtl den beiden mit auf den Weg gegeben. Hauptkommissar Löw schilderte in allen Einzelheiten ihre Schiffstour mit der „*Prestige*" und gaben auch die Erkenntnisse um die Bedienung Irina und der Erpressung zum Nachteil des Unternehmers Skorpin durch deren Freund preis. Nummer1 zeigte sich erstaunt über die Ermittlungsergebnisse, versicherte den Beamten von derartigen Fahrten keine Kenntnis zu haben und versprach alle Informationen hierüber einzuholen. So sollte doch eine Hand die andere waschen. „Namen, wir brauchen Namen und Adressen", rief Drescher ihm nach, als Nummer1 das Büro verließ.

„Vielleicht zahlt sich nunmehr dieser Kontakt zum Guten aus und wir profitieren von ihm und seinen Verbindungen", besänftigte Drescher seinen Kollegen Löw, der daraufhin die geballte Faust etwas löste und den neuen Zigarillo als Erholung brauchte.

Als Nummer1 in sein Fahrzeug stieg, machten sich Sorgenfalten auf seiner Stirn breit. Mit der Tatsache, dass der albanische Unternehmers Skorpin in dem Fall verwickelt sein könnte, ergab sich eine völlig neue Dimension. Ganz sicher hatte dieser den Holländer van den Brinck von allen Umständen in Kenntnis gesetzt. Nummer1 hoffte, dass Skorpin nicht den Holländer selbst als Drahtzieher hinter der Sache wähnte, wenn ja, gäbe es einen Bandenkrieg. Hoffentlich war nicht ein schlafender Riese geweckt worden. Ein diesbezügliches Telefonat wollte er baldmöglich führen.

In der Tat waren Skorpins Unterhändler bereits in Holland vorstellig geworden. In ungewohnt direkter Art und Weise forderte man von van den Brinck Aufklärung darüber, warum ein Bordkellner der „Prestige" so einfach und leicht an belastendes Material kam, mit dem der albanische Unternehmer erpresst werden konnte. Ursprünglich hatte Skorpin den Holländer gebeten, einem Abteilungsleiter im Verkehrs- und Bauressort der Landesregierung diese Schiffstour als Geschenk zu machen, was van den Brinck gerne tat, denn man half sich, man unterstützte sich gegenseitig. Bei positivem Ergebnis und ausreichend belastendem Material gegen diesen Politiker, wollte sich der Albaner erkenntlich zeigen.

Denn Victor Skorpin plante ein riesiges Industriegebiet zu errichten, wovon van den Brinck seinerzeit noch keine Kenntnis hatte. Südlich der großen Rhein-Main-Metrople sollte ein zwischen 3 Autobahnen gelegenes riesiges Transport-Drehkreuz mit hochmodernem Logistikzentrum entstehen. Hier angeschlossen ein mächtiges Hotel mit Spiel- und Wettzentrum und erotischem Vergnügungscenter. Ferner war ein großer Freizeitpark mit Campingplatz am naheliegenden See geplant. Bis auf den kleinen, aber für das Vorhaben wegen seiner Lage außerordentlich wichtigen Grundstücksanteil einer Erbengemeinschaft hatte Skorpin mit sämtlichen Liegenschaftseigentümern bereits Vorverträge geschlossen, die ihm bei positiven Baugenehmigungen ein ultimatives Vorkaufsrecht einräumte. Für all diese Planungen mussten Bebauungspläne erstellt, bzw. geändert werden. Obere und untere Wasserbehörden hatten zu entscheiden. Die administrativen Hürden in den diversen Bauerschließungsverfahren wollte der Albaner mit entsprechenden „Angeboten" ohne Zeitverzögerung nehmen. Mithilfe kompromittierenden persönlichen Details und entsprechenden Vergütungen sollte den Politikern etwas auf die Sprünge geholfen werde. Die Genehmigungsverfahren zugunsten Skorpins mussten zügig in Bewegung gesetzt werden.

Das Pikante an dem gesamten Vorhaben war die Tatsache, dass der Holländer Hark van den Brinck vor Jahren schon ein ähnliches größeres Vergnügungszentrum an gleicher Stelle geplant hatte. Seinerzeit hatte der Vater Skorpins eine finanzielle Beteiligung zugesagt. Ferner wollte er sich um die wohlwollende Erledigung sämtlicher Genehmigungsverfahren seitens aller administrativen Stellen kümmern. Dem alten Albaner Skorpin gelang es trotz aller finanzieller Bemühungen nicht die Erschließungsverfahren positiv durchzubekommen. Und so wurde das gesamte Vorhaben erst einmal ad acta gelegt. Dass nunmehr dessen Sohn Victor Skorpin die Planungen wieder ins Leben zurückgerufen hatte und mit Volldampf deren Umsetzung betrieb, würde dem Holländer ziemlich bitter aufstoßen. Skorpin hatte alle Möglichkeiten ausgeschöpft, um das Verfahren vollkommen im Geheimen umzusetzen. Ihm fehlten nur noch ein paar Genehmigungen, die er mithilfe der Erpressung des Abteilungsleiters im Bau-Ministerium der Landesregierung durchsetzen wollte.

Dass der Albaner nunmehr wegen eines angeblichen Versehens bei der Kabinenzuweisung selbst Opfer einer Erpressung wurde, war so nicht vorhersehbar. In einem persönlichen Telefonat mit Victor

Skorpin versprach van den Brinck vollständige Aufklärung. Insgeheim freute sich der Holländer ganz nebenbei dem Albaner mal gehörig zu schaden.

Das Kreuzfahrtschiff „*Prestige*" hatte auf der betreffenden Tour 30 ausgesuchte Passagiere an Bord. Die Männer erhielten durch finanzielle Gebote den Zuschlag für die Einzelunterbringung in einer Zweipersonen-Kabine. Man hatte dem Unternehmer Victor Scorpin, der seine Verhandlungen mit dem Abteilungsleiter der Landesregierung während der Fahrt zum Abschluss bringen wollte, versehentlich Kabine Nr. 33 zugewiesen. In dieser Suite sollte ursprünglich dieses ausgesuchte Mitglied der hessischen Landesregierung inkognito untergebracht werden.

Diese Kabine verfügte über ein mehrfach einsetzbares Kamerasystem, das von dem angrenzenden Abstellraum aus gesteuert werden konnte. Als erotisches Inventar für diese Kabine hatte man eine junge Ukrainerin vorgesehen, die dem Passagier zu Diensten sein sollte. Die Inhalte der mitgeschnittenen Szenen sollten entsprechend gegen den Mann einsetzt werden. Hier wurde nunmehr Victor Scorpin, der eigentlich von den Kameraaufnahmen profitieren wollte, selbst Opfer wegen der falschen Kabinenzuweisung. Bordkellner Paul, der mit der Bedienung der Kameras beauftragt war, hatte Kopien angefertigt und nach Beendigung der Reise damit den Unternehmer zu erpressen versucht.

„Wer war für diese Scheiße verantwortlich?", wollte van den Brinck wissen und fauchte seine nächsten Mitarbeiter an. „Irgendwann haben wir diesen verrückten Skorpin im Genick, wer weiß, wann die Bullen hier aufschlagen. Ihr müsst diesen Kellner finden, und zwar bald. Ich will die Originalfilme sehen, und bringt in Erfahrung, was sich da an Bord abgespielt hat", schrie der Holländer in die Runde.

Dass zusammen mit dem Versicherungsdetektiv auch die junge Ukrainerin „entsorgt" wurde, hatten die Handlanger des Holländers ihrem Chef noch nicht offenbart. Man gab ihm lediglich das Stichwort „Erledigt" für den Abgang des Schnüfflers.

******

Die Geburtstagsfeier mit anschließendem Abstecher in den Biergarten hatte Christian, trotz massiver Kopfschmerzen, die ihn am nächsten Tag weckten, absolut gutgetan. Wann hatte er so ausgelassen und entspannt in solch einer netten Runde jemals gefeiert? Der Abend hatte ihn ins normale Leben zurückgeführt, auch wenn jetzt wieder der Gedankendruck um die ominösen Unterlagen neu in ihm aufstieg.

Am Fenster seines Zimmers hatte sich EM wie gewohnt in Stellung gebracht und verbaute Christian die Sicht auf den Kurpark. Er demonstrierte stumm seine Anwesenheit. Erst bei nächster Gelegenheit wollte er sein Kritik-Stakkato abfeuern. Für den Patienten hatten die letzten 2 von 5 Wochen Reha begonnen. Christian wollte noch einmal alle Kraft in seine Genesung legen. Er nahm sich vor, mit Celine, die am kommenden Wochenende wieder von Wolke nach Straßburg gefahren würde, noch eine paar gemütliche Tage zu verleben. Diese Nähe, die sich zwischen ihnen noch weiter gefestigt hatte, tat beiden Seelen gut und gab ihnen mehr als die Jahre, in denen sie sich nur sporadisch trafen.

Die Gespräche, die Christian mit dem Therapeuten Stern führte, beinhalteten immer öfter private Themen. Man unterhielt sich über Konflikte von Freundschaften, Familie und Beruf. Dinge, von denen man „früher" nie etwas hörte, waren nunmehr gang und gäbe. Beide kritisierten, dass es zum Beispiel Universitäten, in Konzernen und Firmen Meldestellen gab, einen staatlich finanzierter Pranger sozusagen, an die Mitarbeiter missliebige Kollegen melden können, die hinter vorgehaltener Hand den Chef kritisierten oder eine politisch extreme Richtung vertraten.

„Wissen sie, mein Vater war ein kleiner Postangestellter, meine Mutter arbeitete halbtags als Buchhalterin. Sie lebten einen sehr christlichen Alltag. Das einzig wichtige Bestreben in ihrem Dasein war, ihrem Sohn eine gute Erziehung zu geben und eine ausgezeichnete Schulbildung zu ermöglichen. Im katholischen Internat wohnte ich mit einem Jungen vom Lande zusammen. Seine Eltern betrieben einen kleinen landwirtschaftlichen Betrieb. Er hieß Sebastian Brauner, er war ein netter Kerl und wir schlossen schnell Freundschaft. Dieser Knabe wurde ständig gemobbt und vom Lateinlehrer mehrfach sexuell missbraucht. Sebastian hielt diesen seelischen Druck nicht mehr aus und warf sich vor einen Zug. Ich war vielleicht der Einzige, der von all diesen Vorgängen wusste, und ich schäme mich noch heute dafür, nichts unternommen zu haben. Bei einem Ausflug an einen See hatte sich der damalige Lateinlehrer beim Schwimmen in einem Tau, das auf dem Grund festgewachsen war, gefährlich verheddert.

Ich sah ihn im Wasser versinken und zögerte sekundenlang ihm zu helfen….ich wollte ihn aus Rache ertrinken lassen, doch mein 2. ICH stieß mich in den See und ich zog ihn aus dem Seil, damit er auftauchen konnte. Weder der Lehrer noch ich selbst, haben je über diesen Vorfall gesprochen", schilderte Christian ausgiebig das Erlebte, was ihn und den erschrockenen Therapeuten Stern in minutenlanges, schockgefrorenes Schweigen hüllte. Erst der kleine Wecker, der das Ende der KG-Anwendung signalisierte, befreite sie aus der Stille.

Selbst im Garten Café des nahegelegenen Minigolf- und Tennisplatzes hatten Christian die Gedanken an seine Internatszeit immer noch nicht verlassen. Therapeut Stern war der Erste, der von all den Vorkommnissen erfahren hatte, die Christian viel zu lange als tonnenschwere Last mit sich herumgetragen hatte. Nur eine schwache Erleichterung hatte ihm das sich öffnen gegenüber Stern gebracht. Die Erlebnisse waren umso heftiger wieder hochgekocht. Immer wieder fragte er sich, warum dieser allmächtige Gott diesem schwachen Sebastian Brauner nicht beigestanden hatte. Seine Peiniger sollten mit unaushaltbaren Schmerzen den Rest ihres Lebens dahinfristen. Auge um Auge…

******

Irinas Smartphon sendete nur einen kurzen Impuls, für eine geografische Ortung jedoch zu wenig. Der Mitarbeiter der Sonderkommission nahm die Kopfhörer ab und schleuderte sie wutentbrannt auf den Schreibtisch. Drescher und Löw selbst waren mittlerweile von Selbstzweifeln und Skepsis eingefangen. Sollte der Bedienung etwas Schlimmes passiert sein, hätten sie daran einen gehörigen Anteil Schuld.

Oberstaatsanwalt Perchtl machte ihnen noch zusätzlich Druck. „Wir müssen langsam mal einen Durchbruch schaffen. So ein junges Ding von der Presse ruft mich ständig an, um nach Neuigkeiten zu fragen. Sie geht mir aufn Geist. Meine Herren, ich will Erfolge sehen", herrschte er die Beamten an und ließ die Tür ins Schloss fallen.

„Die holländischen Kollegen", rief ein Mitarbeiter der Soko in den Raum und reichte Hauptkommissar Drescher den Telefonhörer. Das Gespräch dauerte nur kurz und alle Gesichter drehten sich gespannt in eine Richtung. Drescher sagte mit bebender Stimme: „Sie haben Irinas Freund gefunden. Wir fahren nach Holland".

„Glatter Durchschuss, aus nächster Nähe", erklärte der niederländische Rechtsmediziner, als unter dem grünen Abdecktuch der schwer verletzte Kopf des Mannes zum Vorschein kam.

„Das Projektil war großkalibrig, anscheinend osteuropäisch, bei der Austrittswunde, ach ja, die Fingernägel der beiden Daumen fehlen", vervollständigte der Mediziner. „Also wurde er scheinbar gefoltert, um etwas von ihm zu erfahren", sinnierte Löw.

Man verabredete mit den holländischen Kollegen weitergehende Kontakte zum Austausch anfallender Ermittlungsneuigkeiten zu dem Fall.

Auf dem Rückweg nach Frankfurt wollten Drescher und Löw zusammen mit den Kölner Kollegen mehr über Irina erfahren. Der Besuch bei der Firma, unter deren Leitung die regulären Reisen der *Prestige* organisiert wurden, läutete nunmehr die offizielle Ermittlung im Rahmen der Vorgänge auf dem Schiff ein. Die Beamten waren jetzt auf die wohlwollende Mithilfe der Schweizer Reederei, unter deren Flagge das Schiff unterwegs war, angewiesen.

Erst nach drei Tagen, und unter massivem Einfluss der Staatsanwaltschaft, erhielten die Ermittler Informationen über den Wohnort und weiterer privater Angaben der Bedienung Irina Petkova und ihrer Kollegin Estera Sokola. Beide Frauen befanden sich laut Personalabteilung der Reederei zurzeit nicht an Bord, sondern im Krankenstand jeweils an ihren Wohnorten.

Die Kölner Polizei fand Irinas kleine Wohnung aufgeräumt und liebevoll eingerichtet vor. Die durch den Briefschlitz der Wohnungstür eingeworfene Post war mehrere Tage alt, sodass davon ausgegangen werden musste, dass sich die Bewohnerin längere Zeit nicht in ihren vier Wänden aufgehalten hatte. Hinweise auf einen anderen Aufenthaltsort konnten die Beamten nicht ausmachen. Eine

Benachrichtigungskarte der Post wies auf eine eingeschriebene Sendung hin, die wegen Abwesenheit der Empfängerin nicht zugestellt werden konnte.

Da die Wohnung in unversehrtem Zustand war, vermuteten Drescher und Löw, dass der getötete Freund der Bedienung seinen Peinigern die Existenz der Wohnung nicht verraten hatte. Doch wo war Irina, wo hatte sie sich versteckt? Mit einem richterlichen Beschluss wurde die Sendung bei der angegebenen Postfiliale abgeholt.

Der Freund hatte Irina die Filme aus der Kabine des Kreuzfahrtschiffes *"Prestige"* samt Kopien per Einschreiben zukommen lassen.

Die Kölner Kollegen gaben die Informationen umgehend an die Hauptkommissare Drescher und Löw in Frankfurt weiter.

******

Der Abschied von Christian und den schönen Tagen in Bad Wildungen fiel Celine sichtlich schwer. Wolke, der in der Einfahrt des Hotels geduldig auf seinen Fahrgast wartete, zeigte großes Verständnis für die seelische Zerrissenheit in der sich nicht nur die junge Frau befand. Der Freund erkannte auch in Christians Verhalten einen ehrlichen Verlustschmerz. Die Intensität, mit der die Beziehung momentan nach außen trat, war kaum zu übersehen.

Die ersten Kilometer der Fahrt nach Straßburg gingen wortlos vorüber. Gebhard Wolkenstein überlegte, irgendein Thema anzusprechen, um die kalte, schweigende Stille im Fahrzeug zu durchbrechen. Erst im Außenbereich der Raststätte Taunusblick löste sich die Abschiedstrauer und wich einem leichten, hoffnungsvollen Ausblick auf die Zukunft.

Wolke erzählte mit Blick auf die Naturschönheiten des Taunus von seiner erfolgreichen Restaurierung wertvollen Oldtimer und der anschließenden Auslieferung eines Mercedes nach Kronberg. Er berichtete von der genussvollen und schönen Fahrt durch die herrliche Natur zum Domizil des Notars und Rechtsanwalt Brauner, um das Fahrzeug dort abzuliefern.

Als Celine diese Namen hörte, verdunkelte sich ihr gerade aufgehellter Gesichtsausdruck wieder und verfiel in eine nach außen hin sichtbare, tiefe Nachdenklichkeit. Wolke erkannte diese sekundenschnelle Wandlung und fragte dezent nach. Unter Tränen erzählte Celine von diesem Gerichtsverfahren, in dem Anwälte dieser Kanzlei den damaligen Bordellchef vehement vertreten und versucht hatten, sie als berechnende Prostituierte darzustellen. Für Wolke war jetzt klar, dass der junge Anwalt Siebecke mit Vorsicht zu behandeln war. Er verband dessen intensiven Nachfragen anlässlich der Geburtstagsfeier seines Freundes mit einer sicherlich auftragsgesteuerten Absicht. Wolke nahm sich vor, sobald er Celine bei den Freunden in Straßburg abgeliefert hatte, sofort mit Christian über diesen „Muckibuden-Freund" zu reden.

Im sonnenverwöhnten Garten-Café des Tennisplatzes nahe der Bergklinik konnte Christian nur bedingt abschalten. Auch die gute Laune des griechischen Wirtes wollte nicht auf ihn überspringen. Der Dekan der Uni hatte sich wiederholt gemeldet, um zu erfahren, wann man wieder mit dem Herrn Professor rechnen könnte. Natürlich stände seine vollständige Genesung im Vordergrund, doch eine Rückkehr Christians an den Arbeitsplatz, wenn auch nicht in Vollzeit, wäre ganz im Sinne der Universitätsleitung.

Gebhard Wolkenstein hatte seinem Freund von dem Gespräch mit Celine auf dem Rastplatz Taunusblick berichtet. Momentan schienen alle schweren, mit heftigem Gewicht belasteten Wellen über ihn hereinzubrechen. Sie alle zu sondieren, fiel ihm schwer und konnten nicht aus seinen Gedanken weichen.

„Ist hier noch frei?" hörte Christian eine Stimme sagen und ohne eine Antwort abzuwarten, setzte sich die Person. Es könnte der Mann sein, von dem Wolke erzählt hat, der seinen Freund in der Werkstatt aufgesucht hatte. Je mehr er dieses Antlitz in sich aufnahm, umso stärker verfestigte sich das verschwommene Traumbild der männlichen Person, die Christian nach dem Unfall unter dem Einfluss einer aufkommenden Ohnmacht aus dem SUV steigen sah.

Ohne sich vorzustellen, begann Nummer1 einen Vorschlag zu machen, dessen Annahme er seitens des Angesprochenen unwidersprochen voraussetzte. „In diesem Moment, just in diesem Moment entscheidet sich ihr weiteres Leben und das ihres Freundes Wolkenstein und auch das ihrer Freundin Celine in Straßburg. Ich weiß, dass sie im Besitz der Dinge sind, die ein Mann in Holland unbedingt haben will. Ich arbeite für ihn....doch ich arbeite auch für..", der Wirt unterbrach die Unterhaltung. „Was darf ich bringen?" „Für mich noch ein Bier", sagte Christian verblüfft. „Für mich auch eins", antwortete Nummer1, ohne den Blick von Christians Gesicht zu nehmen, der immer noch damit beschäftigt war, das soeben Gesagte zu verarbeiten. „Für wen arbeiten sie außerdem?", fragte Christian und vermied es seine Stimme zu erheben, aber dennoch bestimmt zu wirken. „Für das Bundeskriminalamt", hörte er den Mann sagen und Christian wusste momentan nicht, die Antwort zu deuten.

„Mein Vorschlag wird wie ein Parfüm sein, dessen Duft und Wirkung erst mit der Wärme der Haut einer Frau seine volle Wirkung entfaltet. Mein Parfüm sind 50.000,- €. Und ihr JA könnte die volle Entwicklung des Duftwassers sein", schob Nummer1 hinterher und wunderte sich selbst über die wunderbare Ausschmückung des Vorschlags. „Wer garantiert mir, dass sie mich nicht hintergehen? Wer bestätigt mir ihre Tätigkeit für das BKA", wollte der Professor wissen.

„Es wird ihnen niemand irgendwas bestätigen oder zusichern. Allein mein Wort muss ihnen genügen. Wir können jetzt eine wohlgeplante Übergabe ausarbeiten. Sie werden nicht in Erscheinung treten, dafür kann ich sorgen. Es ist praktisch eine finale Situation für sie, aber auch für mich. Wenn diese Sache über die Bühne gegangen ist, bin ich verbrannt, natürlich nur dienstlich...im wahren Leben hoffentlich nicht. Aber für sie, sollten sie nicht zustimmen, wird es ein heißer Tanz werden, denn Geduld ist nicht die beste Seite meines Auftraggebers. Es wird dann eine andere Musik gespielt, eine rauere, und wohlgemeinte Vorschläge wird es dann nicht mehr geben...es werden nur noch Taten folgen", warnte Nummer1 sein Gegenüber.

An Christians Schläfe machte sich sein starker Puls bemerkbar, sein Herzschlag schien ihm die Brust zum Explodieren zu bringen. Kein Freund Wolke, keine Celine, niemand da, der helfen könnte, eine Entscheidung an seiner statt zu treffen.

EM, der sich unweit und erst jetzt für Christian sichtbar postiert hatte, schlug die Beine übereinander und rief Christian zu: „*Gott hat weg gesehen bei all deinen Eskapaden, trotzdem hat er dich wohlwollend in seiner Mitte behalten. Die Warnung mit dem Unfall hat dich nur kurz berührt und du bist weiter auf einem gefährlichen Kollisionskurs zu IHM. Entscheide dich richtig. Löse all die Probleme, indem du ohne Rachegelüste nachgibst.*

Immer mehr Menschen entfernen sich mittlerweile von der christlichen Religion. Sie haben sich ihr nicht freiwillig unterworfen, man hat sie mit der Taufe diktatorisch vereinnahmt. Manche erkennen, dass sie auch ohne ein religiöses Diktat leben können. Hilf mit, sie zurückzuholen oder sie im christlichen Glauben leben zu lassen. konzentrier dich wieder dich und auf Gottes Wort".

Christian überhörte die Zwischenrufe und Ratschläge von EM. „Lassen sie mir zwei Tage Zeit, garantieren sie mir Celines Unversehrtheit?", fragte Christian besorgt. Nummer1 nickte stumm, legte beim Gehen seine Hand auf Christians Schulter und hoffte, dass der Kroate Maric keinen Auftrag bezüglich Celine vom holländischen Clan-Chef bekommen hatte.

In der Nacht wollte sich kein erholsamer Schlaf einstellen. Christian fühlte gerade jetzt die gefährliche Tragweite der Situation, in die er sich und seine Freunde durch seine starrsinnige Unentschlossenheit hineinmanövriert hatte. Da die Gegenseite anscheinend von Celines Aufenthaltsort wusste, sah er sie in größter Gefahr. Nun musste Christian handeln. Er versuchte Celine telefonisch zu erreichen, vergeblich.

Erst am Abend rief sie zurück. In ungewohnt direkter Art und Weise machte er ihr klar, dass ihr Versteck bei den Freunden nicht mehr sicher sei. Bis Wolke sie abholen würde, solle sie sich bei Pfarrer Lucien Mayer in der Kirche Saint-Pierre-le-Jeune in der Rue Saint-Léon melden. Der Geistliche würde in den nächsten Tagen für eine weitere sichere Unterbringung sorgen.

******

Die junge, hübsche Frau posierte leidenschaftlich ihren makellosen Körper. Eine gedämpfte, nur mit Kerzenlicht erhellte Atmosphäre ließ ihre Reize voll zur Geltung kommen. Der Mann legte Bekleidung und Schmuck ab, nahm noch einen kräftigen Schluck aus dem Whiskyglas und fiel anschließend über diesen jungen, blassschönen Körper her. Ihre angsterfüllten Schreie wurden von lauter Musik überdeckt. Von Schlägen, Tritten und sexuellen Abarten gepeinigt, fiel die Frau auf den Boden und riss dabei die Tischdecke herunter,

die sich wie ein Schleier auf ihre geschundene Haut legte, um die Wunden
zu verdecken. Der Männerring, der genau neben ihrem Gesicht landete, ver-
schwand in ihrer zarten Hand und von der männlichen Person unbemerkt in
ihrem Mund. Der Mann schnappte seine Bekleidung, zog sich an, trank das
Glas leer und verließ die Kabine. Ein paar Minuten später betraten 2 weitere
Männer die Kabine, beseitigten die Unordnung. Sie wickelten den sich nur
noch schwach wehrenden Frauenkörper in das Betttuch und schleppten ihn
hinaus.

Die Hauptkommissare Drescher und Löw hatten in ihrer polizeilichen
Kariere einiges gesehen, doch dieser Kamera-Livemitschnitt einer von
immenser Gewalt beherrschten Schändung einer jungen Frau in einer
Schiffskabine stellte alles Dagewesene in den Schatten. Laut schrift-
lichen Anmerkungen des Freundes der Bedienung hatte man die Frau
nach der Schändung in den im Pool befindlichen Käfig des Entfesse-
lungskünstlers gesperrt. „Die Folgen zeigten sich bei der Obduktion.
Einfach nur grausam", konstatierte Löw. „Jetzt haben wir ihn, diesen
Skorpin. Mit diesem Film, den schriftlichen Berichten von Irinas
Freund und der Tatsache, dass der Ring des Albaners im Magen der
Getöteten gefunden wurde, dürfte jede Staatsanwaltschaft Klage gegen diesen Mann erheben" erklärte Drescher, nachdem er und Löw
die Mitarbeiter der Sonderkommission vollumfänglich über den Film
und alle weiteren Details informiert hatte.

Oberstaatsanwalt Perchtl hatte über seine Behörde die entsprechenden Fahndungsaufrufe und nationale, sowie internationale Haftbe-
fehle erlassen. Nun musste mit Nachdruck ermittelt werden, inwieweit weitere Personen auf der *„Prestige"* in dem Sachverhalt
verwickelt waren. Er wies nach Abstimmung mit dem Bundeskriminalamt Drescher und Löw an, konkrete Maßnahme zu ergreifen, um
Nummer1 sicher und gedeckt in die Ermittlung einzubeziehen. „Und
versuchen sie endlich diese ominösen Papiere zu finden. Wer weiß,
vielleicht geben sie mehr her, als wir vermuten. Ergebnisse meine
Herren, wir brauchen Ergebnisse", gab er ihnen noch mit auf den
Weg.

Die Yacht hatte Kurs auf Ibiza genommen, als ein wichtiger Anruf den
Eigner des Schiffes zu einer Kursänderung zwang. „Wir fahren nach
Algier", befahl er seinem leitenden Navigator und Steuermann. In sei-
ner Kabine orderte Victor Skorpin mit einem nicht registrierten,

abhörsicheren Smartphone über ein Mobilfunknetz via Satelliten einen Leichthubschrauber, der ihn kurz vor den algerischen Hoheitsgewässern abholen sollte.

In den frühen Morgenstunden des nächsten Tages landete ein Learjet auf dem *Tirana International Airport*. Im Abfertigungsbereichs für Privatmaschinen stand schon ein Fahrzeug mit Begleitkommando bereit, um den wichtigen Passagier aufzunehmen und in eine Villa an der Küste zu fahren. Für Victor Skorpin hatte es sich mal wieder ausgezahlt, seine Beziehungen zu ausgewählten Beamten in deutschen Polizeibehörden mit regelmäßigen Gratifikationen am Leben zu halten.

******

Celine hatte sich bereitgemacht, um Pfarrer Mayer in der Rue Saint-Léon aufzusuchen. Ihre Freunde, bei denen sie bisher wohnte, waren über die latente Gefahr, in der sich die junge Frau befand, informiert. Die verängstigte Celine begrüßte den jungen Mann freundlich und war froh, für die Fahrt in ein von Christian organisiertes, sicheres Versteck endlich abgeholt zu werden. Die Freunde atmeten ebenfalls erleichtert auf, als beide aus dem Fahrzeug herauswinkend durch die Hofeinfahrt das Anwesen verließen.

Gebhard Wolkenstein war nicht nach gemütlicher Sightseeing-Fahrt zu Mute, als er durch die landschaftlich schöne Pfälzer Weingegend fuhr. Mehrere Staus auf der Autobahn hatten ihn gezwungen Umleitungsstrecken zu nehmen, sodass er erst am späten Nachmittag in Straßburg ankam, um Celine abzuholen. Diese war zu Wolkes Bestürzung laut Angaben der Freunde bereits vor Stunden von einem ihr bekannten jungen Mann abgeholt worden, um in Sicherheit gebracht zu werden. In Wolke stieg eine unbändige Wut über die Verzögerungen während der Herfahrt auf und er ärgerte sich, nicht früher losgefahren zu sein.

Christian war entsetzt über die Vorgänge in Straßburg. Die Garantie, die man ihm für Celines Sicherheit gegeben hatte, war anscheinend nichts wert gewesen. Ein heftiges Zittern durchfuhr seinen Körper. Jetzt hatte die Gegenseite Celine gekidnapped und damit ihn selbst in der Hand.

Nummer1 war erstaunt über die Neuigkeiten, die ihm Christian entgegen brüllte. Die anderen Gäste des Garten Cafés am Tennisplatz in Bad Wildungen drehten die Köpfe zu ihnen hin. „Wo ist Celine?", wollte Christian wissen. „Ich kann es ihnen nicht sagen. Die in Holland haben anscheinend ohne mein Wissen gehandelt. Jetzt machen sie ernst", war die einsilbige Erklärung, die Nummer1 erwiderte und dabei an den Kroaten Maric dachte. „Wir bleiben in Verbindung, ich versuche rauszubekommen, wo sich ihre Freundin befindet", sagte Nummer1 und reichte Christian einen Zettel mit einer Handynummer und beeilte sich das Garten Café' zu verlassen.

Die Stationsärztin in der Bergklinik in Bad Wildungen verabschiedete sich von ihrem Patienten, der seine Reha aus persönlichen Gründen 4 Tage früher als geplant abbrechen musste. Therapeut Stern zeigte sich ehrlich traurig über Christians vorzeitige Abreise. „Ich habe ja ihre Telefonnummer. Später werde ich ihnen alles erklären können.

Doch jetzt drängt die Zeit", sagte Christian und drückte Stern fest und dankend die Hand.

Gebhard Wolkenstein empfing seinen Freund zuhause mit echter Bestürztheit, die sich nach der Begrüßung in aktive Handlungsbereitschaft umwandelte. „Wir müssen jetzt die Polizei informieren. Alles scheint nun aus dem Ruder zu laufen, Celine ist in Gefahr", sagte Christian. Wolke hatte Mühe seinen Freund zu beruhigen. Jetzt hieß es einen klaren Kopf zu bewahren und keine voreiligen Schritte zum etwaigen Abgrund zu unternehmen.

Hauptkommissar Drescher konnte nicht glauben, dass man Victor Skorpin noch nicht fassen konnte, obwohl keine Zeit verloren wurde, die Fahndungsmaßnahmen unverzüglich und gezielt einzuleiten. Hatte ihn jemand gewarnt? „Haben wir möglicherweise doch einen Maulwurf in den eigenen Reihen?", ahnte Hauptkommissar Löw und mochte den Gedanken nicht zu Ende denken. „Der Verdacht erhärtet sich immer mehr. Das Leck könnte hier bei uns, in der Staatsanwaltschaft, oder beim BKA stecken. Wir machen trotz allem weiter wie bisher!", gab Löw als Weisung aus.

Zum Aufenthaltsort der Bedienung Irina gab es weiterhin keine neuen Hinweise. Ihr Smartphone konnte bisher noch nicht geortet werden, da es anscheinend ständig abgeschaltet war. Auch die fortwährende Überwachung ihrer Wohnung hatte nichts gebracht. Außer einer Nachbarin, die sich um die Blumen kümmerte, hatte niemand die Wohnung betreten. Wo sich Irina aufhielt, konnte auch sie nicht sagen. Es schien wohl eine geordnete, wenn auch überstürzte Flucht mit nur wenig Gepäck gewesen zu sein. Die Befragung aller übrigen Bewohner des Mehrfamilienhauses lief ebenfalls ins Leere. Manche wussten gar nicht, dass diese Frau überhaupt Mieterin in diesem Wohnkomplex war.

Hauptkommissar Löw konnte sich eine sarkastische Bemerkung nicht verkneifen, als Christian und Wolke vor ihm saßen. In Peter Falk-Manier kaute er dabei auf dem ausgelutschten Zigarillo herum. „Da sind ja die räudigen Sünder, was führt sie auf einmal zu mir", fragte der Beamte. „Nix da, räudige Sünder", antwortete Christian selbstbewusst und angegriffen. „Meine Bekannte ist seit gestern verschwunden, höchstwahrscheinlich entführt", schob er nach und erklärte die Einzelheiten zu Celines Verschwinden. „Haben Sie die örtlichen Polizeibehörden informiert, meistens sind die „vermissten" Personen nur verreist und alles klärt sich kurz danach schnell auf?" wollte Löw wissen. „Nein, haben wir nicht, aber wir kennen den Täter", sagte Christian und gab Namen und die Beschreibung des jungen Mannes, der Celine abgeholt hatte, zu Protokoll.

„Rechtsanwalt Benedikt Siebecke aus der Kanzlei Brauner, Allersleben und Kuhnert in Kronberg? Allererste Adresse, doch warum sollte er ihre Bekannte entführen?", fragte Löw. Christian erklärte sein Verhältnis zu Celine und die Tatsache, dass womöglich die Kanzlei in ihrer Vergangenheit bei den Prozessen gegen einen holländischen Unternehmer eine nicht unerhebliche Rolle gespielt hatte und dass man jetzt Gelegenheit sah, Rache zu nehmen und um die brisanten Papiere wieder in Besitz zu bekommen.

Nachdem auf das Klopfen an der Tür niemand antwortete, betrat Nummer1 das Büro und setzte sich wortlos auf einen der Stühle und gab Zeichen, sich nicht weiter stören zu lassen. Cristian und Wolke nahmen nur kurz Notiz von dem Gast und erklärten weiter die Umstände von Celines Verschwinden. „Ich kann nur dazu sagen, dass aus Holland keinerlei Auftrag für eine derartige Entführung ergangen ist", warf Nummer1 ein, ohne weiter auf die fragenden Gesichter einzugehen. „Sind diese Angaben glaubhaft, was ich bezweifle. Doch wenn es stimmt, dann sind noch andere Mitspieler am Tisch", meinte Löw und dachte dabei an Victor Skorpin, der von irgendeinem Versteck aus den Fäden ziehen könnte.

Die Rückkehr in seine Wohnung hatte sich Christian gerne ohne die seine Seele bedrückenden Umstände gewünscht. Er empfand keine besondere Freude wieder in seinen vier Wänden zu sein. Jetzt wollte er so schnell wie möglich wieder an die Uni, um durch einen strukturierten Alltag zurück ins Leben zu finden. Auch fehlten ihm die fruchtvollen Diskussionen mit den Studierenden. Aber ihm fehlte besonders auch Celine. Immer wieder hatte er Bilder von Szenarien vor Augen, die ihm Angst einjagten und nachts ständige Wachheit bescherten.

Die Polizei wollte alles daran setzen Celine zu finden. Hierfür konnte Christian allemal keine Hilfe leisten. Auch der 4. Tag nach dem Verschwinden der jungen Frau brachte keine neuen Hinweise. Die von den Frankfurter Beamten in Straßburg informierten Kollegen konnten ebenfalls keine frischen Erkenntnisse liefern.

******

Auf Nachfrage der ermittelnden Beamten gab die Kanzlei in Königstein an, dass ihr Angestellter Benedikt Siebecke vor ein paar Tagen einen 4- wöchigen Urlaub angetreten hatte. Über den Urlaubsort des Anwalts konnten auch die Kollegen keine Angaben machen. Die Tatsache, dass sich auch die Schreibkraft Adelina Schorn für 3 Wochen in Ferien befand, gab Nährboden für weitere Ungereimtheiten. Beide verband seit geraumer Zeit ein freundschaftliches Verhältnis.

Die Mitarbeiter der Soko arbeiteten auf Hochtouren. Zu den Ermittlungen der Leichenfunde kam neben dem Vermisstenfall der jungen Frau aus Straßburg auch noch die Fahndung nach dem Anwalt Benedikt Siebecke. Hauptkommissar Löw hatte alle ansässigen Fluggesellschaften kontaktiert, ein Passagier namens Siebecke war auf keiner der Flüge der letzten Tage bzw. der noch ausstehenden registriert.

Die Schreibkraft Adelina Schorn aus der Anwaltskanzlei traf man zuhause an. Sie konnte auch keinen Hinweis auf den Verbleib des Kollegen Siebecke geben, und über dessen Urlaubsziel wusste sie nichts. Und überhaupt habe sie das Liebesverhältnis zu ihm schon vor Wochen gelöst, da der Anwalt wohl eine „Andere" hätte. Weitere Angaben konnte sie nicht machen.

Der Campingplatz direkt am Elbufer war genau **der** abgeschiedene Zufluchtsort, den das Pärchen gesucht hatte. Die Fahrt im geräumigen Wohnmobil war entspannt und von einer wohlwollenden Hochstimmung geprägt. Die Nähe zum Elbsandsteingebirge wollten die jungen Leute für ausgiebige Wandertouren nutzen. Die junge Frau war froh, allem Trubel entflohen zu sein. Die noch frische Liebe zu dem smarten jungen Anwalt sollte in diesen Urlaubstagen verfestigt und zu voller Blüte gebracht werden.

Christian M. Köller war mit seiner ratenmäßigen Gesundschreibung, der sein Orthopäde nur bedingt zustimmte, hoch zufrieden. Endlich konnte er wieder seinem Beruf nachgehen, wenn auch nur stundenweise im Rahmen einer Wiedereingliederungsmaßnahme. Sein Gehvermögen war nur noch unwesentlich beeinträchtigt und nur manchmal erinnerten ihn leichte Nervenschmerzen an die vergangenen Torturen, die sein Körper zu ertragen hatte. Nur das Verschwinden Celines bereitete ihm weiterhin Kopfzerbrechen. Hatte sie ihn verlassen? War sie seiner überdrüssig geworden und hatte sie in Benedikt Siebecke einen neuen Freund und Liebhaber gefunden? Diese Möglichkeit rückte von Tag zu Tag für Christian immer öfter in den Vordergrund seiner Mutmaßungen und riss ihn in seinen Gedanken ständig hin und her. Doch nein, es konnte und durfte nicht sein, dass sie sich in so kurzer Zeit von ihm abgewandt hatte.

Auf Christians Nachfrage konnte Hauptkommissar Löw berichten, dass man nicht mehr von einem kriminellen Kidnapping der jungen Celine Michel ausgeht. Alle nochmalig durchgeführten Vernehmungen der Zeugen ergaben, dass die junge Frau den Anwalt anlässlich ihrer angeblichen „Entführung" freudig begrüßt und unter keinerlei Nötigung dessen Fahrzeug bestiegen hatte. Zum Abschied winkte sie sogar einer Nachbarin freudig lächelnd zu.

Auf dem Weg zur Uni konnte er sich nicht mehr an den herbstlichen Farben erfreuen, mit denen ihn die noch gülden belaubten Bäume am Mainufer begrüßten. Eine schwere, melancholische Ernsthaftigkeit hatte Christian erfasst.

„Wenn es so wäre, müsstest du dich damit abfinden, Celine ist ein freier Mensch", sagte Wolke und versuchte seinem Freund realistisch zu begegnen. „Das passt nicht zu ihr, einfach mit dem Anwalt durchzubrennen, ohne vorher mit mir zu sprechen. Wo hätten sie sich so intensiv kennenlernen sollen? Nach meiner Geburtstagsfeier? Warum meldet sie sich nicht? Warum ist ihr Smartphone ausgeschaltet? Nein,…so würde sie sich niemals verhalten. Es ist etwas passiert", legte sich Christian fest und begründete damit endgültig Celines Verschwinden.

Die ersten Arbeitstage nutzte Christian, um wieder in einen geregelten Ablauf zu gelangen, frei von allen Einflüssen privater Nebenkriegsschauplätze. Seine Studierenden vermissten jedoch seinen üblichen trockenen Humor und den listigen Blick, wenn man sich über einen kirchlichen Witz lustig gemacht hatte. Nach Feierabend fand Christian den am Fenster sitzenden EM vor, der sofort begann, mit Vorhaltungen auf ihn einzutrommeln. *„Wegen deiner Starrsinnigkeit musst du jetzt um das Leben der jungen Frau bangen. Gib die Sachen zurück, die dir nicht gehören. Mach dein Gewissen wieder rein, wasche dich frei von allen Sünden. ER wird dir deinen Glauben stärken und deine Seele heilen, er bewahrt dich vor einer düsteren, kalten Grube".*

******

Die Hauptkommissare Löw und Drescher waren erleichtert, dass sich Professor Köller und sein Freund Wolkenstein bereiterklärt hatten, die brisanten Unterlagen an sie zu übergeben. Jetzt musste eine Taktik gefunden werden, diese Aktion unbemerkt von den übrigen Mitarbeitern auch umsetzen zu können. Man wollte damit ausschließen, dass ein eventueller Maulwurf das Vorhaben gefährden und es nach Holland verraten könnte. Man hatte die gesamten Einzelheiten nur im kleinen Kreis besprochen. Es musste jede Kleinigkeit bedacht und abgesichert werden, wie man auch die bisherigen Besuche und die

Identität von Nummer1 erfolgreich vor anderen Mitarbeitern abgeschirmt hatte.

„In einer geschützten Wohnung werden zwei Spezialisten des BKA auf die Unterlagen warten, um sie so schnell wie möglich zu decodieren und lesbar zu machen. Ferner werden wir mit einem mobilen DNA-Scanner die einzelnen Spuren archivieren und später mit allen möglichen Gen-Datenbanken abgleichen", erklärte Drescher und man verabredete eine gemeinsame Abholung der Papiere aus dem Bankschließfach. Um absolut auf der sicheren Seite zu sein, war der Undercover-Beamte Nummer1 vollständig aus dieser Aktion herausgehalten worden. Ein getarntes Team des BKA sollte den Weg zur Bank und von der Bank zur konspirativen Wohnung sichern. In dem Geldinstitut selbst würde man von einem Team der Bundespolizei unter Beobachtung sein. Drescher und Löw waren sich der Gefahr bewusst, mit der die gesamte Aktion behaftet war.

Die zwei Metallkoffer wurden in der Tiefgarage der Bank in ein Fahrzeug des BKA geladen. Schusssicheres Glas und eine hohe PS-Zahl des Gefährts sollte die Insassen bei einem vermeintlichen Überfall schützen. Das Entnehmen der Unterlagen aus dem Schließfach hatte Gebhard Wolkenstein in Begleitung von Drescher und Löw übernommen. Die zur Sicherung abgestellten Beamten konnten keinerlei Auffälligkeiten im Ablauf des Bankgeschäftes im Kundenbereich erkennen. Die kleine Fahrzeugkolonne verließ die Tiefgarage und fuhr in angepassten, unauffälligem Tempo Richtung Miquelallee. In Höhe Sophienstraße blockierte ein Pärchen mit Kinderwagen auf dem Zebrastreifen die Fahrbahn. In Sekundenschnelle war die Fahrzeugkolonne von maskierten Männern umringt, die Drescher zum Aussteigen zwangen. Sie befahlen ihn den Kofferraum zu öffnen. Der Beamte fühlte die kalte Mündung der Pistole an seiner Schläfe. Zwei Maskierte prüften kurz den Inhalt der Koffer, während 3 andere die Reifen an den Fahrzeugen zerstachen. Innerhalb weniger Minuten war der Überfall beendet. Die Räuber verließen unter der Führung eines gestohlenen Streifenwagens mit Martinshorn und Blaulicht den Tatort.

Die Hauptkommissare Drescher und Löw waren froh, dass der Angriff ohne Personenschaden abgegangen war. An einem der unbrauchbaren Fahrzeugen lehnend zündete sich Löw mit noch leicht zitternden Händen einen frischen Zigarillo an, während Drescher einen Flachmann herumreichte. Alle Einsatzkräfte zeigten sich zufrieden, und klopften Gebhard Wolkenstein auf die Schultern. Der stützte sich erleichtert an der Motorhaube ab und unterrichtete seinen Freund Christian M. Köller von der gelungenen Aktion.

Schon seit dem Vortag saß in einer Wohnung im Westend ein Team des BKA und arbeitete auf Hochtouren, um die brisanten Papiere und die beigefügten Datenträger aus dem Schließfach zu entschlüsseln. Vor 2 Tagen hatte man ohne Personenschutz und größeren Abschirmungsmaßnahmen im Rahmen einer Geheimaktion das Schließfach geleert und den Inhalt in 2 normalen Aktentaschen abtransportiert.

In Holland dagegen kochte der Wutkessel auf höchster Stufe. Der Clan-Chef van den Brinck war außer sich vor innerer Erregung. Sein unmittelbares Umfeld vermied es trotzdem ihn auf seine Herzschwäche hinzuweisen. Viel zu hoch waren Zorn und Aufregung über die vertane Chance die Papiere und die Datenträger endlich und für immer in Besitz zu bringen. Und jetzt sollten Köpfe rollen, auch von denen, die ihn noch egoistisch und hochnäsig auf ihren Hälsen trugen. Van den Brinck holte zum Rundumschlag aus; die Ausläufer dieses Bebens sollten auch in Albanien spürbar sein.

******

Gebhard Wolkenstein prostete seinem Freund Christian M. Köller freundlich zu. Die beiden waren froh, endlich einen tonnenschweren Ballast aus den Köpfen abgeworfen zu haben. Die Papiere und Datenträger aus dem Schließfach sollten für immer Geschichte sein. „Und als nächstes suchen wir Celine", manifestierte Christian, worauf Wolke nur zurückhaltend nickte. Christian konnte sich bei allem positiven Ausgang, was die Unterlagen betraf, nicht freuen. Viel zu schwer lastete immer noch das Verschwinden der Freundin auf seiner Seele. Wollte Gott ihn damit ausdauernd quälen? Ihm noch härteren Prüfungen unterziehen? Sollten nach den körperlichen Schmerzen des Unfalls jetzt die seelischen Leiden folgen? Sozusagen als Folter, um ihn zu einer Rückkehr zum festen Glauben zu zwingen? Würde er symbolisch, wie die Hexen auf dem seelentoten Scheiterhaufen brennen?

Da die Polizei die Fahndung nach Benedikt Siebecke nicht mit dem erforderlichen Nachdruck durchführte, schlug Christian seinem Freund vor, einen privaten Ermittler mit der Suche nach dem jungen Anwalt und Celine Michel zu beauftragen. „Wenn du dich in Unkosten stürzen möchtest, bitte schön, dann tue es. Es wäre besser, den Tatsachen ins Auge zu sehen. OK, es wird wohl nichts mit der Einsicht. Ich werde mich mal rum hören, welchen privaten Schnüffler man da engagieren könnte", versprach Wolke nur widerwillig.

Das Treffen fand in Wolke's Schrebergarten statt. Christian schaute sehr skeptisch, als sich der mittelmäßig gekleidete Privatermittler vorsichtig der Parzelle näherte und den Gartenweg betrat. An fast jeder Rosenblüte nahm er eine Duftprobe und streichelte sie sanft. „Sie haben herrliche Rosen", lobte er den Blütenzauber und stellte sich vor.

„Damian Puck, angenehm", sagte er und streckte Christian und Wolke seine Raucherfinger entgegen. „Wie der Puck beim Eishockey, wenn ich in Fahrt komme, bin ich kaum aufzuhalten. War n Scherz", sagte er, als er feststellen musste, dass der Witz nicht zog. Geduldig hörte sich der Detektiv die Umstände an, die zum Verschwinden von Celine Michel führten. Man vermied jedoch genauere Einzelheiten zu erwähnen. Ebenso gab man ihm keinerlei Hinweise auf eine Gefahrenlage, die aus Holland drohen könnte. Bevor man den Detektiv verabschiedete, sagte Christian nachdenklich:" Kennen wir uns nicht? Na klar, aus dem Internat Silberstein? Sie waren auch in der Bogenschützen-Gruppe, eine Klasse unter mir. Ihr Vater war Ohrenarzt."

„Ja, stimmt, Sie kamen mir auch gleich bekannt vor", antwortete Puck," ich wollte auch Mediziner werden, doch meine Lateinnoten wurden schlechter und dann habe ich mich umorientiert und das Internat verlassen. Nach dem Abitur ging ich auf die Polizeihochschule". „Ich freue mich, dass Sie den Auftrag übernehmen", sagte Christian und reichte dem Puck nochmals die Hand, und begann mit der Einweisung des Detektivs in den Sachverhalt. „Vielleicht war es ein Fehler, ihm nicht alles erklärt zu haben", meinte Wolke, nachdem man Damian Puck verabschiedet hatte.

Der Blick von der Bastei-Brücke des Sandsteingebirges war gigantisch. Das junge Paar genoss die herrliche Landschaft der Sächsischen Schweiz und badete im wohlwarmen Pool ihrer frischen Verliebtheit.

Erst am Abend, als man in einem Biergarten an der Elbe saß, holte ein Telefonat mit der heimischen Kanzlei den jungen Anwalt aus dem siebten Himmel in die raue Wirklichkeit des Alltags zurück.

Benedikt Siebecke wusste sofort, was die Stunde geschlagen hatte. Nachdenklich drehte er sein Getränkeglas in der Hand und wollte seinem weiblichen Gegenüber nicht explizit erklären, weshalb man nun ziemlich schnell die Heimreise antreten müsse. Es gäbe Probleme mit einem ausländischen Großmandanten, die man nur vor Ort besprechen wollte. Die Journalistin Carina Scheller nahm den jungen Anwalt in den Arm, küsste ihn auf die Wange und wollte nicht von ihrem journalistischen Spürsinn sprechen, der sie nach der kurzen Schilderung des Grunds für das schnelle Aufbrechen ergriffen hatte.

******

Nur spärlich schien die Morgensonne durch das kleine Fenster. Den wievielte Morgen hatte sie hier erlebt? War sie drei, vier oder schon fünf Tage in diesem schwimmenden Nobelgefängnis? Alles bewegte sich. Bett, Schrank und Tisch hoben sich, wie auch ihr Magen, immer im Takte der Dünung, die das Schiff mit erhabener Kraft anhob und danach wieder sanft ins Wellental gleiten ließ.

Erneut hatte das Beruhigungsmitte seine Wirkung nachgelassen und die junge Frau in die Wirklichkeit zurückgeschubst. In dämmernder Wachheit hörte sie Stimmen, das Rauschen von Wasser, das Pfeifen eines scharfen Windes und das laute Tuten vorbeifahrender Schiffe. Manchmal drang fröhliches Lachen und das monotone Hämmern von Musik mit dröhnenden Bässen an ihr Ohr. Wo befand sie sich?

Man behandelte sie zuvorkommend und freundlich. Keine Fesseln, keine Augenbinde, keine Knebel malträtierten ihren Körper. Lediglich eine verschlossene Tür versperrte ihr den Weg nach draußen. Ein Kamerasystem überwachte die geräumige Kabine; über eine Lautsprecheranlage fragte man sie ständig nach ihrem Wohlbefinden. Die Wünsche nach besonderer Verpflegung wurden erfüllt und wenn die Zeit für Verhandlungen gekommen sei, würde einer umgehenden Freilassung nichts im Wege stehen. Celine Michel betete jeden Abend, wenn das dürftige Tageslicht der nächtlichen Dunkelheit wich. Sie flehte um Beistand, wollte ein für alle Mal diesem grausamen Kreisel entfliehen, der sie ständig in neue Ängste versetzte. Sie dachte an Christian und hoffte, dass der sie endlich holen würde. Er sollte kommen und diesem Martyrium ein Ende machen. Warum war dieser junge Anwalt dafür auserkoren worden, sie in freundlicher Art und Weise bei ihren Freunden in Straßburg abzuholen? Warum war sie nicht misstrauisch geworden?

Der Holländer Hark van den Brinck hatte sie wieder in seinen Fängen. Dieses kleine Täubchen, das ihm vor Jahren für den Preis von 6.000, - € in Richtung Frankfurt davongeflogen war. Nun war sie wieder im heimischen Schlag gelandet. Ja, man sieht sich immer ein zweites Mal im Leben. Jetzt sollte dieses Vögelchen das Faustpfand sein, mit dem er sich aller Sorgen entledigen wollte. Viel zu spät hatte er sich für diesen fundamentalen Schritt entschieden. Jetzt sollte man ihn kennenlernen. Der holländische Clan-Chef Van den Brinck erhöhte den Druck auf alle, die von seinem Geld lebten, die sich in seinem Dunstkreis befanden und für ihn arbeiten durften. Sein massiger Körper ragte über den schweren Schreibtisch mit jedem Atemzug, den ihm seine Raucherlunge gewährte, noch höher hinaus. Die kubanische Zigarre im Mundwinkel stöhnte unter den Kaubewegungen, mit denen er seine Sprache quälte.

„Du wirst mit der Polizei in Deutschland die Verhandlungen führen. Ich will mein Eigentum zurück, vollkommen und unbeschadet. Ich werde Ernst machen, das Mädchen wird sterben. Sag es Ihnen", befahl er und gab Nummer1 das Zeichen zum Abtreten. „Wo befindet sich die Frau?", wollte dieser wissen. „In Sicherheit", antwortete der Holländer und ein Wischer mit der Hand durch die Luft forderte Nummer1 zum Gehen auf.

Auch Nachfragen im Dunstkreis van den Brincks gaben keinen Hinweis auf den Verbleib der jungen Straßburgerin. Nummer1 fuhr wieder nach Frankfurt, um die Verhandlungen mit den Ermittlern zu beginnen. Er machte sich Gedanken, warum gerade er für diese Mission auserwählt wurde. Hatte der Holländer Verdacht geschöpft? Wusste dieser mittlerweile von seiner Undercover-Tätigkeit oder genoss er momentan noch einen besonderen Vertrauensstatus?

******

„Sie sind nicht vollständig", sagte der Auswerter als Drescher und Löw die konspirative Wohnung im Westend betraten. „Was heißt nicht vollständig?", wollte Drescher wissen. „Papiere und Datenträger sind nicht vollständig, es fehlen welche, das bedeutet, sie ergänzen einander. Eine Kettenverschlüsselung verhindert das Öffnen eines Datenträgers, wenn man nicht parallel den nächsten zum Dekodieren geöffnet hat, und dann den nächsten usw. usw. Sie sind absolut miteinander verschweißt. Bisher gibt es kein Ergebnis. Alle Arbeit umsonst, alles, was wir haben, ist wertlos für uns", antwortete der Mitarbeiter. „Sie haben uns reingelegt, dieser Herr Professor und sein Handlanger, dieser Schrauber, jetzt machen wir ihnen Feuer unterm Arsch", war Löws Antwort und sein Mund formte sich schmallippig, nachdem er den ausgelutschten Zigarillo in den Mülleimer geworfen hatte.

Privatdetektiv Damian Puck hatte den richtigen Riecher. Als ehemaliger Kriminalbeamter beim BKA in Wiesbaden genoss er weiterhin Connections und Beziehungen zu einigen Abteilungen im Polizeipräsidium Rhein/Main. Ein Mitglied der Soko hatte ihm gesteckt, dass der junge Anwalt der Kanzlei Brauner und Partner auf keiner Passagierliste der ansässigen Fluggesellschaften zu finden war, somit wurde ein Flug in irgendein Urlaubsland als unwahrscheinlich abgehakt. Es wurde noch darauf hingewiesen, dass die Fahndung nach ihm eingestellt wurde, weil die junge Frau anscheinend einvernehmlich mit ihm unterwegs sei.

Die Tatsache, dass das Auto des jungen Anwalts Siebecke in der Tiefgarage seine Wohnanlage parkte, ließ Puck mutmaßen, dass er mit der jungen Frau in einem Leihwagen unterwegs sein musste.

Ein 50,- € -Schein und allerlei fadenscheinige Gründe, weshalb nach dem Anwalt gesucht wurde, weichte die junge Angestellte der Auto- und Wohnmobilvermietung schon nach wenigen Minuten auf. Per GPS-Chip, der in dem Wohnmobil verbaut war, wurde ein Campingplatz in der Sächsischen Schweiz als Aufenthaltsort des Pärchens festgestellt. Nachdem der Detektiv die Autovermietung verlassen hatte, rief die Angestellte der Vermietung die Filialleitung an und teilte mit, dass soeben jemand nach dem jungen Anwalt sucht, der vor kurzem ein Wohnmobil gemietet hatte und dessen jeweilige Aufenthalte per GPS-Ortung festgestellt und täglich gemeldet werden sollten.

Sein alter BMW hatte zwar schon einige Jahre auf dem Buckel, zeigte aber auf der Autobahn in Höchstgeschwindigkeit stets seine Zuverlässigkeit. Trotz der vielen Baustellen schaffte Puck die Strecke bis Königstein an der Elbe in etwas mehr als 5 Stunden.

„Die haben vor gut 3 Stunden ausgecheckt", erklärte die Verwalterin des Campingplatzes. „Und außerdem, die junge Frau sah anders aus, das war sie nicht", schob sie hinterher, als der Detektiv ihr das Foto von Celine Michel zeigte. Umsonst hierhergefahren, dachte sich Puck und machte sich auf den Weg, um das Wohnmobil eventuell auf der Autobahn einzuholen. Vorher teilte er seinem Auftraggeber Christian M. Köller mit, dass Siebecke nicht mit Celine Michel unterwegs war.

Die Heimfahrt aus der Sächsischen Schweiz war erfüllt von einer bedrückenden Stille. Carina Scheller wagte sich nur sehr zögerlich Fragen zu stellen. Die Art und Weise, wie der junge Anwalt Benedikt Siebecke versuchte nach schwammigen Antworten zu suchen, zeigte der Journalistin, dass die Sache heißer als angenommen war. Sie verschleierte ihre Offensive und formulierte die Fragen nach Details ausgeklügelt und professionell. In fast geistiger Abwesenheit steuerte Siebecke das Wohnmobil über die Autobahn Richtung Heimat.

Auf einem Rasthof-Parkplatz nahe Dresden hatte der Detektiv das übliche Fahndungsglück. Damian Puck konnte das Pärchen beim Einsteigen in das Wohnmobil filmen und die Aufnahmen dem Professor als Beweis übersenden.

Christian war einerseits froh, dass Siebecke nicht mit Celine unterwegs war. Andrerseits enttäuscht, dass ihm der Detektiv noch kein weiteres positives Ergebnis übermitteln konnte. Wo war Celine, wohin hatte der junge Anwalt sie verbracht?

*****

Die Hauptkommissare Drescher und Löw hatten Professor Christian M. Köller in der Universität aufgesucht, um ihn wegen der fehlenden Datenträger zu befragen. „Es ist mir ein Rätsel, wir haben Ihnen alles überlassen", rechtfertigte sich Christian erstaunt, und überlegte, ob Wolke hier etwas zurückgehalten hatte. „Wir werde gegen Sie und Ihren Freund wegen Unterschlagung von Beweismitteln vorgehen, überlegen Sie, was das für Konsequenzen für Sie haben wird", warnte Drescher und ließ einen nachdenklichen Professor zurück.

Am Abend stellte Christian seinen Freund Wolke zur Rede und forderte ihn ultimativ auf, alle Datenträger an die Polizei weiterzugeben. „Du gefährdest das Leben meiner Freundin Celine", herrschte er ihn an. Gebhard Wolkenstein verfolgte mit der Zurückhaltung einiger Datenträger anscheinend einen eigenen Plan. In Unkenntnis der Verschlüsselungsparameter wollte er gegenüber der Polizei ein minimales Sicherheitspfand behalten, wodurch jedoch das Leben von Celine Michel erheblich mehr gefährdet wurde. Kaum dass Wolke Christians Wohnung verlassen hatte, stand Nummer1 vor dessen Tür und trat ohne Aufforderung ein. Sichtlich verärgert und erregt fauchte er los: „Ich habe sie gewarnt. Sie spielen ein gefährliches Spiel. Ihre Freundin befindet sich in den Händen meines Auftraggebers und dieser fordert von der Polizei die Aushändigung der kompletten Unterlagen. Ich wiederhole, die kompletten Unterlagen. Also auch die, die sich weiterhin in Ihrem Besitz befinden. Ich bin beauftragt über die Herausgabe zu verhandeln", setzte Nummer1 Christian unverhohlen die Pistole auf die Brust. „Ich werde umgehend die Ermittler und die Staatsanwaltschaft über die Forderungen aus Holland informieren", sagte Nummer1 und verabschiedete sich. Christian fühlte sich in die Enge getrieben und verurteilte innerlich Wolke's Alleingänge, die sie nunmehr in noch größere Schwierigkeiten gebracht hatten.

Privatdetektiv Damian Puck war sichtlich erstaunt, als er diesen schwarz gekleideten Mann aus dem Wohnhaus des Professors kommen sah. Unverkennbar war es dieser aufgeblasene Typ, den er schon damals nicht ausstehen konnte. Viel zu oft hatte der sich als König der Abteilung Personenschutz im Bundeskriminalamt aufgespielt. Mischte der in dem Vermisstenfall der jungen Celine Michel ebenfalls mit?

„Ich hatte sie gebeten, mich nicht zuhause aufzusuchen", herrschte Christian den Detektiv an, als der vor seiner Wohnung stand. Zeitgleich hörte er, dass Frau Bauerfeind's Wohnungstür ins Schloss fiel. „Da ich ermitteln konnte, dass Ihre Freundin nicht mit dem Anwalt unterwegs war, möchte ich gerne mit Ihnen abrechnen. Mein Auftrag ist wohl damit erledigt?", wollte Puck wissen. „Nichts ist erledigt", antwortete ein sichtlich erregter Professor, dem es kaum gelang, die innere Ruhe beizubehalten. „Sie müssen die Frau finden", sagte Christian und weihte anschließend den Detektiv in alle Einzelheiten der Umstände um seinen Unfall und den nachfolgenden Details ein.

Jetzt sollten alle Waffen gegen den Holländer scharf gemacht werden, auch die kleinsten Nadelstiche müssten Wirkung zeigen.

Privatdetektiv Puck war, nachdem er die Wohnung des Professors verlassen hatte, in einem nahen gelegenen Café eingekehrt. Die Neuigkeiten mussten erst einmal verarbeitet werden Er war von einem seltsamen Investigativ-Schub ergriffen worden. Der Holländer Hark van den Brinck verkörperte für ihn seit ewigen Zeiten das Synonym für Korruption, Intrigen und allen erdenklichen menschlichen Hinterhalten und Arglistigkeiten. In den ersten Jahren seiner noch jungen kriminalpolizeilichen Laufbahn musste sich Puck einer falschen Anschuldigung seitens des Holländers gerichtlich erwehren. Man hatte ihm Amtsanmaßung und Bestechlichkeit vorgeworfen. Damals bewahrheitete sich an ihm das Prinzip -*Werfe mit Dreck, irgendetwas bleibt kleben*-. Man konnte dem jungen Kripobeamten Puck seinerzeit zwar nichts dergleichen nachweisen, doch ganz bereinigt wurde dieser Vorwurf nie. Und heute schloss sich anscheinend der Kreis, heute hatte er nunmehr die Gelegenheit, sich an van den Brinck in irgendeiner Weise zu rächen. Dass er sich damit in höchste Gefahr begeben könnte, blendete der Detektiv vollkommen aus, viel zu abgehoben schwebte er auf der Rachewelle, die ihn blind und rücksichtslos werden ließ.

Im Büro von Oberstaatsanwalt Perchtl herrschte eisige Stille, als Nummer1 die Forderungen aus Holland überbrachte. Die Hauptkommissare Drescher und Löw waren sich einig, den Ansprüchen van den Brincks nicht nachzukommen, doch gleichzeitig die Suche nach Celine Michel auf allen Ebenen auszuweiten. Sämtliche Ermittlungen sollten vorerst ohne Einbindung anderer Kommissariate erfolgen. Perchtl ordnete eine strikte Informationssperre an. Man wollte verhindern, dass irgendwelche Details nach außen drangen. Eine Benachrichtigung der entsprechenden Stellen im Bundeskriminalamt wollte der Oberstaatsanwalt umgehend persönlich vornehmen, weil er sich durch einen besonderen persönlichen Kontakt dorthin größtmöglichen Erfolg versprach.

Kanzleichef Hilmar Brauner hatte vor dem jungen Anwalt Benedikt Siebecke eine bedrohliche Haltung eingenommen, als dieser wie ein geprügelter Hund vor seinem Schreibtisch saß. „Sie sollten die junge

Frau für ein paar Tage aus der Schusslinie nehmen, sich mit ihr eine schöne Zeit machen, aber nicht entführen", bemängelte Brauner.

„Als wir am Hotel angekommen waren, wurden wir schon erwartet. Ich bekam eine Anweisung, die angeblich von Ihnen kam, dass man sich jetzt selbst um die Frau kümmern würde", rechtfertigte sich der Siebecke. „Die Polizei wollte sie schon befragen, denn Sie haben die junge Frau in Straßburg abgeholt. Man hat sie zur Fahndung ausgeschrieben. Ab sofort verstecken sie sich und rühren sich nicht, nehmen mit niemanden Kontakt auf, mit **niemanden** sagte ich, tauchen Sie ab", wies der Kanzleichef den Anwalt an und überreichte ihm einen Umschlag mit Schlüssel und Adresse eines Appartements.

In einer gehobenen Wohnanlage am äußeren Stadtrand von Bad Schwalbach schloss Benedikt Siebecke die Tür zu einem First-class-Appartement auf und staunte nicht schlecht. Die Wohnung verfügte über alle Annehmlichkeiten, die man sich vorstellen konnte. Hier konnte er sich für die nächsten 4 Wochen aufhalten, ohne das Versteck verlassen zu müssen. Für Getränke und Verpflegung war in großem Ausmaß gesorgt worden. Sollte er sich den Anweisungen seines Chefs widersetzen und seine Freundin, die junge Journalistin Carina Scheller von seinem Versteck aus kontaktieren? Seiner Mutter hatte der junge Anwalt eine Geschichte über einen längeren Auswärtstermin für sein schnelles Abtauchen aufgetischt. Sie würde für die ersten Tage Ruhe geben, doch irgendwann würde auch sie misstrauisch werden, wenn ihr Junge sich über einen längeren Zeitraum nicht bei ihr melden würde.

******

Auch die letzten Blüten, mit denen die Rosen ihrem Pfleger und Hüter Gebhard Wolkenstein in seinem Schrebergarten erfreuen wollten, konnten dessen Laune nicht bessern. Das Zerwürfnis und die Kluft, die das Zurückhalten der Datenträgen zwischen ihm und seinem Freund Christian M. Köller verursacht hatten, waren momentan kaum wieder aus der Welt zu schaffen. Wolke hatte, wie fremdgesteuert, ohne weiter darüber nachzudenken, einen Teil der Datenträger aus dem Schließfach entnommen und in seiner Werkstatt an einem unzugänglichen Platz deponiert. Er wollte nicht alle Trümpfe aus der Hand geben. Nun wird er sie herausgeben müssen, denn wie nie zuvor war Christian's Freundin jetzt in allerhöchster Lebensgefahr.

Nummer1 grübelte über die gesamten Sachverhalte, die sein Verhältnis zum Holländer und seine Undercover-Tätigkeit für das Bundeskriminalamt betrafen. Die ständigen Kontakte mit den Ermittlern der Soko könnten sich wegen des Maulwurfsverdacht als eine konkrete Gefahr für ihn darstellen. Und andrerseits musste er jetzt alles dafür tun, um das Leben der Celine Michel zu retten. Aus dem näheren Umfeld des Holländers war nicht zu erfahren, wo man die Frau versteckt hielt. Niemand, der eingeweiht war, wollte es sich mit dem Chef verscherzen und dieses Geheimnis verraten.

Nummer1 traf eine Entscheidung, die ihm einen durchschlagenden Erfolg bieten, oder das ultimative Ende all seiner Aktivitäten sein sollte. Schlechten Falls würde er am Abgrund wandeln. Er wollte den härtesten Gegner des Holländers für seine Zwecke einspannen und wählte über ein sicheres Smartphone eine Telefonnummer; und als sich der Teilnehmer meldete, wusste er, dass er in diesem Moment vielleicht sein eigenes Todesurteil gefällt hatte. Aus dieser Situation gab es nunmehr kein Zurück.

Der Albaner Victor Skorpin war hocherfreut, zu erfahren, wer ihn in die verzwickte Lage in der Schiffskabine der „Prestige" gebracht hatte. Seine Ahnungen, dass Hark van den Brinck hinter der Sache steckte, wurden ihm nunmehr bestätigt. Skorpin feilte ab sofort an einem Plan, mit dem er gleich mehrere Probleme aus der Welt schaffen könnte.

Der erste Herbststurm fegte über die Nordsee hinweg und zwang Sportbootfahrer und Privatyachten schützende Häfen und Marinas entlang der Küste anzulaufen. So hatte die Freundin des deutschen Professors Christian M. Köller, Celine Michel aus Straßburg, in ihrer Kabine auf der Charter-Yacht „Silver Moon" nicht mehr unter Seekrankheit zu leiden. Das Boot war im niederländischen Küstenort Delfzijl eingelaufen und hatte an einem entfernten Mooring-Anleger in der Marina im festgemacht. Die Schiffsführung buchte beim Hafenmeister den Liegeplatz für das gesamte Wochenende. Es wurde eine 7-köpfige Besatzung angegeben.

Man versprach der jungen Frau auf Betäubungsmittel zu verzichten, wenn sie sich ruhig verhalten würde. Ein von außen angebrachter Wellenschutz versperrte Celine die Sicht durch die Fenster ihres Verstecks. Der entfernt herüber wabernde Verkehrslärm und die ruhige Lage deutete daraufhin, dass die Yacht nunmehr in einem Hafen festgemacht hatte. Die junge Frau hatte sich vollkommen in ihr Schicksal ergeben und wollte keinerlei Widerstand leisten. Sie hoffte so mit dem Leben davon zu kommen. Des Weiteren wünschte sie sich inständig, dass Christian M. Köller alles daransetzen würde, sie in kürze zu befreien.

Auf der Yacht waren die Hauptmotoren abgestellt worden; lediglich die von Land aus gespeisten Strom-Aggregate lieferten elektrische Versorgung und Heizung. Dementsprechend breitete sich eine seltsame Stille im Schiffsinneren aus. Celine lag auf ihrer Koje und versuchte vergeblich aus dem Stimmengewirr vom Oberdeck irgendwelche Fragmente zu entschlüsseln und zu verstehen. Der junge Mann, der sie ständig mit Speisen und Getränken versorgte, war bisher der einzige, den von der Besatzung zu Gesicht bekam. Er sprach in einwandfreiem Deutsch mit leichtem niederländischem Akzent zu ihr. Sie wurde von ihm stets freundlich und zuvorkommend behandelt. Auf Fragen ihrerseits antwortete er nicht, er gab nur Befehle und Anweisungen von sich. Von Celine Michels Kabine führte ein Aufgang in einen größeren Vorraum von wo aus man aufs Außendeck sowie in das höher gelegene Oberdeck gelangte. In diesem Vorbereich hatte man ständig einen Aufpasser postiert, der alle Stunde abgelöst wurde. Das verhängnisvolle Drama begann, als der junge Mann Celines Tablett vom Abendessen abräumte.

******

Die Hauptkommissare Drescher und Löw fühlten sich in ihren Ermittlungen um die Mainleichen und der Suche nach Celine Michel in einer vollkommenen Sackgasse. Trotz intensiver Nachforschungen und dem akribischen Verfolgen sämtlicher Spuren konnten sie keinerlei Erfolge vorweisen. Ein schlecht gelaunter, stets herumkeifender Oberstaatsanwalt Perchtl machte ihnen das Leben schwer und setzte die Ermittler massiv unter Druck. „Ergebnisse, ich will Ergebnisse sehen", brüllte er wieder und wieder in ihre Büros und knallte verärgert die Türen, worauf sich Drescher kopfschüttelnd wieder den Akten widmete. „Ich kann ihn verstehen. Er bekommt von oben den Druck und leitet ihn an uns weiter", sagte Löw verständnisvoll. „Wo sollen wir noch nach der Frau suchen? Sämtliche Etablissements des Holländers in Deutschland und den Niederlanden wurden durchsucht, Lagerhäuser und Privatwohnungen ebenso. Keine Spur von ihr. Auch die Veröffentlichungen in den Medien haben nichts gebracht. Wenn man uns demnächst ein zeitliches Ultimatum stellt, sind wir im Arsch, dann müssen wir handeln", befürchtete Löw und sollte Recht behalten.

Christian saß auf einer Bank am Main und sah verträumt den spielenden Kindern zu, die sich am Ufer vergnügten. Die ersten Kranichpulks zogen über ihn hinweg und verabschiedeten sich mit lautem Trompeten und kündigten so den herannahenden Winter an. All dieses ging an ihm vorbei, seine wehmütigen Gedanken waren bei Celine, die jetzt womöglich in irgendeinem Verlieβ vor sich hinvegetieren musste. Seinem Freund Wolke wollte Christian nicht mehr die Alleinschuld für dieses Desaster geben.

„Das hättest Du Dir vorher überlegen sollen. Eure Hartnäckigkeit und der sinnlose, überhebliche Egoismus hat die Frau in diese Gefahr gebracht", warf EM herüber und machte es sich auf der Parkbank nebenan gemütlich. Christian musste ihm uneingeschränkt Recht geben. Viel zu lange hatten sie gezögert und die Gefährdung aller Beteiligten verkannt oder einfache Tatsachen verdrängt oder nicht sehen wollen. Jetzt befanden sie sich in einer ausweglosen Lage.

Nummer1 hatte sein Outfit grundlegend verändert, um zum Treffen mit den Ermittlern Drescher und Löw in dem Biergarten am Mainufer etwas fremder zu wirken. Die Kriminalbeamten vermieden spaßige Bemerkungen, dafür war die Situation viel zu ernst. „Ich habe Ihnen ein Ultimatum zu überbringen. Am kommenden Sonntag bis 24 Uhr muss ich sämtliche Unterlagen und Datenträger, inclusive aller Kopien in Holland abgeliefert haben, ansonsten stirbt nicht nur die junge Frau", gab Nummer1 unmissverständlich bekannt. Drescher und Löw nahmen das befürchtete Ultimatum zur Kenntnis und informierten umgehend Oberstaatsanwalt Perchtl, der seinerseits die entsprechenden BKA-Stellen in Kenntnis setzte.

******

Carina Scheller, die junge Journalistin des Tageblattes, hatte sich zum wiederholten Male in der Kanzlei Brauner nach Benedikt Siebecke erkundigt. Mit der Antwort, dass sich der Anwalt noch im Jahresurlaub befindet, wollte sie sich nicht zufriedengeben. Zum Feierabend passte sie die Schreibkraft Adelina Schorn am Haupteingang ab. „Ich weiß nicht, wo Benny ist. Alle sagen er wäre noch im Urlaub, das glaube ich nicht. Er geht auch nicht an sein Smartphone. Sein Büro ist verschlossen, was nicht üblich ist. Irgendetwas stimmt da nicht", sagte die Sekretärin ziemlich aufgelöst, und unter Tränen, nachdem Carina sie in den nächsten Hauseingang gezogen hatte, um vor den Blicken aus der Kanzlei geschützt zu sein. „Die Polizei hat sich bei mir auch schon nach ihm erkundigt. Er ist in irgendein krummes Ding verwickelt", gab sie aufgeregt von sich. Die Journalistin berichtete von der gemeinsamen Fahrt im Wohnmobil in die Sächsische Schweiz und dass sie sich in Benedikt verliebt habe und sich jetzt große Sorgen mache. „Sie sind es also, wegen ihnen ist er nach Straßburg gefahren", warf Adelina der Journalistin vor. „Nach Straßburg? Ich wohne nicht in Straßburg", antwortete Carina Scheller verwundert. „Ja, Benny sagte mir, dass er in Straßburg jemanden abholen müsse, und von da ab hab ich ihn nicht mehr gesehen", sagte die Schreibkraft. Die Journalistin versprach, sich um Benedikt Siebecke's Verbleib zu kümmern und würde sich umgehend melden, sobald sie Neues erfahren habe.

Hauptkommissar Löw verdrehte die Augen, als die junge Journalistin wieder mal sein Büro betrat. „Mein Freund ist verschwunden, sie müssen ihn suchen", sagte sie in befehlendem Ton. „Für Vermisstenfälle sind wir nicht zuständig", antwortete der Beamte, ohne seinen Blick von der Akte zu nehmen. „Er heißt Benedikt Siebecke und ist Anwalt bei Brauner und Partner in Königsstein", vervollständigte Carina Scheller ihre Anzeige. Sofort erhob sich Löw, warf den ausgelutschten Zigarillo in den Aschenbecher, bot der jungen Frau einen Stuhl an und ließ sich über sämtliche Einzelheiten der Tour in die Sächsische Schweiz und der abrupten Rückreise berichten. „Dass er nochmals eine Urlaubsreise unternommen hat, so wie sein Chef angibt, kann ich mir nicht vorstellen. Er hätte mich eingeweiht. Und an sein Handy geht er auch nicht", erklärte Carina Scheller voller Sorge.

„Er hatte vor Beginn unserer Tour in Straßburg im Auftrag seines Chefs jemand abholen sollen", schob sie hinterher. „Im Auftrag seines Chefs?", fragte Löw höchstinteressiert. Die Journalistin berichtete vom Gespräch mit der Schreibkraft der Kanzlei, worauf der Beamte preisgab, wer da in Straßburg abgeholt wurde und seitdem verschwunden war. Er wies ausdrücklich darauf hin, dass all diese Angaben vertraulich zu behandeln, und nicht für ihre journalistische Arbeit bestimmt seien.

Mit dem Tablett in beiden Händen verließ der junge Mann Celines Kabine und gab von außen der Kabinentür einen heftigen Tritt, die daraufhin ins Schloss fiel. Celine hörte ihn den Aufgang hinaufgehen und kurz danach das Klappen der Vorraumtür. Die junge Frau horchte an der Tür, nichts regte sich. Der Mann hatte vergessen die Kabine von außen zu verriegeln. Celine wartete noch ein paar Augenblicke, drückte langsam die Klinke runter; die Tür öffnete sich und gab den Blick zum Aufgang frei. Langsam und auf Zehenspitzen nahm sie Stufe für Stufe. Heftig atmend drückte sie vorsichtig die obere Tür auf, worauf plötzlich mit äußerster Kraft jemand von außen dagegen drückte. Celine versuchte dem Druck standzuhalten, was ihr nicht gelang. Die Kraft, die der Mann gegen die Tür aufwendete, war so stark, dass Celine den Halt verlor und rückwärts den Niedergang herunterfiel. Ihr Kopf schlug mit der Stirn vollends gegen die Kante des eisenbewehrten Podestes. Von oben stürmten die Männer den Niedergang herunter und sahen die schwer verletzte Frau. Ihr Schädel blutete an der linken Stirnseite und schwoll in Sekundenschnelle massiv an. Ihr Arm lag in einer widernatürlichen Stellung unter dem Brustkorb. Das linke Knie war aufgeplatzt und am Unterschenkel war ein Teil des gebrochenen Schienbeines nach außen getreten.

Die Männer trugen die junge Frau nach oben, legten sie im Vorraum auf den Teppich und riefen eine Nummer in Holland an. Der Telefonierer nickte mehrmals und merkte sich die Anweisungen. Sie wickelten die Bewusstlose in den Teppich, wuchteten den regungslosen Körper auf das Oberdeck und trugen sie durch die Dunkelheit zum Außenbereich des menschenleeren Anlegers. Dort rollten sie die junge Frau aus dem Teppich und legten sie an den Rand des Parkplatzes und riefen einen Krankentransport. Aus sicherer Entfernung beobachteten sie den Abtransport der schwer verletzten Celine Michel.

Am nächsten Morgen meldete der Schiffsführer die Yacht beim Hafenmeister ab, bezahlte die Liegegebühren und bestätigte die Vollzähligkeit der Besatzung. Das Schiff verließ den Hafen und steuerte die ostfriesische Küste an, um ordnungsgemäß im Bootsverleih zurückgegeben zu werden. Die durch die vorzeitige Rückgabe entstandenen Mehrkosten wurden sofort in bar beglichen.

******

Eine frostige Stille hatte sich über die Freundschaft zwischen Gebhard Wolkenstein und dem Professor Christian M. Köller gelegt. Das sonst so feste Band hatte einen eisigen Überzug bekommen und drohte bei der nächsten Belastung zu brechen. Wolke stand vor Christians Wohnhaus und traute sich nicht sein Eintreffen mit dem üblichen Klingelzeichen SOS zu signalisieren. Frau Bauerfeind hatte den ungeliebten Schrauber schon entdeckt, als sie wie gewohnt den Straßenbereich hinter der Gardine stehend abcheckte. Sie beobachte sehr genau Wolkensteins Zögern und machte sich ihren eigenen Reim darauf. Hatte dieser Typ etwas zu verbergen? Warum klingelte er nicht? Traute er sich nicht, weil er wusste, dass dieser Zigarillo kauende Kriminalkommissar schon seit einer Stunde oben bei dem Professor hockte?

Christian war froh, als Wolke endlich vor seiner Wohnungstür stand und ihm das Päckchen mit den fehlenden Datenträgern übergab. „Komm doch rein", lud ihn sein Freund ein, doch Wolke dankte und machte sich sofort wieder auf den Weg, weil er noch wichtige Arbeiten zu erledigen hatte.

Christian schloss nachdenklich die Tür und gab die Speicherkarten an Hauptkommissar Löw weiter. „Es ist anders als bei den üblicher Entführungsfällen", sinnierte Löw. „Man übergibt ein Lösegeld und bekommt das Opfer zurück. Doch hier geben wir viel aus den Händen. Natürlich versuchen wir jetzt die Daten auszuwerten. Aber ein Großteil bleibt verdeckt, weil es zu sehr verschachtelt codiert wurde. Doch am wichtigsten ist, dass wir ihre Freundin zurückbekommen", sagte der Beamte und verabschiedete sich.

Hark van der Brinck kochte vor Wut, als er vom Unfall der jungen Frau unterrichtet wurde. Doch solang die Polizei davon auszugehen hatte, dass man sie noch gefangen hielt, erachtete er seine Lage als unverändert positiv. Doch was sollte er tun, wenn die Ermittler ein Lebenszeichen der jungen Frau forderten? Bis zum Ablauf des Ultimatums durfte nicht bekannt werden, dass sich Celine Michel in einer Klinik befindet. In einem Telefonat unterrichtete der Holländer Nummer1 von dem Vorfall und schwor ihn auf äußerste Geheimhaltung ein. Jetzt war alles nur noch eine Frage der Zeit. Sollte die Polizei erfahren, dass sich die junge Frau nicht mehr in seiner Gewalt befand, musste Hark van den Brinck um seinen Vorsprung bangen.

Auf der Intensivstation des Klinikums Links der Weser in Bremen hatte man die Patientin in ein künstliches Koma gelegt. Die schweren Kopfverletzungen hatte die Ärzteschaft zu dieser Maßnahme gezwungen. Man hatte die junge Frau aus dem holländischen Delfzijl herübergeflogen, da man dort nicht über die infrastrukturelle Ausstattung verfügte, um ihr Leben zu retten. Die Umstände ihres Auffindens in der Nähe der Bootsanleger hatte die holländische Klinik den dortigen Polizeibehörden gemeldet. Eine Identifizierung der Patientin konnte nicht vorgenommen werden, da die Deformierung und Prellungen des Schädels eine Erkennbarkeit unmöglich machte. Ein Foto in dem Anhänger, den die junge Frau um ihren Hals trug, war das einzige Indiz für eine mögliche Identifizierung. Die Oberfläche des Bildes, das ein verliebtes Paar zeigte, hatte anscheinend durch viel Berührungen und Streicheln an Schärfe und Glanz verloren. Ob es sich bei der Frau um die Trägerin handelte, war nicht zweifelsfrei festzustellen.

Die holländische Polizei hatte unmittelbar nach der Anzeige durch die Klinikleitung den Auffindeort der jungen Frau erkennungstechnisch gründlich untersucht. Ermittlungsrelevante Hinweise konnten nicht festgestellt werden, da die heftigen Regenfälle in den letzten Tagen jedwede Spurenlagen verwaschen hatten. Nachfragen bei den Bootsbesitzern ergaben ebenfalls keine zu beachtenden Erkenntnisse.

Oberkommissar Hinrichs vom Vermisstendezernat der Kriminalpolizei Bremen hatte sämtliche Unterlagen über die Patientin erhalten. Die Bremer Behörden waren um Amtshilfe gebeten worden.

„Wer bist du, woher kommst du, wer ist der Mann an deiner Seite?", fragte der Beamte, als er vor dem Krankenbett der jungen Frau stand. Den Anhänger mit dem Foto in der Hand haltend beobachtete er die Patientin, deren bedauernswerter Zustand mehr als nur äußerlich sichtbar war. Dicke Kopfverbände verhüllten deren Gesicht, Schläuche und Kabel spendeten die lebenserhaltenden Zuflüsse. Geräte blinkten, piepsten und signalisierten einwandfreies Funktionieren.

In seinem Büro begann Hinrichs mit der Übermittlung aller Daten und Informationen an die Landeskriminalämter und hoffte darauf, dass die Unterlagen schnellstens bearbeitet und sie niemand als unwichtig einstufen würde. Wie schnell könnten die gesamten Hinweise in irgendwelchen Schubladen für immer verschwinden.

******

Nummer1 war bestürzt über die Neuigkeiten, die man ihm aus Holland übermittelt hatte. Nachdenklich und zugleich planend saß er in seinem Zimmer und versuchte die gesamte Frontlage in ein überschaubares Bild zu setzen. Auf der einen Seite die Polizei, die noch nicht gewillt war, die gesamten Unterlagen und Datenträger an den Holländer zu übergeben. Andrerseits drohte dieser die junge Frau, die sich zwar nicht mehr in seiner unmittelbaren Gewalt befand, zu töten, sollte man seinen Forderungen nicht nachkommen. Des Weiteren war da der Professor, der inständig hoffte, dass die gesamte Aktion zur Freilassung seiner Freundin führen sollte. Auch er wähnte die junge Frau noch in den Händen der Entführer. Ein vierter Aspekt war der Albaner Victor Skorpin, der mit absoluter Sicherheit bereits alle verfügbaren Speere geschliffen hatte, um seinen Feldzug gegen den Holländer Hark van den Brinck zu beginnen.

Für Nummer1 gab es noch 2 weitere Unbekannte, die in seiner Rechnung noch für Turbulenzen sorgen könnten. Da war die Anwaltskanzlei Brauner und Partner, deren Verwicklungen sich noch nicht vollständig offenbarten. Und auch der vom Professor Köller neu ins Spiel gebrachte Privatdetektiv Damian Puck könnte noch für Aufregung im gesamten Vorgang sorgen. Persönliche Rachefeldzüge würden für so manch unbedachte Handlungen sorgen.

Im großräumigen Büro von Oberstaatsanwalt Perchtl versanken die Hauptkommissare Drescher und Löw in den unbequemen

Ledersesseln. Sie ließen sich ihr Unwohlsein nicht anmerken. Die Sekretärin servierte einen Kaffee und wurde danach von einem sichtlich nervösen Oberstaatsanwalt wieder hinauskomplimentiert. „Da wir jetzt alles komplett haben, sollte wir schnellstmöglich unsere Vorgehensweisen abstimmen", schlug dieser vor. „Es ist den BKA-Spezialisten nicht gelungen sämtliche Datenträger zu entschlüsseln. Die Codierung muss ein hochintelligenter IT-Fachmann vorgenommen haben. Das, was ermittelt wurde, reicht meines Erachtens nur bedingt, um ein Strafverfahren zu eröffnen", führte Drescher aus. „In zwei Tagen läuft das Ultimatum aus, und die junge Frau wurde immer noch nicht gefunden. Alle Fahndungsmaßnahmen und auch die öffentlichen

Aufrufe blieben bisher ohne Ergebnis", antwortete Perchtl, während sich Nummer1 über ein sicheres Smartphone bei Hauptkommissar Löw meldete. Dessen Gesicht zeigte eine plötzliche Blassfärbung, während eine Hand aufgeregt nach einem Zigarillo in der Jackentasche suchte. Löw stellte sein Smartphone auf „laut", um den beiden anderen ein Mithören zu ermöglichen. Oberstaatsanwalt Perchtl erhob sich hinter seinem Schreibtisch und forderte von Löw ihm das Smartphone zu übergeben. „Hier Perchtl, kommen sie umgehend zu uns in mein Büro, über den sicheren Hintereingang. Aber ein bisschen plötzlich", brüllte er in das Gerät und ließ sich in seinen Sessel zurückfallen. Eine knirschende Stille waberte durch das Büro, und fragende Gesichter gaben die momentane Ratlosigkeit wieder.

Bevor Nummer1 eine sofortige Vorgehensweise vorschlagen konnte, legte Hauptkommissar Drescher die neuesten Erkenntnisse, die druckfrisch aus dem BKA vorlagen, auf den Tisch. Oberstaatsanwalt Perchtl ergriff sofort das Wort und wandte sich an Nummer1 und erklärte hierzu: „Eine junge Frau, die schwerverletzt in Delfzijl aufgefunden wurde, liegt mittlerweile im Klinikum Links der Weser in Bremen und kämpft um ihr Leben. Die Informationen von Ihnen dazu addiert, könnte es sich dabei um die entführte Celine Michel handeln. Wir sollten von ihr körperliche Substanzen beschaffen, um einen DNA-Abgleich vornehmen zu können. Herr Drescher, bitte hierfür schonmal eine Blutentnahme durch die dortige Klinik einleiten lassen. Ferner habe ich die Bremer Kollegen gebeten, einen Personenschutz für die Patienten zu organisieren. Die Tatsache, dass man in Holland davon ausgeht, dass wir von alledem keine Kenntnis haben, sollten wir unbedingt nutzen. So ist der Stand meine Herren".

„Ich schlage vor, keine weiteren Dezernate und Abteilungen von diesen Maßnahmen zu unterrichten. Wir sollten dadurch die Möglichkeiten der Weitergabe nach Holland eindämmen. Wer weiß, ob die kriminellen Käsköppe nicht schon nach der Frau suchen", warf Löw ein und erntete mit der diffamierenden Äußerung keinen Applaus.

Nummer1 widersprach dieser These, denn wenn man die Frau hätte umbringen wollen, warum hat man zugelassen, sie medizinisch zu versorgen. Abschließend versprach er, alle an ihn gerichteten neuen Informationen aus Holland sofort an Oberstaatsanwalt Perchtl weiterzugeben.

******

Christian hielt den Anhänger in der Hand und erkannte sich auf dem Foto wieder. „Ich wusste nicht, dass darin ein Foto verborgen ist. Die Kette mit dem Anhänger trug sie ständig", sagte Christian und hörte sich die weiteren Ausführungen von Hauptkommissar Löw zu Celine's Auftauchen an. Christian war entsetzt, nachdem er alle Einzelheiten über ihren gesundheitlichen Zustand erfahren musste. „Wir müssen die Gegenseite weiterhin in dem Glauben lassen, dass wir nichts von ihr wissen, dass sie sich weiterhin in den Händen der Entführer befindet, darum bitten wir sie, noch keinen Kontakt zu ihr aufzunehmen", erklärte Löw. Es belastete ihn sehr so viel über Celine zu wissen, und nichts tun zu können. Christian bat Wolke in seine Wohnung zu kommen, am Telefon wollte er seinen Freund nicht über die Neuigkeiten in Kenntnis setzen.

Die Bestürzung über die Situation um Celine Michel breitete sich vollkommen auf die Stimmung in der Wohnung aus, als die beiden Männer sich wortlos gegenübersaßen. Vergessen waren die Zerwürfnisse und die Umstände, die zu der jetzigen Sachlage geführt hatten. Auch EM, der am großen Fenster mit übereinandergeschlagenen Beinen und vor der Brust verschränkten Armen Platz genommen hatte, vermied es, mit irgendwelchen Vorwürfen die Lage unnötig zu verschärfen. Jetzt galt es fest an eine baldige und vollständige Genesung der jungen Frau zu glauben.

Das *Erotic Island* mit großem Saunabereich, Hallenbad und gemütlichem Hotel in unmittelbarer Flughafennähe hatte so manchem wohlhabenden Fluggast die Wartezeit angenehm verkürzt. Hier begossen aufstrebende Firmeninhaber, erfolgreiche Banker und Manager lukrative Geschäftsabschlüsse und fädelten neue Investments ein. Man traf sich hier, feierte und genoss das Geheime. Auf Loyalität und Verschwiegenheit des Personals konnte man sich stets verlassen. Besitzer und Betreiber Hark van den Brinck achtete ständig darauf, dass es so blieb, dass keine negativen Schlagzeilen den Umsatz trübten.

Als der Detektiv Damian Puck seinen alten BMW 1802 auf dem Parkplatz abstellte, kamen die Erinnerungen wieder hoch. Damals gab es hier nur eine einfache Sauna, wo man als männlicher Besucher nach der Schwitzkur nebenan in der kleinen Bar ein paar Drinks nahm, und meistens in weiblicher Begleitung eine nahe gelegene Pension aufsuchte.

Hier hatte der damalige Kripobeamte Puck mit 4 weiteren Kollegen und 2 Streifenwagenbesatzungen eine Razzia durchführen wollen. Bei diesem von ihm geleitete Polizeieinsatz kam es zu Handgreiflichkeiten und zur Anwendung unmittelbaren Zwanges gegen 2 Saunagäste aus dem höheren Management, was dem Kommissar Puck zum Nachteil gereichte. Die Falschaussage eines Kollegen, der auf der Gehaltsliste des Holländers stand, brachte Puck ein Gerichtsverfahren ein, das zwar im Vergleich endete, ihm jedoch während seiner gesamten Dienstzeit negativ anhaftete. Jetzt stand er wieder vor der Location, wo aus der kleinen Sauna dieses riesige Erotic-Island-Etablissement geworden war. Die Lande- und Startgeräusche der Flugzeuge vom nahen gelegenen Airport wurden von den Scheinwerfern, die den Nachthimmel anstrahlten, gespenstisch untermalt, als eine ohrenbetäubende Explosion die Umgebung erhellte. In die Höhe schnellende Trümmerteile der Holzveranda landeten brennend auf abgestellten Fahrzeugen, während eine 2. Detonation das Hauptgebäude traf. Fenster flogen aus den Mauerwerken und die große Leuchtreklame zerstob in tausend Einzelteilen.

Die Druckwelle der Explosion hatte Damian Puck gegen sein beschädigtes Auto geworfen. Trotz der leichten Verletzung im Gesicht zückte er sein Smartphone, um das Geschehene rundherum zu dokumentieren. Die eintreffenden Einsatzkräfte hatten das auflodernde Feuer schnell unter Kontrolle. Streifenwagenbesatzungen begannen Bereiche abzusperren und Personen, die sich aus dem Gebäude retten konnten, zu befragen. Damian Pucks Personalien wurden ebenfalls aufgenommen und sein Fahrzeugschaden dokumentiert.

Zwei Tage später saß der Detektiv im Kommissariat 3 und war erstaunt über die Verdächtigungen, die man ihm entgegenbrachte. „Wir haben Ihre Personalien in unser System eingegeben, und siehe da, es hat etwas Wichtiges ausgespuckt. Sie hatten ausreichend Gründe, sich mit dieser Aktion bei dem Besitzer dieses Etablissements zu rächen. Wie haben sie es angestellt?", wollte der Ermittler wissen. Alle Versuche die Anschuldigungen zu entkräften, liefen ins Leere. Der Detektiv galt vorerst als Hauptverdächtiger und wurde in Haft genommen.

Als Nummer1 von diesem Anschlag erfuhr, war er sich sicher, dass der Albaner Victor Skorpin mit diesem Anschlag seinen Rachefeldzug gegen den Holländer Hark van den Brinck begonnen hatte. In Abstimmung mit Oberstaatsanwalt Perchtl bereiteten die Hauptkommissare Drescher und Löw die Übergabe sämtlicher Unterlagen und Datenträger an Nummer1 vor, der die Weiterleitung nach Holland für den nächsten Tag, vor Ablauf des Ultimatums eingeplant und vorzunehmen hatte. Die Erkenntnisse, die man aus der abschließenden Decodierung der Datenträger gewonnen hatte, fielen sehr unbefriedigend aus. Die Spezialisten mussten klein beigeben, da es ihnen nicht gelang, sämtliche Passwörter zu knacken, um die gesamten Inhalte einsehen zu können. Die lesbaren Fragmente sollte jedoch ausreichen, um Anklage gegen den holländischen Clanchef, sowie seiner einflussreichen Hintermänner, erheben zu können. Wie man als nächstes die „Freilassung" der jungen Frau erreichen wollte, darüber hatte Nummer1 noch keine Information. Er ging davon aus, dass man ihn damit beauftragen würde. Es fehlte lediglich die Bekanntgabe der Klinik, wohin Celine Michel verbracht wurde.

Im Klinikum Links der Weser in Bremen wollte man die Aufwachphase der jungen Frau vorerst noch nicht einleiten. Die erheblichen Schädelverletzungen hatten eine Verlängerung der Komalegung notwendig gemacht. Das Gehirn erfuhr durch die Sedierung die nötige Entlastung.

Nummer1 hatte die geforderten Unterlagen und Datenträger an den Holländer Hark van den Brinck zurückgegeben. Dem war klar, dass die Behörden versucht hatten, mit den Dekodierungen so viel

Informationen wie möglich zu bekommen. Trotzdem fühlte er sich als Sieger.

In Abstimmung mit der Staatsanwaltschaft hatte man Professor Christian Köller den Aufenthaltsort seiner Freundin mitgeteilt. Auf der Fahrt nach Bremen wechselte die Stimmung im Auto minütlich. Von hochtreibender Hoffnung auf einen guten Ausgang bis hin zum totalen Zusammenbruch aller guten Gedanken. Christian war froh, dass sein Freund Wolke ihn nach Bremen begleitete. Das Drama um Celine hatte sich derart zugespitzt, dass auch für den sonst seelisch gehärteten Professor dieser Druck kaum auszuhalten war.

„Ich bin ziemlich sauer auf mich und auf alles, was passiert ist", bemerkte Wolke. „Es ist alles meine Schuld, wir hätten von Anfang an ganz anders reagieren sollen und den ganzen Scheiß frühzeitig abstoßen müssen", bereute Christian. „Doch egal, wir müssen jetzt den Karren aus dem Dreck ziehen. Es tut mir für Celine so leid", gab er zu verstehen.

Bevor man ihnen den Zutritt in das Intensivzimmer gewährte, gab der leitende Oberarzt den beiden Männern einen allgemeinen Überblick über den gesundheitlichen Zustand der jungen Frau und erläuterte eingehend den Umfang der Verletzungen und die eingeleiteten Narkosemaßnahmen. „Ihr Zustand ist stabil und wir schlagen eine baldige Verlegung vor. Das Universitätsklinikum in Mainz ist für diese Art Kopfverletzungen besonders prädestiniert. Und mit schwangeren Komapatientinnen haben sie dort sehr große Erfahrungen. Und außerdem wird ihnen die Verlegung in ihre Wohnortnähe sehr recht sein", gab der Mediziner Christian fragend zu verstehen.

Im ersten Moment war es ihm, als würde der Oberarzt mit dem Gesagten eine Keule gegen Christians Kopf schwingen.

Fast taumelnd stützte sich Christian an der Wand ab; Wolke erkannte die Situation und schob ihm sofort einen Stuhl unters Gesäß. Christian konnte kaum erfassen was er da zu hören bekam. Celine war von ihm schwanger. Welch schöne Neuigkeit, dachte er um gleichzeitig tausend nicht so schöne Gedanken in sich vorbeirasen zu sehen. Ja, sie müssen leben, sie und ihr ungeborenes Kind, nichts anderes darf ab jetzt als wichtiger gelten. Gebhard Wolkenstein nahm seinen Freund in den Arm und drückte ihn fest an sich. „Wir werden alles für sie tun, für sie und das Kind, komme was wolle", legte sich Wolke fest, womit sie dieses Statement in Beton gegossen hatten.

Die beiden Männer saßen links und rechts an dem Intensivbett und sahen Celine Michel in einem bedauernswerten Zustand. Ihr Lachen, mit dem sie beim letzten Zusammentreffen anlässlich Christians Geburtstag in Bad Wildungen den Biergarten erhellt hatte, war bei dem Anblick kaum mehr vorstellbar. Dicke Kopfverbände schützten die Verletzungen und gaben nur ein wenig von ihrem Gesicht frei. Schläuche und Kabel versorgten den schwachen, in tiefer Bewusstlosigkeit befindlichen Körper mit lebensnotwendigen Inhalten.

„Wann könnte der Transport frühestens durchgeführt werden?", wollte Christian wissen. „In Abstimmung mit der dortigen Klinik könnten wir sie in 5-6 Tagen verlegen. Vorher sind noch einige administrative Einzelheiten zu klären. Morgen ist unser Professor wieder im Haus, wir werden uns bei Ihnen melden, um alles Weitere zu besprechen", schlug der Oberarzt vor.

******

In der Dunkelheit konnte der Mann, den in schwarzer Plastikfolie mehrfach gewickelten Körper unbeobachtet in den Kombi wuchten. Der heftige Regen hatte das Schauspiel mit dicken Tropfen, die auf die Verpackung trommelten, als makabre Musik begleitet. Das Griesheimer Mainufer sollte erneut der Auffinde-Platz einer Frauenleiche werden.

„Schnittverletzungen an Armen und Händen, Würgemale am Hals, doch der Tod trat erst nach einem tiefen Stich in die linke Herzkammer ein. Die Tote ist ungefähr 35-40 Jahre alt, die hohen Wangenknochen lassen auf die Herkunft aus Osteuropa schließen. Tötungszeitpunkt ungefähr vor 2 Tagen. Sie ist anscheinend nach einem Kampf mit ihrem Mörder gestorben. Hautpartikel unter ihren Fingernägeln, Anhaftungen verschiedener DNA an ihrer Kleidung. Dieses Tattoo stammt aus dem Balkan und gilt als Glückssymbol", erklärte die Pathologin Dr. Sangmeister und spürte die Verblüffung, die ihre Analyse bei den Hauptkommissaren Drescher und Löw verursacht hatte. „Also nicht ertrunken, wie die anderen Mainleichen", stellte Drescher fest. „Nein, diese Tote dürfte nicht zu dem Opferkreis gehören", sagte Dr. Sangmeister und deckte das grüne Tuch wieder über den leblosen Körper.

Nachdenklich verließen die Hauptkommissare die Pathologie und klebten im Büro alle Hinweise zum neuerlichen Leichenfund an die große Pinwand und instruierten die übrigen Mitglieder der Soko. „Lediglich der Auffindeort deckt sich mit den anderen Leichen. Die Leiche wurde an der Griesheimer Staustufe angeschwemmt. Genau im Umkreis dieser Mauerwerke bieten sich mehrere Gelegenheiten von der Straße aus mit dem Fahrzeug den Körper direkt an den Main zu fahren. Die Tatsache, dass die Frau erst vor ungefähr 2 Tagen getötet wurde, ist der Einlassort garantiert in unmittelbarer Nähe zu suchen", resümierte Hauptkommissar Löw.

Am Nachmittag wurde den Ermittlern der DNA-Abgleich zugestellt. Das Ergebnis haute sie allesamt vom Hocker.

Privatdetektiv Damian Puck musste aufgrund mangelnder Beweise vorerst aus der Haft entlassen werden. Die ihm aufgebürdeten Auflagen schränkten seinen sonst üblichen Bewegungsradius ein, sodass er seine Ermittlungstätigkeit außerhalb der Stadt vorerst nicht ausüben konnte. Der Auftrag für Professor Köller hatte sich erledigt, wie ihm sein Auftraggeber kurz und bündig telefonisch mitgeteilt hatte, deshalb beschränkte sich Puck jetzt eingehend darauf, die Etablissements im Auge zu behalten, die der Holländer Hark van den Brinck hier in Frankfurt betrieb. Warum und weshalb er diese Überwachung anstellte, wollte ihm auch seine innere Stimme nicht schlüssig erläutern, doch irgendetwas trieb den Detektiv an und ließ ihn nicht zur Ruhe kommen. Waren es die Erinnerungen an früheren Zeiten?

Die Hauptkommissare Drescher und Löw staunten nicht schlecht, als sie das Ergebnis des DNA-Abgleiches erhielten. Die gefundenen Spuren wurden Nummer1 zugeordnet, der vor Beginn seiner Undercover Tätigkeit die Probe hatte abgeben müssen, um bei eventuellen Ermittlungen separiert werden zu können. Ferner konnte die Gesichtserkennung des weiblichen Leichnams hervorbringen, dass es sich bei der Toten um die Bulgarin Vanja Radeva handelte. Diese galt als eine der zuverlässigsten Auftragskillerinnen, die häufig mit einer weiteren, bisher noch unbekannten, weiblichen Kollegin arbeitete. Hatte Nummer1 den Angriff dieser Dame erfolgreich abwehren können, und die Leiche der Killerin im Main verschwinden lassen? Sein konspiratives Single-Appartement lag in Frankfurt Nied, nicht gerade weit entfernt vom Auffindeort der Leiche. Würde jetzt die Kollegin der Killerin den vermeintlichen Auftrag erfolgreich zu vollstrecken versuchen? War Nummer1 enttarnt worden? Hatte der Holländer Hark van den Brinck mittlerweile von dessen Doppelspiel erfahren? „Es passt alles zusammen, doch wo steckte er jetzt? War er verletzt worden und liegt irgendwo, womöglich verblutend?", sinnierte Löw, während er den großen Wandstadtplan studierte.

Für den Nachmittag hatte Oberstaatsanwalt Perchtl eine Besprechung angesetzt, hier würden sicher auch Mitglieder anderer Kommissariate zugegen sein. Demnach wäre die Identität des Undercover-Beamten in der gesamten Direktion bekannt gemacht werden. Die Informationen hieraus würden sicherlich umgehend nach Holland weitergeleitet.

„Ein unglückliches Dilemma", konstatierte Drescher und wurde noch nervöser, als ihm ein aufgeregter Mitarbeiter zurief, dass das Smartphone der Bedienung Irina vor einer guten Viertelstunde aktiviert und auf einem Schrottplatz in der Nähe des Hanauer Hafens geortet wurde.

Das Areal wurde großräumig abgesperrt und die Bediensteten der Schrottfirma im Frühstücksraum zusammengerufen. Hauptkommissar Drescher wählte Irinas Smartphonenummer. Der laute Klingelton ließ die Gruppe der Arbeiter sich gegenseitig anschauen. Einer von ihnen griff in die Tasche und holte das Gerät hervor. „Ich habe es in der Nähe der Schrottpresse gefunden", rechtfertigte er sich.

Ein fast vollständig beladener Lastkahn lag am nahegelegenen Kai. Der vordere Lukenbereich war bis über die Ladekante mit dick verpressten Autowracks bepackt. „Wir brauchen Leichenspürhunde, die hier alles absuchen", sagte Löw und die Streifenwagenbesatzung forderte die Tiere an.

Mit den Hunden hatte man das gesamte Areal des Schrottplatzes abgesucht und wurden nicht fündig. Möglicherweise war der Regen Schuld am Verschwinden sämtlicher Spuren. Erst in der Nähe des

Verladeplatzes an der Kaianlage schlug eines der Tiere an und meldete einen Fund.

„Und wenn wir das gesamte Schiff entladen müssen", wies Oberstaatsanwalt Perchtl an und schlug den Kragen seines beigen Merinowollmantels hoch. Hauptkommissar Löw warf den ausgelutschten Zigarillo in eine Pfütze und brüllte die Arbeiter des Schrottplatzes verärgert an: „Los geht's, sofort das Schiff entladen".

Als würden sie einen neuen Fund erwarten, lauerten die Leichenspürhunde aufgeregt neben dem Entladekran. Erst nach dem 20. Autowrack, das aus dem Schiffsbauch gehievt wurde, stürzten sie sich wie wild auf das zusammengefaltete Metallpaket eines ehemaligen Mercedes Benz.

In der Autowerkstatt des SpuSi Zentrums im Polizeipräsidium war man angetreten, um das Autowrack zu zerlegen. Hier sollten eventuell die Leichenteile der vermissten Bedienung des Rheindampfers, Irina Petkova, sorgfältig geborgen werden.

„Wir werden eine Nachtschicht einlegen, für morgen früh verspreche ich ihnen die ersten Ergebnisse. Besorgen sie mir DNA-Material, damit ein Abgleich vorgenommen werden kann. Und jetzt lassen sie mich bitte arbeiten", sagte die Pathologin Frau Dr. Sangmeister und schickte die Ermittler mit einer wischenden Handbewegung aus dem Untersuchungsbereich.

Drescher telefonierte umgehend mit den Kölner Kollegen, die seinerzeit Irinas Wohnung geöffnet hatten. Aus dem Badezimmer entnahmen sie nunmehr Haar- und Zahnbürste und schickten sie sofort per Kurier nach Frankfurt.

*****

Gebhard Wolkenstein war inzwischen wieder in seine Werkstatt zurückgekehrt. Christian hatte ihn zur Heimfahrt gedrängt, denn sein Freund konnte das Geschäft nicht vernachlässigen, wo er doch hier in Bremen nichts bewirken würde, außer in Wartestellung zu sitzen. Die ärztliche Leitung hatte für den Transport in das Universitätsklinikum Mainz alle Vorbereitungen getroffen. In zwei Tagen sollte Celine

Michel per Hubschrauber verlegt werden. Christian würde einen Zug nehmen, der ihn rechtzeitig vor dem Eintreffen des Helikopters in Mainz ankommen lassen würde.

Am Krankenbett der Intensivstation saß ein niedergeschlagener Professor Christian M. Köller, um sich von seiner Freundin Celine Michel zu verabschieden. Seine Hand ruhte auf dem blanken Arm der jungen Frau und streichelte ihre weiße Haut. Der Oberarzt hatte ihm nochmals alle Einzelheiten zum Ablauf des Verlegungsfluges am Nachmittag erklärt.

EM hatte an der hinteren Wand neben den Geräten Platz genommen und die Beine übereinandergeschlagen. „Es wird alles gut werden, Gott wird Euch nicht allein lassen", sagte er voller Hoffnung spendender Zuversicht.

„Und ob ich schon wanderte im finsteren Tal, fürchte ich kein Unglück; denn du bist bei mir, dein Stecken und Stab trösten mich".

Christian saß im Mainzer Universitätsklinikum und wartete auf die Ankunft des Hubschraubers, der in Kürze mit seiner Freundin Celine Michel an Bord landen sollte. Der diensthabende Oberarzt hatte ihm Mut gemacht und versichert, alles Menschenmögliche für die Genesung der Patientin tun zu wollen. Auch für das gesunde Wachstum ihres Kindes würde vollends gesorgt werden.

Die rotweiß lackierte, fliegende Intensivstation der Deutschen Luftrettung landete pünktlich auf dem Dach des Klinikums. Ein Pulk von Ärzten und Pflegern übernahmen die Patientin und brachte sie in die vorbereitete Intensivabteilung. „In zwei bis drei Stunden dürfen sie zu ihr. Sie hat den Flug sehr gut überstanden", gab ihm die Leiterin der Intensivstation bekannt. Christian atmete tief durch, rief Gebhard Wolkenstein an und berichtete vom erfolgreichen Eintreffen seiner Freundin. Dieser versprach noch am Abend in die Klinik zu kommen.

Christian war froh, dass Celine wieder in seiner Nähe war und dass sie den Flug medizinisch gut überstanden hatte. „Ich werde immer für dich da sein, für dich und für unser Kind", flüsterte er ihr zu und streichelte ihr Gesicht. Das Gesagte klang wie ein Schwur und so meinte Christian es auch, fest aus dem tiefsten Inneren seines Herzens.

Am Abend kam Wolke mit einem Riesenblumenstrauß, den er aber am Fenster vor der Intensivstation abstellen musste. Christian und er umarmten sich und es zeigte, dass sich ihre Freundschaft noch massiver gefestigt hatte.

„In zwei Tagen werden wir ihnen unser Vorhaben, was die Operation angeht, mitteilen; hierzu benötigen wir noch einige Unterschriften. Aber bis dahin entspannen sie sich", sagte der Professor, wohlwissend, dass Christian unter erheblichem Druck litt. Die Klinik verfügte momentan über ausreichend Zimmer, die für Begleitpersonen vorgesehen waren, sodass Christian fast ständig bei Celine sein durfte.

Die vielen Tage, die der junge Anwalt Benedikt Siebecke einsam und allein in seinem Versteck in dem Nobelappartement am Stadtrand von Bad Schwalbach verbracht hatte, nagten massiv an seinen Nerven. Den ganzen Tag lang zuckte es in seinen Fingern. Nun warf er alle Bedenken über Bord und ließ sich von seinen Gefühlen leiten. Er setzte er sich über die Anweisungen seines Chefs, das Mobiltelefon nicht zu benutzen hinweg und rief seine Mutter an. Die alte Dame hatte sich Sorgen gemacht, und jetzt, da ihr Sohn bei bester Gesundheit schien, war sie sichtlich beruhigt. Carina Scheller fielen dicke Steine vom Herzen, als Benedikt Siebecke auch sie endlich anrief. „Ich werde dir später alles erklären. Im Moment muss ich mich noch ein wenig bedeckt halten. Nein, ich kann dir nicht sagen, wo ich bin", erklärte der junge Anwalt und beendete das Gespräch.

Am Abend lag er auf der Couch in dem Versteck, hörte Musik, nippte am üppig eingeschenkten Whiskey „Four Roses", der ihm schon ein wenig die Sinne vernebelt hatte. Er stellte sich die sanften Streicheleinheiten vor, die ihm Carina Scheller auf dem Campingplatz in der Sächsischen Schweiz geschenkt hatte. Diese Empfindungen ließen ihn treiben, er tauchte ein in die tiefschönen Gefühle, die ihm ihre Lippen hatten spüren lassen und griff zum Smartphone. „Appartement 86, Eichendorffstrasse 44, in Bad Schwalbach", flüsterte er. Der Drang sie zu sehen, schaltete all seine Vorsichtsmodule auf „aus". „Ich bin noch in der Redaktion, und muss noch einige Dinge erledigen. Fahre dann noch kurz nach Hause, danach komme so schnell es geht", sagte Carina Scheller und freute sich auf die Nacht mit Benedikt Siebecke.

******

Nun hatten sich die bösen Vorahnungen, die Drescher und Löw quälten, grausam bewahrheitet. Bei der Toten aus dem Autowrack handelte es sich zweifelsfrei um die Bedienung Irina Petkova. Über Todesursache und Zeitpunkt ihres Ablebens konnte die Pathologin nur Vermutungen anstellen. Da die Verstorbene ihr Smartphone über einen längeren Zeitraum nicht benutzt hatte, ging man von über 6 Wochen aus. Wann sie in das Auto und anschließend durch die Schrottpresse verbracht wurde, ließ sich nicht mehr nachvollziehen.

Anscheinend entledigt man sich mittlerweile sämtlicher potenzieller Mitwisser, die in Vielzahl der Ableger des Falles um den Werttransport-Überfall involviert waren. Machte der Holländer Harck van den Brinck nunmehr reinen Tisch? Hauptkommissar Drescher informierte die Kölner Kollegen vom Ableben der Bedienung Irina. Man wollte die Wohnung versiegeln und dort intensiv nach weiteren Indizien suchen, ferner beabsichtigten sie, eventuelle Verwandte ausfindig zu machen.

Ein wichtiger Mitspieler in der Komplexität des Falles war Nummer1. Hatte er womöglich einen neuerlichen Angriff auf seine Person nicht überlebt? Befand er sich vielleicht ebenfalls in einem schrottgepressten Autowrack im Bauch eines Transportkahns auf der Donau in Richtung Schwarzes Meer? Diese Gedanken beschäftigten die Ermittler Löw und Drescher.

Von Ksamil aus hatte man bei gutem Wetter eine fantastische Sicht auf die griechische Insel Korfu. Hier konnte man selbst noch jetzt, Mitte November, die herrlichen Strände der albanischen Küste genießen. Nummer1 war froh hier zu sein. Weit ab von Holland und Frankfurt fühlte er sich sicher, und konnte seine leichten Verletzungen auskurieren. Es war ihm vollkommen klar, dass der Auftrag, ihn zu beseitigen, aus Holland gekommen war.

Die Verbindung zu Victor Skorpin hatte ihm nunmehr das Leben gerettet. Ohne das hervorragend funktionierende Netzwerk zum Albaner hätte er den Angriff der beiden Profikillerinnen nicht überlebt. Skorpins Helfer waren sofort zur Stelle, um nach dem erfolgreich abgewehrten Anschlag alle Spuren zu beseitigen und die Leiche zu entsorgen. Eine der beiden „Damen" konnte jedoch entkommen. Man kümmerte sich anschließend auch sofort um seine rasche und gesicherte Flucht nach Albanien, um eventuellen polizeilichen Ermittlungen, oder einem neuerlichen Anschlag zu entgehen. Sich von seinem jetzigen Domizil aus in Deutschland bei seiner Dienststelle zu melden, erschien Nummer1 sehr risikoreich. Undichte Stellen vermutete er sowohl beim BKA, innerhalb der Frankfurter Staatsanwaltschaft, als auch eventuell in den Reihen der angegliederten Polizeibehörden.

So verhielt er sich vorerst bedeckt und genoss das schöne Wetter und die Einladung Victor Skorpins, der allein schon wegen seiner neu entbrannten Feindschaft zum Holländer Hark van den Brinck dem Undercoveragenten des BKA Nummer1 sicheren Unterschlupf gewährte.

Als Carina Scheller vor der Appartementtür stand und trotz mehrmaligem Klingeln niemand öffnete, befiel sie ein ungutes Gefühl. Benedikt Siebecke erwartete sie und er würde die Wohnungstür öffnen, wenn sie klingelte. Voller dumpfen Vorahnungen rief sie Hauptkommissar Löw an und war froh, dass dieser ein sofortiges Kommen versprach.

Nachdem der Hausmeister die Wohnungstür geöffnet hatte, fand man den jungen Anwalt auf der Couch liegend vor. Neben einem halbleeren Whiskey-Glas lag eine Packung Spedra, das als potenzförderndes Arzneimittel verwendet wird. Carina Scheller war dem Zusammenbruch nahe, als Löw die Spurensicherung und seinen

Kollegen Drescher anrief. Dem Ermittler wollte ein einfaches Wegsterben des jungen Mannes als Todesursache nicht genügen.

Die Journalistin schilderte den Abend, als sie von Benedikt Siebecke angerufen wurde, und warf sich eine Mitschuld vor. Wäre sie sofort zum Appartement und nicht zuerst in ihre Wohnung gefahren, könnte ihr Freund womöglich noch leben. Löw verbot ihr solche Gedanken und ließ die junge Frau von einer Streife nachhause bringen.

Die Pathologin Dr. Helene Sangmeister konnte sich einen bissigen Kommentar in Richtung der Ermittler Drescher und Löw nicht verkneifen. „Sie bescheren mir momentan massiv Arbeit, und dazu noch komplizierte Fälle. Nicht nur einfach getötete Personen, nein, sie lieben anscheinend das Besondere. Hier mal eine in einem Autowrack gefaltete Frauenleiche, und nun einen mit Potenzmittel vollgepumpten Oberpopper. Sie können den Mann wegschaffen lassen".

Löw war erstaunt, solche Worte aus dem Munde der sonst eher kühlen Rechtsmedizinerin zu hören, und gab den Bestattern den Wink zum Abtransport der Leiche. War der junge Anwalt Benedikt Siebecke durch eigene Unvorsichtigkeit zu Tode gekommen, oder hatte man nachgeholfen? Sein langes, durch die Journalistin geschildertes Verschwinden war ja kein normales Verhalten. Scheinbar musste er abtauchen, oder war jemandem im Weg.

******

Der medizinische Leiter der Abteilung legte Christian detailliert den Plan vor, wie man die komplizierten Kopfverletzungen bei Celine Michel operieren wollte. Er machte ihm ausdrücklich Mut und bat ihn, während der Operation die Klinik zu verlassen und das schöne Wetter zu nutzen, um einen ausgiebigen Spaziergang am Rheinufer zu unternehmen. Christian saß am Fluss und sah Mütter und Väter, die mit ihren Kindern spielten. Pfleger, die ältere Menschen aus dem nahegelegenen Seniorenheim in der dunstigen Novembersonne spazieren führten. Glückliche und zufriedene Szenen legten sich über die Umgebung und gaben ihm das Gefühl einer selten gespürten Geborgenheit. Umfangen von unsichtbaren Armen berührte ihn die seltsame Nähe einer magischen, unerklärbaren Kraft. Herzenswarme

Hände streichelten sein Inneres und führten ihn durch ein imaginäres, rosenberanktes Tor. Eiserne Sänfte hoben ihn gegen ein gleißendes Licht und er fühlte eine große Stärke in sich aufsteigen. Ja, er war zurück, wieder eingekehrt in das Habitat der Hoffnung und der Barmherzigkeit. Alle Kraftlosigkeit war von ihm gewichen, ein frischer, aus einem heilvollen Garten erwachsener, neuer Mut richtete sich in ihm auf. Glaube und Vertrauen auf einen guten Ausgang der Operation trugen ihn in eine großartige Zuversicht. Erst das laute, tiefsonore Tuten des Signalhornes eines vorbeifahrenden Schiffes weckte ihn aus den Gedanken.

Den Weg zurück in die Klinik nahm er über die Innenstadt. Der in sich gekehrte Professor für katholische Moralethik Christian M. Köller saß still in der vorderen Bank der **Pfarrkirche** Sankt Stephan in Mainz. Die Sonne schien durch die blauen Kirchenfenster Marc Chagalls und spendete ihm Wärme und beeinflussten positiv die hingebungsvolle Einkehr. Voller Ergebenheit bat er Gott um Gnade und flehte inständig um das Leben von Celine und das seines ungeborenen Kindes. Ferner begehrte er Verständnis, dass er bald aus dem Dienst der katholischen Kirche ausscheiden würde. Mit seinem neu gefundenen Glauben würde er jedoch weiterhin Gottes untertänigster Diener bleiben. *Gutes und Barmherzigkeit werden mir folgen mein Leben lang, und ich werde bleiben im Hause des Herrn immerdar.*

Christian fühlte sich erleichtert und äußerst lebendig, spürte die neue innere Kraft, und beim Hinausgehen sah er EM am Ausgangsportal des Gotteshauses lehnen. *„Heute siehst du mich das letzte Mal, danach bist du allein für dich verantwortlich. Ich freue mich sehr, dass du zurückgefunden hast in den schützenden Schoß des Glaubens. Aber im Hintergrund sehe ich ein gefährliches Szenario in deinem Kopf. Ist Schaden entstanden, dann musst du geben: Leben für Leben, Auge für Auge, Zahn für Zahn, Hand für Hand, Fuß für Fuß, Brandmal für Brandmal, Wunde für Wunde, Strieme für Strieme. Tue es nicht, Nicht dein ist die Rache"*, sagte EM und verschwand.

Der Inhaber der Anwaltskanzlei Dr. Brauner und Partner zeigte sich betroffen, als die Ermittler Löw und Drescher die Nachricht vom Ableben des jungen Anwalts Siebecke überbrachten. „Wir hatten ihm ein paar Tage zum Ausspannen angeraten. Er schien uns sehr nervös und zerstreut, ja sogar fast krank kam er uns vor, und die Wichtigkeit des

Aufgabenbereiches verlangt äußerste Konzentration", erklärte Dr. Brauner.

„Handeln Sie immer so, wenn einer ihrer Bediensteten nervös und abgespannt ist? Schicken sie sie sofort in eine bezahlte Erholung?", fragte Drescher ironisch. Bevor Dr. Brauner antworten konnte, führte Löw die Befragung fort. „Unsere Recherche hat ergeben, dass Sie der Eigentümer dieser Wohnung sind, warum hatte Siebecke nicht die Erholungszeit in seiner Wohnung oder im Hause seiner Mutter verbracht?" „Er sollte von Allem erst einmal Abstand gewinnen, um wieder richtig durchatmen zu können. Wir brachten ihn auf seinen Wunsch dort unter", rechtfertigte der Anwalt dieses Vorgehen. „Es ist schon seltsam, dass Siebecke mehrere Tage lang sein Smartphone nicht benutzte und auch vom Festnetzanschluss dieser Wohnung wurde nicht telefoniert. Erst am 11. Tag hatte er seine Freundin Carina Scheller angerufen und 3 Stunden später fanden wir ihn tot auf. Aus den Aufzeichnungen der Überwachungskameras in der Tiefgarage und vor der Wohnanlage war zu erkennen, dass Siebecke die Wohnung die gesamte Zeit nicht verlassen hatte. Wie erklären Sie sich das?", bohrte Löw weiter. „Dafür habe ich keine Erklärung, anscheinend nahm er unseren Ratschlag, sich zu erholen, sehr ernst", sagte Brauner, schaute auf die Uhr und wies auf einen dringenden Termin hin. „Wir bitte Sie, uns eine Aufstellung zu fertigen, an welchen Fällen Siebecke in den letzten 2 Monaten gearbeitet hat", forderte Drescher, bevor sie sich verabschiedeten. „Das werde ich sicherlich nicht tun", entgegnete Brauner selbstbewusst und wies den Beamten die Tür.

„Es war ein ziemlicher Cocktail, den man dem jungen Anwalt Benedikt Siebecke verabreicht hatte", sagte die Pathologin Dr. Helene Sangmeister und fügte hinzu:" Um ganz sicher zu gehen, gab man ihm noch eine Injektion, die absolut tödlich war, hier direkt in die linke Halsseite, unterhalb des linken Ohres", und zeigte Drescher und Löw die winzig kleine Einstichstelle. „Der junge Mann war scheinbar ein Sicherheitsrisiko, doch für wen, für die Kanzlei, in der er arbeitete, oder für die Herrschaften in Holland?", fragte Drescher seinen Kollegen. „Möglicherweise für beide", gab der zu verstehen und damit verabschiedeten sich die Ermittler aus der Rechtsmedizin. „Gern geschehen", rief die Pathologin den beiden für das nicht gesagte „Dankeschön" hinterher.

Die Journalistin Carina Scheller war am Boden zerstört, als Hauptkommissar Drescher ihr das Ergebnis der rechtsmedizinischen Untersuchung des Leichnams ihres Freundes Benedikt Siebecke eröffnete. „Unsere Ermittlungen befinden sich noch im Anfangsstadium, Hinweise und eine besondere Spurenlage gibt es noch keine. Wir informieren Sie sofort, wenn es etwas neues gibt", versuchte der Beamte die magere Ermittlungslage zu erklären, und bat darum, vorerst auf eine Veröffentlichung der kriminaltechnischen Einzelheiten zu verzichten. Carina Scheller nickte und versprach ihren Chefredakteur zu bitten, auf eine großbreite Bekanntmachung zu verzichten und sich auf eine Kurzmeldung zu beschränken.

Das Warten auf den großen breiten Fluren des Klinikums wurde zur reinsten Qual. Auch Wolke's Zuspruch konnte Christian keine Entspanntheit verschaffen. Hier in den Gängen wurden Nachrichten über Leben und Tod übermittelt. Der Tod, einmalig und unumkehrbar, doch Leben? Was für ein Leben? Das Leben, das Christian vor diesem totalen Desaster genießen durfte, wird es so vielleicht für ihn und Celine nicht mehr geben. Wird es ein Leben voller Fürsorge und Hilfsbedürftigkeit? Eines war er sich sicher, es würde ein Leben voller Liebe und Hingabe werden, mit allen Konsequenzen. Für Celine und das Kind würde er sich aufopfern, sie beschützen und für sie sorgen. Ein unausgesprochenes Versprechen sagte er wiederholt tief in sich hinein.

Zwei Männer in weißen Kitteln kamen vom Ende des weiten Flures zu den wartenden Männern. „Wir haben gute Nachrichten für sie. Die Operation ist gut gelaufen, wir konnten alles wie geplant durchführen. Es gab keine Komplikationen, auch dem Kind geht es gut. In ein, zwei Stunden können sie zu ihr", sagte der Professor, drückte Christian die Hand und verabschiedete sich. Ein völlig entkräfteter, glücklicher, emotional ausgelaugter Christian M. Köller umarmte seinen Freund Gebhard Wolkenstein und ließ sich erschöpft und tief durchatmend in den Stuhl fallen. Aller Druck fiel von ihm ab, schweißnasse Finger formten sich zu betenden Händen und schickten stumme Dankesworte ins dunkle Universum.

******

Der Kroate Darian Maric nahm aus sicherer Entfernung den Hauseingang des Appartementhauses ins Visier und konnte die Journalistin Carina Scheller beim Betreten beobachten. Ebenso hatte er anschließend mit zufriedenem Lächeln den Aufritt der Polizeikräfte, der Spurensicherung, und den Abtransport der Leiche des jungen Anwalts registriert, bevor er die Erfolgsmeldung nach Holland absetzte. Hätte man **ihm** vor kurzem auch den Auftrag für die Ausschaltung von Nummer1 überlassen, wäre die bulgarische Kollegin noch am Leben und der unliebsame Undercover-Beamte des Bundeskriminalamtes bereits Geschichte.

Mithilfe der guten Verbindungen und der fantastischen Einbettung des holländischen Bosses in die globalen Netzwerke konnte der momentane Aufenthalt des Entwischten ausfindig gemacht werden. Jetzt sollte nicht nur Nummer1, sondern auch sein Beschützer Victor Skorpin für immer kaltgestellt werden. Unter allen alten Rechnungen sollte ultimativ ein dicker Schlussstrich gezogen werden. Hierzu bedurfte es einer genauen, ausgeklügelten Planung, denn die gesamte Region um die albanische Küstenstadt Ksamil stand vollkommen unter der Kontrolle des Clans um den Albaner Skorpin. Wer sich als Europäer hier um diese Jahreszeit aufhielt, erzeugte sofort Neugier und Misstrauen. Dass sich Skorpin in nächster Zukunft außerhalb seines Territoriums bewegen würde, war aufgrund der ausgiebigen Fahndungsmaßnahmen gegen seine Person kaum zu erwarten. Sein europäisches Imperium blieb auch ohne die unmittelbare Einwirkung des Chefs am Laufen. Alle Räder in seinen deutschen Transportbetrieben drehten sich, alles ging den normalen Gang, während sich der trotz mit internationalen Haftbefehlen gesuchte Skorpin in der albanischen Strandsonne aalte. Es lag auf der Hand, dass sich der Holländer van den Brinck in adäquater Form für die Explosion in seinem Saunabetrieb revanchieren würde. Doch der Albaner würde vorbereitet sein.

Christian saß am Krankenbett auf der Intensivstation und hielt inständig Celines Hand. Trotz der geschlossenen Augen sah er in ihnen das blaue Funkeln, von dem er auch schon am Vortag durch die blauglasigen Fenster in der Kirche St. Stephan geblendet worden war.

Die Aussichten auf eine vollständige Genesung hatte man ihm als sehr gut beschrieben. Verschiedene Defizite könnten weiterhin auftreten, sie alle wären jedoch nicht lebenseinschränkend und würden von ihnen beiden gemeistert und beherrscht werden können. Christian sah zum Fenster und vermisste EM, der sonst mit übereinandergeschlagenen Beinen an den Fenstern saß, um gute Ratschläge zu verteilen. Nichts gab er mehr von sich, war er verstummt? Sollte sein Auftrag, ihn auf den rechten Weg zurückzuführen als erledigt gelten? Hatte Gott sich damit abgefunden, dass sein bisheriger Diener Professor Christian M. Köller sich aktiv aus dem Arbeitskreis seiner Kirche verabschiedet hatte, um nunmehr ein Leben in Familie und Kindeserziehung führen zu wollen? Vielleicht würde der himmlische Regent ihm irgendwann einen neuen „Aufpasser" an die Seite stellen.

Christian und Wolke genossen jetzt die neue Freiheit, sie spürten keinen inneren Druck mehr durch das Diebesgut, das nunmehr in die Hand des Besitzers zurückgegangen war.

Wachte einer von ihnen nicht an Celines Krankenbett, so saßen die beiden Männer am Wochenende stundenlang zusammen, spielten Schach, oder besprachen Christians neue berufliche Zukunft. Sie driftete ab in neue Zeiten, geprägt von Kinderliebe und familiären Aufgaben für Christian. „Egal, ob es eine Junge oder ein Mädchen sein wird, ich werde Taufpate", freute sich Wolke und sah sich bereits am Mainuferweg den Kinderwagen schieben.

„Wir werden heute die Aufwachphase einleiten", sagte der Leitende Mediziner und gab Christian Hinweise über die schrittweise Verabreichung von speziellen Medikamenten und den zeitlichen Verlauf des Aufwachens der jungen Frau. Die häufig eintretenden Nebenwirkungen würden sich nach und nach einstellen. Man machte ihm aber Mut und bat darum in den nächsten drei Tagen auf Besuch der Patientin zu verzichten.

Die Hauptkommissare Löw und Drescher standen mit ihren Soko-Mitarbeitern vor der großen gläsernen Pinwand und bastelten an dem Ermittlungs-Resümee, das Oberstaatsanwalt Perchtl von ihnen gefordert hatte. Für die einzelnen Todesfälle zeichneten sie die Verbindungen auf, wobei es einzig und allein für die tote junge Frau von dem Ausflugsdampfer einen konkreten Verdächtigen gab. Victor Skorpin konnte durch die Videoaufnahmen und den im Mageninhalt der Leiche gefundenen Herrenring eindeutig identifiziert werden. Sollte der Tod der bulgarischen Killerin auf das Konto des Undercover-Beamten Nummer1 gehen, oder hatten hier andere Kräfte sogar eine größere Katastrophe abgewendet? Wem jedoch war die Bedienung Irina im Wege gewesen, weshalb musste sie sterben, nur weil ihr Freund die Videoaufnahmen produziert hatte?

„Der Tod des jungen Anwalts bringt ein verzerrtes Licht in die Gesamtproblematik des Falles. Inwieweit ist die Kanzlei Brauner und Partner darin verwickelt? Fragen über Fragen. Hatten wir bisher die falschen Ermittlungsansätze? Jeder von uns sollte bis morgen noch einmal sämtliche grundlegende Elemente in alle möglichen Richtungen verschieben, vielleicht ergibt sich bei dem einen oder anderen ein neues Bild, das uns auf die richtige Spur bringt", gab Drescher als Divise aus und löste die Besprechung auf. Völlig abwesend saß er anschließend am Schreibtisch. Die Tatsache, dass es nur Leichen und Opfer gab und nicht eine einzige Verhaftung vorgenommen werden konnte nagte an seinem Selbstbewußsein.

******

Der Anruf aus der Klinik kam am frühen Morgen. Celine war aufgewacht und ansprechbar. Christian fiel es schwer ein Wort herauszubringen, als er ihre Wange streichelte. Ihr Mund formte ein leichtes Lächeln und die blauen Augen sendeten schwache Signale von Glück und Erleichterung. Der innerliche Sturm der vergangenen Wochen hatte sich gelegt und ihr Gesicht war nicht mehr von dieser tödlichen Angst gezeichnet. „Ich bin bei dir, immer", flüsterte Christian ihr zu und küsste sie. Ihre Lider zuckten und verschlossen immer wieder beruhigt die Augen. Behutsam und mit leiser Stimme erklärte er die Geschehnisse und drückte ihre Hand. „Du wirst wieder ganz gesund und wir werden ein Kind haben, welch eine glückliche Fügung". Christian fühlte die unsagbar fest verkettete Verbindung zu ihr und wollte kaum glauben, wie sehr er in diesem Moment diese einzigartige Liebe spürte. Dieses neue Leben mit Celine wollte er mit aller Macht haben und verteidigen, niemand sollte mehr in ihren beiden

Existenzen eingreifen können. Ihr Gesicht und der ganze Körper versank in eine tiefe Zufriedenheit.

Im Büro von Hauptkommissar Löw wurde die Situation still und angespannt, als dieser den Anruf auf seinem privaten Smartphone entgegennahm. Der Ermittler schloss die Tür, nachdem er zwei Mitarbeiter sanft, aber direkt per Handzeichen gebeten hatte, den Raum sofort zu verlassen. Nummer1 hatte sich gemeldet. Dieser schilderte über ein sicheres Smartphone in kurzen knappen Worten den Hergang des Anschlages auf ihn und dass eine der beiden Killerinnen wahrscheinlich entkommen konnte. Er müsse nunmehr damit rechnen, dass man den vergeblichen Angriff auf seine Person wiederholen würde, weshalb er sich vorerst außer Reichweite begeben habe. Die Hilfe habe er zur rechten Zeit erhalten, und auch alle weiteren Maßnahmen für seine Rettung wurden von Personen durchgeführt, deren Identitäten ihm völlig unbekannt waren. Alle eingeleiteten Fahndungen und Ermittlungen gegen ihn seien deshalb unnötig und entbehrten jeglicher Grundlage. Die Fahndungsrichtung zu den Urhebern des Anschlages sollte gen Holland gerichtet sein. Momentan könne er sich nicht aus der Deckung hervorwagen, er würde sich jedoch zeitnah wieder melden. Löw drängte darauf sich bei niemanden sonst zu melden und nannte ihm vor Beendigung des Gesprächs eine andere sichere Smartphone Nummer und holte tief Luft. Diese neuen Erkenntnisse brachten ihm eine gewisse Erleichterung. Er schenkte dem jetzt untergetauchten Undercover-Beamten des BKA nunmehr volles Vertrauen, und berief eine Besprechung ein, nachdem er Oberstaatsanwalt Perchtl über das Telefonat unterrichtet hatte. Hier wurden nunmehr die Ermittlungsrichtungen aus den Vorschlägen der einzelnen Mitarbeiter und der Bekanntgabe des Inhaltes des Telefonats neu ausgerichtet. Volle Konzentration wollte man dabei auf die Main-Leichen und den Mord an der Bedienung Irina und deren Freund legen. Das Risiko, dass aus den eigenen Reihen eine verräterische Mitteilung nach Holland gehen würde, dass der Anschlag auf Nummer1 fehlgeschlagen war, nahm man in Kauf.

Celine Michel erholte sich von Tag zu Tag mehr. Christians Anwesenheit und das Wissen um seine Liebe beschleunigte eine schnelle Genesung. Manche Kopfschmerzschübe und Wortfindungsstörungen sowie der oftmalig eintretende Gedächtnisverlust sollten sich nach Meinung der Ärzteschaft mit der Zeit geben und bald ganz verschwinden. Diverse Kontrolluntersuchungen erbrachten nur positive Ergebnisse.

Am Abend, als Christian versuchte, eine Schachrevanche gegen Wolke zu gewinnen, meldete sich der Detektiv Damian Puck telefonisch und bat darum, sofort vorbei kommen zu dürfen, es gäbe etwas sehr Wichtiges zu besprechen.

Puck breitete die Zeitung vor Christian und Wolke aus. Die zitternden Finger des Detektivs zeigten auf einen Artikel

– Leiter des Internats Silberstein Dr. Ferdinand Herrschbach im verdienten Ruhestand-.

Gebhard Wolkenstein saß fragend daneben, als Christian den Artikel eingehend studierte. Danach erklärte er seinem Freund, was sich zwischen dem ehemaligen Lateinlehrer und seinem damaligen Mitschüler Sebastian zugetragen hatte. Erkennbar betroffen lehnte sich Wolke zurück, und bevor er einen Kommentar von sich geben konnte, legte Damian Puck los und erklärte mit bebender Stimme, er selbst sei von diesem Lehrer mehrmals nachts „abgeholt" worden und habe deshalb nach einem halben Jahr wegen schlechter Noten das Internat verlassen müssen. Noch heute schreckt er bei jedem Licht aus Taschenlampen ängstlich auf.

„Der Typ muss doch angezeigt werden, wer weiß, wie viele Jungs er noch missbraucht hat", erklärte Wolke erzürnt, ohne weitere, tiefgreifende Einzelheiten zu wissen. „Ja, auf jeden Fall, doch wie kriegen wir das raus?", wollte Christian wissen. „Ich werde vorgeben, ein Klassentreffen organisieren zu wollen, und so das Sekretariat aufsuchen, da kriege ich vielleicht einige Adressen der Mitschüler. Ich häng mich mal rein", antwortete Damian Puck und verabschiedete sich.

Obwohl eigentlich alle negativen Dinge aus seinem Leben verschwunden oder gedeckelt waren, und Christian sich ausschließlich um die schönen und positiven Angelegenheiten kümmern wollte, die ihn und Celine betrafen, öffnete sich nunmehr wieder ein Gedankenschrank voller belastender Inhalte. Er konnte sich aus der Sache um den Lateinlehrer nicht heraushalten; auch spürte er, wie sein Freund Gebhard Wolkenstein darauf brannte, den Kinderschänder Herrschbach der Gerichtsbarkeit zuzuführen.

Bei der Anfahrt auf den Parkplatz des Internats Silberstein überkam Damian Puck ein heftiges Schaudern. Als er vor den hochherrschaftlichen alten Gebäuden des Internats stand, kamen viele Erinnerungen in auf. Viel zu viele negativen Steine durchschlugen die Gedankensperre und traten erneut vor seine Augen. Er brauchte ein paar Minuten, um sich wieder zu fangen und ging mit schweren Schritten die alte Steintreppe empor. Der Detektiv staunte nicht schlecht, als er die Tür zum Sekretariat des Internats Silberstein öffnete. Die Tochter seiner damaligen Nachbarn Brenner stand vor ihm. Das letzte Mal hatte er Sophie Brenner gesehen, als er das Studium an der Polizeiakademie begann. Sie war zwei Jahre jünger als er und absolvierte nach der mittleren Reife eine Ausbildung als Verwaltungsfachangestellte bei der Stadtverwaltung Frankfurt.

„Ja mein Gott, Pucky, ich hab dich sofort erkannt, wie schön, dich mal wiederzusehen", sagte sie mit einem ehrlichen Ausdruck der Freude, wobei sie mit gespreizter Hand von vorn den Sitz ihrer Brille korrigierte. Damian Puck war hingerissen von der weiblichen Anmut, die diese Frau einrahmte. Er hatte sie nur als dickliches Mauerblümchen in Erinnerung, von dem niemand der männlichen Teenager damals etwas wissen wollte.

Nach weiteren Begrüßungsfloskeln kam Damian Puck schließlich auf den Grund seines Besuchs. „Adressen für die Organisation eines Klassentreffens?", fragte Sophie und schob den Detektiv in ein Nebenzimmer, um ungestört von den übrigen Kolleginnen mit ihm reden zu können. „Es wären dann Adressen der Absolventen aus deiner damaligen Klasse und der drüber und drunter, ich weiß nicht", zögerte sie. „Aus datenschutzrechtlichen Vorschriften ist es uns nicht erlaubt irgendwelche Adressen und Daten weiterzugeben", bedauerte Sophie Brenner leise flüsternd, wobei sie stets zur Tür schaute. „Hier haben die Wände Ohren", flüsterte sie leise.

Sie möge es sich noch einmal überlegen bat Puck, übergab ihr seine Visitenkarte und bedankte sich für ihre Zeit, die sie ihm gewidmet hatte. „Wir können uns aber gerne mal auf einen Kaffee treffen, ruf mich an, wenn es dir passt", sagte er, verabschiedete sich und hinterließ eine ratlose Sekretärin.

****

Die Beerdigung Benedikt Siebeckes fand in kleinem Rahmen statt. Außer der Mutter und einem Anwalt der Kanzlei Brauner, war lediglich die Journalistin Carina Scheller zugegen. Nach der Beisetzung blieb sie noch einige Zeit am Grab ihres Freundes und versank in tiefe Trauer. Benedikts ehemalige Freundin und Kollegin, die Schreibkraft Adelina Schorn, gesellte sich stumm dazu. Beide Frauen standen schweigend am offenen Grab, bis Adelina die Stille durchbrach. Unter Tränen beschuldigte sie die Kanzleiführung Benedikt Siebecke in den Tod getrieben zu haben. „Sie brachten ihn in die Nähe dieser Mafia, wobei alle ganz genau wussten, dass etwas passieren könnte, wenn man ihnen in die Suppe spuckt. Nun trage ich mein Wissen mit mir rum und kann nachts kaum schlafen. Wir müssen uns treffen …ich brauche jemand zum Reden. Ich melde mich bei ihnen in der Redaktion. Kann ich Ihnen vertrauen?", fragte Adelina Schorn und lehnte ab, die Visitenkarte der Journalistin anzunehmen. „Ich will nicht wissen, wo Sie wohnen, ich will auch Ihre Karte nicht haben. Womöglich werde ich überwacht und abgehört, und je weniger ich weiß…..", schob sie hinterher und verließ mit schnellen Schritten den Friedhof, wobei sie sich mehrmals ängstlich umschaute.

Der Kroate Darian Maric hatte genug gesehen. Er warf den Alibi-Blumenstrauß auf irgendein Grab, ging zum großen Friedhofstor und sah der Schreibkraft Adelina Schorn abschätzig lächelnd hinterher.

Christian hatte mit seinem Freund Gebhard Wolkenstein innerhalb eines Wochenendes die Wohnung so hergerichtet, dass Celine nach ihrer vollständigen Genesung bei ihm einziehen konnte, und auch für das Kind sollte ausreichend Platz vorhanden sein. Das ehemalige Fremdenzimmer hatten sie für die werdende Mutter vorgesehen und das daneben liegende großzügige Ankleidezimmer würde später als Kinderzimmer perfekt geeignet sein. Die beiden Männer waren stolz diese Arbeiten innerhalb kürzester Zeit geschafft zu haben, und stießen mit einem Fläschchen Bier darauf an. Die kurzfristige Aktion war nötig geworden, weil sich Celine Michels Gesundheitszustand rasch verbessert hatte und ein weiterer längerfristige Klinikaufenthalt in Kürze nicht mehr notwendig sein würde. Man hatte ihre Entlassung für die nächsten Tage vorgesehen. Christian hoffte, dass Damian Puck bis dahin Ergebnisse vorweisen konnte, denn er wollte diese Dinge nicht mehr behandeln, wenn Celine bei ihm eingezogen war. Alle negativen Einflüsse sollten von ihr ferngehalten werden. Ein friedliches gemütliches Weihnachtsfest mit ihr zu feiern, stand absolut im Vordergrund.

Leider musste der Detektiv den nachfragenden Christian M. Köller enttäuschen. Er berichtete von der ablehnenden Haltung der Internatssekretärin, versprach aber gleichzeitig nicht aufzugeben und es später noch einmal zu versuchen.

Christian war froh, Celine endlich bei sich aufnehmen zu können. Wolke hatte sie beide begleitet und auch er zeigte ehrliche Freude, als sie die Sachen der jungen Frau in der Wohnung des Freundes abstellten. Celine ging bedächtig durch die Räume und zeigte sich erstaunt über die liebevolle Einrichtung, die die beiden Männer kurzfristig beschafft hatten. Für Christian M. Köller sollte von heute an ein neues, verändertes Leben beginnen.

Das Weihnachtsfest verbrachten sie in gemütlich friedlicher Atmosphäre. Gebhard Wolkenstein besuchte die junge Familie an einem der Weihnachtstage und war hocherfreut, dass sich Celine so schnell eingelebt hatte. Gutes Essen und erlesene Weine sorgten für eine außerordentlich festliche Stimmung, die man ausgiebig genoss.

Der Detektiv Damian Puck war erstaunt, als sich die Sekretärin des Internats telefonisch bei ihm meldete. Sophie Brenner bat um ein Gespräch und lud ihn auf einen Kaffee zu sich nach Hause ein.

„Mehr konnte ich nicht in Erfahrung bringen", entschuldigte sie sich und übergab dem Detektiv eine Liste mit 21 Namen. „Das ist schon mehr, als ich erwartet habe", sagte Puck und freute sich, dass er mit der Sekretärin Sophie Brenner vielleicht eine Mitstreiterin gefunden hatte. „Das mit dem angeblichen Klassentreffen war ja wohl n Witz, oder?", fragte sie und schenkte dabei Kaffee ein. Puck fühlte sich ertappt und gab zu, das nur als Vorwand benutzt zu haben, um an die Adressen für eine pikante Ermittlung heranzukommen. Als er weitere Erklärung abgeben wollte, unterbrach Sophie und bestand darauf sie nicht mit einem möglicherweise gefährlichen Wissen zu belasten. So war ab diesem Moment die Zusammenkunft geprägt von Erzählungen und Anekdoten aus der gemeinsamen Jugend und dem darauffolgenden getrennten Berufsleben. Als Puck sich verabschieden wollte, übergab Sophie ihm noch einen Zettel mit Namen, Adresse und Telefonnummer eines ehemaligen Schülers des Internats, der vor einiger Zeit ebenfalls die Adressen seiner Mitschüler erfragt hatte.

„Ich danke dir sehr. Ich werde mich melden", sagte Puck und nahm Sophie Brenner inständig in den Arm.

****

„Man sollte den Meisen einmal einen Kalender vor den Schnabel halten", meinte Christian spaßig, als sich Celine über den viel zu früh einsetzenden Balzgesang der Vögel wunderte.

„Sie genießen wie wir beide die Sonne. Es ist so schön hier am Fluss", antwortete Celine, formte die Hand zu einem Sonnenschutz auf der Stirn und verfolgte das Ausflugsschiff, das mit kräftigen Propellerschlägen bergan fuhr. Die Menschen nutzten das schöne, milde Wetter, fuhren auf Inliner, Kinder rasten auf Rollschuhen über die Fußwege.

Erstmalig erzählte Christian seiner Partnerin von der Diskrepanz, die sich zwischen seinem kirchlichen Lehrauftrag und der eigenen inneren Zerrissenheit geschoben hatte. Auch die vielen Zerwürfnisse und Redestreite, die er sich mit seinem zweiten „Ich" geliefert hatte, fanden eingehende Erklärung. Der neue Plan, seinen Arbeitgeber zu wechseln und die Professur an der katholischen Fakultät aufzugeben, würde eine unabänderliche Entscheidung werden, denn einem katholischen Moralethik-Professor wird es nicht gestattet sein zu heiraten und eine Familie mit Frau und Kind zu gründen. Die ganze Angelegenheit im Geheimen weiterzuleben war zum Scheitern verdammt, denn spätestens, wenn Christians Kollegen erführen, dass eine schwangere junge Frau in seine Wohnung eingezogen sei, wäre ein sofortiger Rapport zur Uniführung angesagt. Es war bis hierher ohnehin verwunderlich, dass niemand aus seinem Kollegen von dem „Lebenswandel" des Professors für katholische Moralethik erfahren hatte, oder wollte man ihn im Ungewissen lassen?

Die sanfte Art, mit der Celine versuchte, ihn zu weiteren Überlegungen anzuregen, überraschte Christian, worauf er sie dankbar küsste. Ohne ihn von seiner neuen Zukunftsorientierung abbringen zu wollen, bat sie um eine reifliche Überlegung, bevor voreilige Schritte zu ultimativ nicht wiederherstellbaren Entscheidungen führen würden. Er wollte seinen Professor an der schweizerischen Uni in Fribourg um Rat fragen.

Die Journalistin Corina Scheller wunderte sich über das kleine Päckchen, das ihr ohne angegebenen Absender in der Redaktion zugestellt wurde. Zum Vorschein kamen 2 unbeschriftete Speicherkarten und ein kurzer, handschriftlicher Vermerk. *„Das hatte Benedikt mir unmittelbar vor seinem Zwangsurlaub in den Briefkasten geworfen. Ich weiß nichts über den Inhalt, doch ich habe Angst. Bis bald, Adeline!"*

Die nicht verschlüsselten Speichermedien brachten einen völlig unüberschaubaren, chaotischen Wust an Gesprächsnotizen, Aktenfragmenten, Hinweisen und Mandatslisten hervor. Ohne auf die tieferen Einzelheiten einzugehen, vermutete Corina Scheller in manchen Teilen der Unterlagen kriminelle Vertuschungs- und Manipulationshinweise. Sie legte eine Mehrfach-Kopie von den Inhalten der Speicherkarte auf die passwortgeschützten Ordner ihres Redaktionscomputers ab und nahm das Original mit nach Hause.

Als sie am nächsten Morgen das Büro der Kriminalisten Löw und Drescher betrat, vermisste sie das Augenverdrehen der Herren und deren abschätziges, tiefe Durchatmen. Man bot ihr hingegen voller Neugier sofort einen Stuhl an. Zu einem Gespräch kam es nicht, denn ein Mitarbeiter der Soko stürmte den Raum und rief: "Leichenfund am Main". Im gemeinsamen Hinausgehen beschrieb die Journalistin kurz den Inhalt der Sendung, die sie von der Schreibkraft Adeline Schorn erhalten hatte.

Detektiv Damian Puck staunte nicht schlecht, als er vor dem Anwesen von Markus Reschke aus seinem inzwischen reparierten alten BMW 1802 stieg. Reschke war einer der drei Mitschüler, die auf seine Anfrage hin zurückgerufen hatten. Puck war gespannt, wer ihn erwartete und was zu erfahren war.

Ein großes Firmenschild prangte an einem der Pfosten im Einfahrtbereich der großen Villa inmitten Wiesbadens Nobelviertel.

Dr. Markus Reschke, Immobilien und Finanzdienstleistungen

Ein junger, gut gekleideter Mann mit sportlicher Figur öffnete die Tür. „Herr Reschke erwartet sie", sagte er freundlich und wies Puck den Weg durch eine mächtige Halle in eine großzügige, mit edlen Hölzern getäfelte Bibliothek. Kurz darauf schob er den Besitzer des Hauses im Rollstuhl in den Raum.

„Reschke, sehr angenehm. Bitte nehmen sie Platz Herr Puck. Kaffee, Tee, oder etwas Scharfes?". „Kaffee bitte", antwortete der Detektiv knapp und setzte sich in einen der schweren Ledersessel.

„Helge, bitte Kaffee für uns", wies der Hausherr an und lenkte den Rollstuhl per Joystick neben den Tisch. Der junge Mann verneigte sich dezent und verließ den Raum. „Was kann ich für Sie tun Herr Puck? Sie deuteten an, es gäbe Fragen zu unseren gemeinsamen Internatsaufenthalten. An sie kann ich mich nur erinnern, als sie mir Ihren Namen nannten", begann Reschke das Gespräch. Puck durchdachte den richtigen Einstieg, um den Weg zu seinem Gegenüber nicht mit unpassenden Worten verbal zu verbarrikadieren.

Das Eintreten des jungen Mannes, der den Kaffee brachte, verschaffte dem Detektiv die nötige Zeit zum Überlegen. „Vielen Dank Helge", sagte Reschke, worauf der junge Mann fast lautlos schwebend die Bibliothek verließ. „Ein wunderschönes Haus", sagte Puck und blickte dabei in die Runde, die feinen Wandtäfelungen bewundernd." Wo haben sie ihre Büros?", schob er nach. „In Frankfurt, in der Nähe der Börse, doch dort hält sich nur mein Mitarbeiterstab auf. Ich arbeite hier zuhause", antwortete Reschke. „Das passt ja gut", war Pucks Kommentar.

„Doch kommen wir zum Grund meines Besuches, ja, ich war nur einige Monate in der Klasse, weil ich das Internat kurz nach dem Klassenwechsel verlassen musste", erklärte Puck. „Warum?", wollte Reschke wissen. Der Detektiv zögerte und versuchte diese Frage mit dem Grund seines Besuches zu verbinden. „Ich habe im Rahmen meiner Tätigkeit jemanden kennengelernt, der damals den Suizid eines Mitschülers des Internats erleben musste. Dieser Junge hatte sich aus Angst und Scham umgebracht, weil er den ständigen sexuellen Missbrauch durch einen Lehrer nicht mehr ertragen konnte, und deshalb....!

Der Mann in dem Rollstuhl hob die Hand, als mochte er das Gesagte nicht an sich heranlassen. Wollte vielleicht vermeiden, dass diese Schilderungen von Leid und Schmerz seine Gedankenschranke passierten. „Ich weiß, ich weiß, bitte reden sie nicht weiter", sagte er, und fuhr seinen Rollstuhl an die große Fensterfront, wo die Sonne die ersten Strahlen des nahenden Vorfrühlings durch die Fenster schickte, als wollte sie die dunklen Worte der Kümmernis mit ihrer Wärme heilen.

„Es war vor ungefähr 5 Jahren, als ich einen Anruf, wie den von ihnen bekam. Ein Mitschüler von damals nahm Kontakt zu mir auf, um etwas über einen Jungen zu erfahren, der vor vielen Jahren in wilder Panik über die Straße rannte und von einem Motorrad erfasst wurde. Seitdem ist er ab der Hüfte abwärts gelähmt. Doch warum bekam dieser Junge diese fast tödliche Angst? Er ging mit seinem Vater während der Schulferien in der Stadt zu einem Arzttermin und begegnete auf dem Trottoir einem Lehrer aus seiner Schule und ergriff daraufhin sofort voller Panik die Flucht und rannte kopflos auf die Straße. Niemand konnte sich diese Reaktion erklären, denn der Junge schwieg, verschanzte sich innerlich und verbarrikadierte sich in seiner Angst, und versuchte später sein Leben im Rollstuhl in den Griff zu kriegen.

Die Eltern nahmen ihn von diesem Internat, meldeten ihn an einem anderen Lehrinstitut an und von da ab besserten sich seine schulischen Leistungen. Nach und nach verließ der Junge sein verschlossenes Seelen-Schneckenhaus, wurde offener und ließ wieder körperliche Nähe zu. Aus ihm wurde ein erfolgreicher Geschäftsmann und erst der Anruf von vor 5 Jahren spülte das Erlebte erneut in ihm hoch. Und jetzt sind Sie da. Und alles ist wieder präsent, so, als wär es gestern gewesen. Doch heute sehe ich die Angelegenheit gelassener. Ich habe nichts mehr mit dem Jungen, der damals auf die Straße rannte, gemein. Ja, manchmal geht er neben mir her, wenn ich den Rollstuhl am Mainufer entlang steuere. Dann rede ich mit ihm, wie mit einem Freund, denn er war ja mal ein Teil von mir. Und so soll es auch bleiben…. Hass? Nein, Genugtuung auch nicht. Gerechtigkeit? Was nützt Gerechtigkeit. Das Erlebte und die Schmerzen nimmt mir niemand. Ich habe mich damit sozusagen arrangiert", schloss Reschke seine Erinnerungen, fuhr den Rollstuhl wieder in Richtung Damian Puck, und wartete auf eine Antwort.

Der Detektiv, der sich das Gesagte geduldig angehört hatte, schluckte vor ehrlicher Ergriffenheit und war sich nicht sicher, ob er sein

Anliegen, den Mann für ein Verfahren gegen den Lehrer zu gewinnen, weiterverfolgen sollte. „Sie haben einen noch sehr jungen Helfer", begann Puck den Besuch zu beenden. „Ja, Helge ist der Sohn einer guten Bekannten. Er studiert in Frankfurt und ist ansonsten mein treuer Begleiter und Helfer. Ich unterstütze ihn", antwortete Reschke.

Man verabschiedete sich unter der Vorgabe spätestens nach 14 Tagen bezüglich einer eventuellen Strafanzeige gegen den Lehrer erneut zu treffen. Des Weiteren wollte Detektiv den Professor Christian Köller in die Entscheidungsfindung einbinden. Bevor er abfuhr, fotografierte er den kleinen Sportwagen mit Frankfurter Kennzeichen, der vor dem Haus parkte und scheinbar dem Studenten und Helfer Helge gehörte.

******

„Sie bleiben erst einmal im Fahrzeug!", befahl Löw und verstärkte seine Anweisung mit einem ernsten Blick, worauf die Journalistin Corina Scheller willig nickte.

Die Beamten der Spurensicherung hatten bereits ein weißes Zelt über dem Leichnam aufgebaut. Der heftige Regen prasselte in lautem Stakkato auf die Plane. „Das ist doch die Schreibkraft aus der Kanzlei Brauner", stellte Hauptkommissar Drescher fest, nachdem man das weiße Tuch vom toten Körper angehoben hatte. „Auffinde- und Einleitungspunkt könnten identisch sein, der Leichnam hatte sich dort drüben im Ufergeäst verfangen", klärte ein SpuSi-Mitarbeiter auf. „Auf den ersten Blick gibt es keine äußerlichen Verletzungen. Alles Weitere wie immer nach der Obduktion. Auf Wiedersehen meine Herren", sagte die Pathologin Dr. Sangmeister und verschwand unter ihrem Regenschirm.

Corina Scheller war mittlerweile aus dem Polizeifahrzeug ausgestiegen und hatte sich ungehindert dem weißen Zelt genähert. Sie erkannte die Tote und musste von einem Polizisten aufgefangen werden, bevor sie heftig schwankend das Zelt einreißen konnte. „Ich habe vor ein paar Tagen noch mit ihr gesprochen", stammelte sie, worauf Hauptkommissar Löw die erschütterte junge Frau zum Auto zurückführte.

Im Präsidium berichtete die Journalisten von der Zusammenkunft mit der jetzt aufgefundenen Toten. Sie gab den Ermittlern einen kurzen Überblick zu den Inhalten der von Adelina hinterlassenen Speicherkarten. Löw und Drescher hörten sich die Ausführungen an, unterbrachen die junge Frau nicht und fragten nicht nach. Völlig niedergeschlagen und zusammengefaltet hockte Corina Scheller an dem Vernehmungstisch, während Hauptkommissar Drescher die Tonaufnahme stoppte, die Aufzeichnung zurückfuhr und zum Erstaunen seines Kollegen die Löschtaste betätigte. „Wir haben jetzt alles zur Kenntnis genommen. Ich werde sie jetzt nach Hause fahren. Bitte die Speicherkarten sehr gut sichern und niemand weiter davon berichten. Wenn sie wollen, übernehme ich sie und verstecke sie. Und sowie etwas passiert, was Ihnen nicht geheuer ist, rufen Sie uns bitte sofort an. Bitte warte sie unten, ich komme sofort", riet Löw der jungen Frau, die nur hilflos nickte und den Raum verließ.

„Was sollte das denn", fragte Löw, „warum hast du die Aufnahme gelöscht?" „Ich habe ein dummes Gefühl. Wir bringen auch Corina Scheller in Gefahr, wenn wir unser Wissen um die Rechtsanwaltskanzlei Brauner im Dezernat verbreiten. Wir behalten es für uns, kann ich mich darauf verlassen?" „Absolut, du hast Recht, wer weiß?!" „Ich werde die Speicherkarten in der Wohnung der Journalistin einsehen. Hier im Kommissariat ist mir die Sache zu heikel, wer weiß, wer mitliest".

Am nächsten Morgen wurden die beiden Ermittler von einer weiteren Neuigkeit in einen wahren Schockzustand versetzt. Sie saßen Oberstaatsanwalt Perchtl gegenüber und wollten nicht hören, was er ihnen mit salbungsvollen Worten beizubringen versuchte. „Eine gute Nachricht. Vom BKA ist uns Verstärkung zugeordnet worden." „Sicher wieder so ein Besserwisser im feinen Anzug und Gelfrisur", fing Drescher an rumzunörgeln. „Eine Besserwisserin", korrigierte Oberstaatsanwalt Perchtl. Frau Erste Kriminalhauptkommissarin Helmfriede Baronin von Tramitz. Eine Profilerin erster Güte. Hat sich ihre Sporen am Police Departement in Los Angeles verdient. Sie steht kurz vor der Ernennung zur Polizeirätin. Die Aufstiegsprüfung hat sie bereits abgelegt, es fehlt noch die haushaltsmäßige Unterlegung für die Planstelle. Ist aber nur noch eine Frage von Tagen." „Helmfriede, was fürn Name iss dat denn. Auch noch ne Adlige, das kann ja heiter werden. Ein Grund sich kräftig zu betrinken", war Löws einziger Kommentar und kaute weiter auf seinem kalten Zigarillo.

Die Wohnung der Schreibkraft Adelina Schorn glich einem wahren Trümmerfeld. Herausgerissene Schubladen, leergefegte Bücherregale und ausgeräumte Schränke, deren Inhalte auf dem Fußboden verstreut waren. Die Ermittler fanden kaum Platz einen Schritt vor den anderen zu setzen. Hauptkommissar Drescher wies die SpuSi an, die Wohnung akribisch zu untersuchen. Möglicherweise konnten noch Hinweise gefunden werden, die von den Tätern eventuell übersehen worden waren. Eine auf gleicher Etage wohnende Nachbarin berichtete, dass vor ein paar Tagen mehrmals an der Wohnungstür der Adelina Schorn geklopft bzw. geklingelt wurde. Durch den Türspion konnte sie eine gut gekleidete Frau um die 40 ausmachen, die dann anschließend wieder ging, nachdem niemand geöffnet hatte. Besonders wies die Nachbarin darauf hin, dass die Frau helle Handschuhe getragen und sich am linken Türrahmen abgestützt habe, so als wäre sie außer Atem oder betrunken.

Ein Zeichner des Präsidiums wollte in Kürze zusammen mit der Nachbarin ein Phantombild erstellen. Hauptkommissar Drescher ließ den Türrahmen auf eventuelle Faserspuren untersuchen. Schon am nächsten Tag erhielten die Ermittler die Ergebnisse zu den Anhaftungen an der Türzarge. Sie konnten der Person zugeordnet werden, die beim Anschlag auf Nummer1 zugegen war und eindeutig dieselbe Spurenlage abgesetzt hatte. Drescher und Löw gingen nunmehr davon aus, dass es sich hierbei um die flüchtige Täterin handelte, die nach jener Tat entkommen konnte.

Die von der Schreibkraft der Kanzlei Brauner und Partner an die Journalistin Corina Scheller übergebenen Speicherkarten offenbaren eine enge Verkettung der Anwaltskanzlei Brauner mit dem Clan um den Holländer van den Brinck.

Trotz der nur oberflächlich durchgeführten Einsicht in die Daten konnten die Kommissare Drescher und Löw feststellen, dass die Kanzlei in diversen zweifelhaften Geschäften anwaltliche bzw. notarielle Unterstützung gewährt hatte. Ferner konnten verdächtige Verstrickungen in illegale Geldwäschegeschäfte offengelegt werden. Der junge Anwalt Benedikt Siebecke war anscheinend durch Zufall auf diese Querverbindungen gestoßen. Hierrüber ein Speichermedium anzulegen, brachte ihn anscheinend in die gefährliche Nähe der

Drahtzieher, die ihn schnellstmöglich aus dem Weg räumten, ohne dass sie das todbringende Wissen auslöschen konnten.

Die Ermittler Löw und Drescher verzogen ihr Gesicht zu einer bitteren Mine, als sie ins Präsidium zurückkehrten. Oberstaatsanwalt Perchtl lud das gesamte Team zu einer, wie er andeutete, zielführenden Besprechung ein. Hierbei wollte er die neue Profilerin Baronin von Tramitz den Mitarbeitern vorstellen. Ein seltsames und zugleich neugieriges Geraune erfüllte den Lage- und Besprechungsraum des Polizeipräsidiums als die Beamtenschaft auf die Vorstellung der „Neuen" wartete. Offenen Mäuler und erstaunte, ja fast konsternierte Gesichter empfingen Oberstaatsanwalt Perchtl und seine Begleiterin, als sie den Raum betraten.

Es präsentierte sich eine sehr hübsche, hochintelligente Frau Anfang 40, die sofort eine selbstwusste und zielstrebige Verhaltensweise an den Tag legte. Mit einem bombastisch selbstsicheren, aber auch anmutig wirkenden Charme verriet sie ihre motivierende Arbeitsweise, mit der sie helfen wollte, alle wichtigen Fälle nunmehr „endlich" abschließen zu können. Der Leiter der Staatsanwaltschaft schilderte in kurzen knappen Sätzen, dass die Profilerin ab sofort in alle Ermittlungen des Dezernates in Sachen van den Brinck und Viktor Skorpin einbezogen werden sollte. Drescher und Löw wurden beauftragt sie in alle relevanten Aktenlagen hierzu einzuweisen. Hauptkommissar Drescher blickte seinen neben sich sitzenden Kollegen an, der auffällig die Augen verdrehte und ein leises „Ach du Scheiße" von sich gab.

„Haben sie etwas zu sagen Drescher", wollte Perchtl wissen. „Wir sind hocherfreut Herr Oberstaatsanwalt", antwortete dieser. Die übrigen Mitarbeiter quittierten es mit kurzem Gelächter.

Schon kurz nach der Vorstellung saß die Baronin im Büro der Ermittler und ließ sich in die Fall-Akten einweisen. Besonders Löw kam ihr bedenklich nah, um dieses aufregende Parfüm, das die Dame aufgetragen hatte, tief in sich einzusaugen.

******

Professor Christian M. Köller genoss das Zusammensein mit der werdenden Mutter Celine Michel und seiner nunmehr auf ein Familienleben abgestimmten Wohnung. Die Nachuntersuchungen in der Uniklinik Mainz brachten für Celine nur positive Ergebnisse. Die Wortfindungsstörungen und der nur noch manchmal auftretende Gedächtnisverlust sollten nach Ausführungen des ärztlichen Leiters bald komplett nachlassen. So konnte das Leben des Paares eigentlich einen normalen Verlauf nehmen, wenn nicht bei Christian das oftmals eintretende Hochspülen der persönlich anhaftenden Kriminalfälle für Unbehagen sorgen würde. Ebenso drückte die Zukunftsangst bezüglich seiner sich bald entscheidenden beruflichen Orientierung auf die Seele. Ein am Fenster sitzender „EM" war als ständiger Mahner und Hinweisgeber auch nicht mehr präsent. So setzte sich Christian mit seinen „Sorgen" allein, ohne die Einbindung Celines auseinander.

Seinen Freund Wolke zu beteiligen, wollte er nicht wagen, denn diesen plagten momentan steuerrechtliche Ungelegenheiten. Beamte der Steuerfahndung saßen im Rahmen einer unangemeldeten Betriebsprüfung seit 2 Tagen in seinem Büro und krempelten die Buchführung von innen nach außen. Es lägen Anzeigen wegen illegaler Beschäftigung von nicht amtlich gemeldeten Arbeitskräften vor.

Gebhard Wolkenstein war erleichtert, die vor seinem Freund bisher verheimlichten Kopien einiger Unterlagen aus dem Raub gerade noch in Sicherheit gebracht zu haben. Die in einem Couvert gesammelte lose Blattsammlung verschwand im Doppelboden des Aktenschranks seiner Kunden- und Fahrzeugkartei. Die Papiere hätten unangenehme Fragen bei den Finanzbeamten aufgeworfen und den Schrauber in Erklärungsnot gebracht. Schweißgebadet sehnte er die Beendigung der Prüfung herbei.

Die Betriebsuntersuchung konnte ohne besondere Einwände der Prüfer abgeschlossen werden. Lediglich einige Belege waren nicht in der geforderten Reihenfolge archiviert. Diese minimalen Beanstandungen sollten nicht strafrelevant sein und konnten unbeachtet beiseitegelegt werden. Auch die Beschäftigung illegaler Arbeiter wurde nicht nachgewiesen. Dennoch befiel Gebhard Wolkenstein ein seltsames Gefühl, das ihn zum Nachdenken zwang. Zum ersten Mal war er ins Visier der Steuerfahndung geraten. Reiner Zufall? Hatte ihn jemand angezeigt? War nach dem Raubüberfalltrubel seine zwischenzeitliche Ruhe erneut wieder vorbei?

Das Büro der Profilerin Baronin von Tramitz war auf ihre Anweisung hin von der Hausverwaltung mit einer Schlafstätte ausgestattet worden, weil die Beamtin eine ausführliche Einarbeitung angesagt hatte und eventuell auch nachts noch Aktenstudium betreiben wollte.

Dementsprechend fand Hauptkommissar Löw die Frau am Morgen nach der intensiven persönlichen Einweisung äußerlich ziemlich zerzaust und übernächtigt in ihrem Büro vor. Der Schreibtisch war bedeckt mit Akten, Schriftstücken und Aufzeichnungen. Eine schmutzige, mit braunem Rand verzierte Tasse zeugte von heftigem Kaffeegenuss. „Guten Morgen, schlechte Nacht gehabt?", fragte Löw, worauf er sich mit Blick auf die Schlafcouch sofort entschuldigte.

„Sie waren in Begleitung der Journalistin Corina Scheller am Auffindeort der toten Adelina Schorn. Warum ist in ihrem Bericht darüber nichts zu lesen?", wollte die mies gelaunte Profilerin wissen. „Guten Morgen", wiederholte Löw seinen Gruß, um gleich darauf auszuführen, dass er die junge Frau zur Identifizierung der Leiche mitgenommen habe. „Das Weshalb und Warum ist in Ihrem Bericht aber nicht zu finden", stellte sie fest und schob nach: „Und bitte ermitteln Sie, inwieweit die Journalistin mit der Toten Kontakt hatte. Aber bis ins Kleinste, und Bericht sofort an mich".

Löw nickte stumm und verließ angefressen das Büro.

„Ist die Baronin uns gegenüber weisungsbefugt? Sie führt sich auf, als wäre sie unser Chef. Hat das BKA den Fall jetzt an sich gerissen?", fragte der Kommissar Oberstaatsanwalt Perchtl. „Nein, die erste Geige spielen wir, sie soll uns lediglich begleitend unterstützen. Ich rede mit ihr", versprach er.

******

„Es ist alles in Ordnung. Sie können sich wieder anziehen", sagte der Frauenarzt und wischte das Kontrastmittel vom Sondenkopf des Ultraschallgerätes. „Die Schwangerschaft verläuft bisher völlig komplikationslos", legte er nach.

Christian Köller und Celine Michel verließen erleichtert und gut gelaunt die Praxis und setzten sich in den Außenbereich eines nahen gelegenen Cafés. Hier waren schon seit Tagen, das schöne Wetter ausnutzend, Tische und Sonnenschirme aufgestellt worden, um die ersten Gäste in der Vorfrühlingssonne zu bewirten. Das Paar war beschwingt und gut aufgelegt, hatten sich doch Bedenken und Ängste bezüglich der Schwangerschaft in Verbindung mit Celines vorherigem Unfall weitestgehend gelegt. Lediglich das Thema um die berufliche Zukunft des Professors Christian M. Köller schwang als Negativum in den Köpfen der beiden herum.

„Erst zum Termin in der nächsten Woche beim Dekan an der Uni in Mainz wollen wir uns mit dem Thema beschäftigen. Jetzt genießen wir das schöne Wetter", sagte Christian und prostete Celine lächelnd zu.

Dar alte Mercedes Benz klebte dachseits an dem Brückenpfeiler. Das Dach des Fahrzeugs war von dem massiven Betonkörper regelrecht in 2 Hälften geteilt worden. „Er muss in voller Fahrt gegen das Podest und sich innerhalb einer Sekunde auf die Frontseite aufgestellt haben, um dann vollends gegen den Pfeiler zu prallen. Der Fahrer hatte keine Chance, er muss sofort tot gewesen sein. Es gibt keine Bremsspur," stellten die den Unfall aufnehmenden Beamten fest.

Das kurz darauf eintreffende Gutachterteam nahm seine Arbeit auf und verfügte abschließend den Abtransport des Fahrzeuges zur spurenspezifischen Untersuchung in die technische Abteilung des Polizeipräsidiums. Der Leichnam wurde in die Gerichtsmedizin verbracht. Ein medizinischer Notfall, der den Unfall verursacht haben könnte, war allein schon wegen des Alters des Verunfallten nicht auszuschließen.

Ehem. Leiter des Internats Silberstein Dr. Ferdinand Herrschbach bei Verkehrsunfall getötet.

Als Christian die Schlagzeile in der Morgenzeitung las, stand ihm das Entsetzen ins Gesicht geschrieben. „Ja, ich habe es auch schon gelesen", antwortete Gebhard Wolkenstein, als ihn sein Freund anrief. „Der Typ hat's nicht anders verdient", schob Wolke nach und machte mit dieser derben Aussage Christian Köller nachdenklich. Diese emphatische Härte, mit der sich der Schrauber äußerte, war neu und erschreckte den Professor.

Über den ganzen Tag hinweg beschäftigte das Ableben des ehemaligen Internatsdirektor Christian in seinen Gedanken. War es wirklich „nur" ein tragischer Unfall, oder hatte einer der „Missbrauchten" seine Rachegedanken in eine grausame Tat umgesetzt? Immer wieder versuchte Christian diese Möglichkeit aus seinem Kopf zu verscheuchen.

Von einem Tag auf den anderen wuchs der Frust in den Hauptkommissaren Drescher und Löw über die neue Profilerin. Ihre ständigen Einmischungen in die Ermittlungen und Vorhaltungen über angebliche Fehlentscheidungen ließen das Fass in der Sonderkommission überlaufen. „Nun halten sie sich mal ein wenig zurück, mir sind da auch die Hände gebunden. Wir müssen uns arrangieren", entgegnete Oberstaatsanwalt Perchtl auf die Äußerungen der beiden Ermittler. „Und außerdem kommen sie beide ja kaum weiter. Wie ist der Ermittlungsstand in Sachen Holländer, Albaner und den Mainleichen?", wollte der Vorgesetzte wissen. Bevor Drescher oder Löw antworten konnten, gab Perchtl bekannt:" Es gibt da noch einen weiteren Todesfall. Höchstwahrscheinlich muss ich aus ihrer Soko 2-3 Leute abziehen". Die beiden Ermittler standen von ihren Stühlen auf und ließen ihren Ärger vollends den Lauf. „Es geht nicht, wir haben Ermittlungsstau wegen dieser Tussi von Dingsbums, der wir ständig Rede und Antwort stehen müssen. Kaum haben wir eine neue Spur oder gehen Hinweisen nach, steht sie da und will eingewiesen werden. So geht es nicht weiter", brüllte Drescher, ging und knallte die Tür zu. Perchtl und Löw sahen sich an, worauf der Oberstaatsanwalt mit einer abfälligen Handbewegung den Kommissar aufforderte, ebenfalls sein Büro zu verlassen.

Kommissar Henning wurde mit einem weiteren Kollegen von der Soko abgezogen und mit den Ermittlungen zum Todesfall des ehem. Leiters des Internats Silberstein Dr. Herschbach beauftragt.

„Im Rahmen der toxikologischen Untersuchung durch die Gerichtsmedizinerin wurden Giftspuren in dessen Lunge gefunden", erklärte Oberstaatsanwalt Perchtl dem Kommissar und forderte ihn genervt auf: „Lassen sie sich von ihr genau unterrichten". Der junge

Kommissar atmete kurz tief durch, verließ das Büro des Chefs und blieb danach am Kaffeeautomaten stehen, wo Hauptkommissar Drescher sich gerade ein Heißgetränk brühen ließ.

„Na, hat er dich gefaltet?", wollte Drescher wissen. „Nee, ich soll eigenständig eine Ermittlung leiten. Ich wäre lieber bei dir in der Soko geblieben", antwortete Henning. „Ein Verkehrsunfall mit dubioser Todesfolge", schob er nach und erklärte die Besonderheiten der bisherigen Indizien und Sachverhalte. „Na dann, viel Glück", gab Drescher zurück, schnappte sein Getränk und ging in sein Büro.

„Der Mann hat giftige Dämpfe eingeatmet, was kurzfristig zum totalen Herzversagen geführt hatte. Er ist praktisch erstickt. Wo und wann er vergiftet wurde, ist schwer zu sagen. Ich schätze, dass kurz nach dem Einatmen die Lungenfunktion eingeschränkt, bzw. vollkommen eingestellt wurde.", erklärte die Pathologin Dr. Sangmeister. „Also Mord", vervollständigte Kommissar Henning und besprach alle weiteren Ermittlungsschritte mit dem ihm zugeteilten Mitarbeiter. Er selbst wollte das private Umfeld des getöteten ehemaligen Internatsleiters unter die Lupe nehmen.

Dessen Wohnung lag in allerbester Gegend vor den Toren der Stadt unweit des großen Parks, in dem auch das Internat in einem weitläufigen Areal seinen Sitz hatte. „Nein, den Dr. Herrschbach habe ich das letzte Mal vor fast 2 Wochen gesehen. Da hat er mit einem Koffer seine Wohnung verlassen", wusste die Nachbarin zu berichten, als Kommissar Hennig sie befragte. „Ich habe ihm noch hinterhergerufen, ob er in Urlaub führe, doch er winkte nur ab und ging zur Tiefgarage", vervollständigte sie.

Noch bis spät in die Nacht saß der Ermittler an seinem Schreibtisch und versuchte das Puzzle um den Getöteten zusammenzufügen. Wo hatte sich Dr. Herrschbach bis zu seinem Ableben aufgehalten, hatte ihn irgendetwas davon abgehalten in seiner Wohnung zu übernachten? Angst, war es Angst, vielleicht sogar Todesangst?

In seinen Wohnräumen hatte man Bilderalben verschiedener Jahrgänge der Internatsklassen gefunden, in denen es von Aufnahmen mit jungen Schülern nur so wimmelte. Sie waren beim Sport, bei Ausflügen und Veranstaltungen des Internats aufgenommen worden. Doch fast auf jeder Seite eines bestimmten Jahrgang-Albums fehlten 1-2 Fotos. Sie waren feinsäuberlich entnommen, so, als wolle jemand die

Anwesenheit eines besonderen Kindes löschen, es als nicht existent darstellen. Doch welcher Schüler fehlte hier? Und wer hatte schon vorher die Wohnung durchsucht und die Bilder aus der Sammlung entnommen? Wollte hier jemand eine auffällige Spur löschen?

Irgendwo musste der ehem. Internatsleiter vor seinem Tod untergekommen sein, vielleicht bei Freunden? Verwandte gab es keine. Kommissar Hennig forderte sofortige Unterstützung von der Schutzpolizei zur Überprüfung von Einchecklisten der umliegenden Hotels an. Er selbst hatte sich bei der Leitung des Internats Silberstein angemeldet und traf auf einen Direktor, der sich erschüttert zeigte, ob der Tatsache, dass sein Vorgänger eines nicht natürlichen Todes gestorben sein soll. „Ich selbst kannte ihn nur kurz. Ein paar Wochen vor seiner Pensionierung wurde ich in die Nachfolge der Internatsleitung eingearbeitet, der Kontakt war also rein dienstlich", berichte der Direktor.

„Eigentlich gab es keine außergewöhnlichen Vorfälle oder Hinweise", erklärte die Schreibkraft des Internats Sophie Brenner auf Nachfrage Kommissar Hennings. „Wieso **eigentlich**?" „Naja, vor einigen Wochen kamen Anfragen zu Namen und Adressen ehemaliger Schüler eines bestimmten Jahrgangs", berichtete Sophie Brenner nur zögerlich und gab an, wer die Interessenten waren. Auch im Bewusstsein, dass der Detektiv Puck nunmehr Probleme bekommen würde, gab die Frau bereitwillig Auskunft.

******

Nummer1 fühlte sich in Albanien einigermaßen sicher. Das Domizil Victor Skorpins bot ihm alle Vorzüge eines leichten und unbeschwerten Lebens. Lediglich das nunmehr von Feindschaft beherrschte Verhältnis zu seinem ehemaligen Chef und Ziel seines Undercover-Auftrages, dem Holländer Hark van den Brinck, bereitete ihm ziemlich Kopfzerbrechen. Die Anschläge auf ihn waren offensichtlich nicht ohne Wirkung geblieben. Nummer1 ging davon aus, dass der Holländer ihm auch weiterhin nach dem Leben trachtete. Ein weiteres Telefonat mit den Frankfurter Ermittlern unterließ er aus diesem Grund. Auch bei der wohlduftenden Schönheit meldete er sich vorerst nicht. Möglicherweise könnte in ihrem dienstlichen Umfeld des

Bundeskriminalamtes in Wiesbaden ein Vertrauter Hark van den Brincks hocken.

Die Besuche in der Küstenstadt Ksamil unternahm Nummer1 nur mit einer ausreichenden Anzahl Bodyguards. Viel zu sehr fürchtete er den langen Arm des Holländers und manchmal auch den seiner Behörde. Könnte sie nicht auch ein starkes Interesse an seinem Ableben haben?

Und nun eröffnete ihm Victor Skorpin eine Neuigkeit, die ihn in heikle Gedanken versetzen und einen erhöhten Puls bescheren sollte. Für die Erledigung eines wichtigen Auftrages würde er mit 3 weiteren Getreuen des Albaners in ein paar Tagen nach Deutschland reisen. Um die Reise und den Aufenthalt problemlos zu gestalten, wollte man für die allerhöchste Sicherheitsstufe des Trupps sorgen. Die Durchführung des Auftrages erforderte ein Höchstmaß an Akribie, Schnelligkeit und Sorgfalt. „Ich möchte mein Projekt zwischen den Autobahnen südlich von Frankfurt endlich umsetzen. Es wurde planungsmäßig in Größe und Umfang nochmals ausgeweitet, und ich glaube jetzt ist die günstigste Zeit, die Sache ins Rollen zu bringen", begann Skorpin, um anschließend auf die Einzelheiten des Auftrages einzugehen.

Der Hubschrauber stieg auf, überflog in einer weiten Schleife den Strand von Ksamil und nahm Kurs auf Korfu Airport. Von dort aus sollte ein Lear-Jet die kleine, mit Diplomatenpässen ausgestattete Gruppe nach Frankfurt bringen.

Detektiv Damian Puck war erstaunt, als ein Kommissar Henning vom Dezernat für Gewaltverbrechen des Polizeipräsidiums Frankfurt/M. vor seiner Haustür stand.

„Ja, das stimmt, ich habe in einem Mandatsauftrag und in eigenem Interesse in Sachen des ehemaligen Internatsleiters in dem Institut nachgefragt und recherchiert. Doch, warum ermitteln sie, wenn es, wie die Zeitungen schreiben, ein Verkehrsunfall war"? „In welcher Sache?", hakte der Ermittler nach, ohne auf die ihm gestellte Frage einzugehen. „Es gab vor Jahren pikante Vorfälle, in denen der damalige Lehrer Herschbach verwickelt war. Anscheinend wurde in den Zeiten ziemlich viel vertuscht und verdeckt. Diese Dinge haben sich jetzt mit seinem Ableben erledigt und müssen nicht mehr weiter geprüft werden", antwortete Puck. „Bitte Namen und Adressen der

Mandanten", forderte der Kommissar. „Garantiert gebe ich ihnen diese nicht. Schon einmal etwas von Mandats- und Datenschutz gehört. Auf Wiedersehen", gab der Detektiv zurück, schloss die Haustür und ließ den verdutzten Kriminalkommissar einfach stehen.

„Die Kopfschmerzen wollen heute Morgen gar nicht vergehen", brachte Celine nur zögerlich hervor, als Christian nach dem Verlauf der Nacht gefragt hatte. In den letzten Tagen hatte die junge Frau an Bauchumfang kräftig zugelegt. Das vorher so wunderbare Allgemeinbefinden hatte sich in ein tägliches Unwohlsein mit Migräne und Schwindel gewandelt. Die letzten nun verbleibenden ca. 3 Wochen der Schwangerschaft setzten der zierlichen Celine heftig zu. „Morgen fahren wir in die Uniklinik nach Mainz zum Professor. Wir können jederzeit kommen, er ist für uns da. Es muss überprüft werden", legte Christian fest.

Kommissar Henning stand erneut vor der Internatssekretärin Sophie Brenner und forderte per Beschluss, den Oberstaatsanwalt Perchtl kurzfristig erlassen hatte, die Herausgabe der Namen und Adressen der Schulabgänger aller relevanten Jahrgänge. Anschließend saß der Ermittler bis spät in der Nacht vor dem Bildschirm und fütterte den PC mit sämtlichen Namen aus den Listen des Internats.

Hier gab es 11 aktenkundige Treffer, von denen 2 wegen Ablebens nicht mehr bedeutsam waren. Bei einem Namen wurde der junge Kommissar stutzig, denn dieser tauchte in dem aktuellen Fall der SoKo auf, an dem er selbst noch bis vor kurzem mitarbeitete. Christian M. Köller, jetzt Professor für Moralethik an der Theologischen Fakultät der Uni Frankfurt/M.

„Ihr damaliger Unfall mit den heftigen Kopfverletzungen bleibt als unkalkulierbares Nachwirkungsrisiko vorerst präsent. Wir können sie nur mit entsprechender Medikation behandeln und sofort auf alle möglichen Veränderungen reagieren", diagnostizierte der ärztliche Leiter der Neurochirurgie, nachdem er Celines MRT-Ergebnisse eingesehen hatte.

„Wir werden sie für ein paar Tage zur Beobachtung hierbehalten. Allein wegen der Schwangerschaft ist jetzt mal wieder eine durchgängige Kontrolle angesagt", schlug der Mediziner vor und gab die Information an die Zimmerverwaltung weiter. Christian war beruhigt, als er der mittlerweile gut versorgten, im Krankenbett liegende Celine die Hand streicheln konnte. „Nur noch morgen arbeiten, dann ist Wochenende und die nächste Woche habe ich Urlaub. Da werde ich nur bei dir sein", tröstete er die junge Frau, die erleichtert die Augen schloss und in einen leichten Schlaf versank.

„Dieser Professor Köller ist nicht auffindbar, nicht zuhause und nicht an der Uni", beschwerte sich Kommissar Henning bei Drescher und Löw. „Probier's doch mal über seinen Freund, dem Schrauber Wolkenstein. Den hatten wir damals auch schon in der Vernehmung, erinnerst du dich?", riet Drescher und gab Henning Adresse und Telefonnummer. „Ich bin ja erst später zur SoKo gekommen", entschuldigte Henning sein Unwissen über die Komplexität des Falles der prekären Papiere des Holländers Hark van den Brinck und den seinerzeit schwer verletzten Professor Christian M. Köller.

Als Hennig sein Büro betrat, wartete schon die Pathologin Frau Dr. Sangmeister und der Chef der Spusi auf ihn. „Wir habe das Fahrzeug des getöteten Internatsleiter noch einmal eingehend auf Dampf- und Staubspuren untersucht. Die Lüftungsanlage des PKW war mit dem Gift angereichert worden. Anscheinend war es höchstdosiert in Tabletten- oder Pulverform eingebracht und nach einiger Zeit ausgegast und durch die Warmluft der Heizung bzw. Lüftung in den Fahrgastraum eingedrungen und hat den Fahrer innerhalb kürzester Zeit getötet. Ein ausgeklügeltes Vorgehen", erklärte der Spusi-Chef. „Fingerabdrücke oder sonstige individuelle Spuren, außer vom Opfer, konnten nicht nachgewiesen werden", legte er noch nach. „Mein Gott, wie perfide und äußerst schlau", entgegnete Henning und bedankte sich in schärfster Form für ausgesprochen gute Arbeit des Teams der Gerichtsmedizinerin und der Spusi. -Ein im KFZ ausgelegtes Gift- dachte sich Henning und wusste momentan noch nicht, welchen Ermittlungsweg er nunmehr einzuschlagen hatte.

Der Chauffeur des Staatssekretärs im Wirtschaftsministerium staunte nicht schlecht, als ihm an einer stark befahrenen Kreuzung während der Ampel-Rotphase von einer Jugendlichen ein Briefumschlag durch das offene Autofenster, versehen mit der Aufschrift „Für deinen Chef", hereingereicht wurde.

In den Verwaltungen der hessischen Städte Groß-Gerau, Mörfelden-Walldorf und Darmstadt gingen zeitgleich an die Bürgermeister gerichtet dieselben Briefe ein. Auf dem Schreibtisch des holländischen Unternehmers Hark van den Brinck landete wie von Zauberhand abgelegt ein Couvert ähnlichen Inhalts.

Jeder Entscheidungsträger, der in die jeweiligen Genehmigungsverfahren für das Bauvorhaben des Albaners Victor Skorpins involviert war, bekam ein entsprechendes Couvert. Neben den als positive Entscheidungshilfen angebotenen Geldbeträgen waren als Warnung Fotos ihrer Anwesen und Häuser, ihrer Yachten und Autos, ihrer Kinder, ihrer Ehefrauen, ihrer Geliebten, und sogar ihrer Hunde beigefügt. Bei denen, die nichts dergleichen ihr Eigen nannten, war eine Zielscheibe mit deren Konterfei aufgeführt.

Der Holländer tobte, wütete und rastete förmlich auf. Mit heftigen verbalen Rundumschlägen forderte er denjenigen aus seinen Reihen auf, der das Pamphlet auf seinen Schreibtisch abgelegt hatte, sich zu offenbaren. Stille herrschte in den Räumen, als die Stimme des mächtigen Clanchefs verstummte. Niemand konnte oder wollte etwas dazu sagen und hielt sich mit etwaigen Vorschlägen besser zurück, denn die Wut des Clanchefs könnte heftige Wunden verursachen. Wer um Himmels willen hatte sich aus den feindlichen Lagern Zutritt zu den heiligsten Hallen des Holländers verschaffen können. Wer von seinen Getreuen war ein gekaufter Maulwurf? Hark van den Brinck fühlte sich, als hätte ihn nunmehr ein ganzes Rudel feindlicher Spione eingekreist, und diese Gedanken schnürten selbst diesem hartgesottenen Gangster die Kehle zu.

Am Abend forderte die Abordnung des Albaners über einen weiteren Drohbrief den Holländer auf, sich gefälligst aus allen Machenschaften Viktor Skorpins rauszuhalten. Und um dem Ansinnen Nachdruck zu verleihen, geriet fast der gesamte Wagenpark des Holländers an mehreren Orten nahezu gleichzeitig in Brand. Feuerwehren und Brandermittler hatten volle Einsatzstärke aufzubieten, um dem Chaos Herr zu werden. Die automatische Kameraüberwachung an einem der

Tatorte brachte für das inzwischen in die Ermittlungen zu den Bränden eingebundene BKA verblüffende Bilder. Einer ihrer Undercover-Beamten war anscheinend in diese Anschläge aktiv verwickelt.

Nummer1 war in den Aufzeichnungen deutlich zu erkennen, als er nach der erfolgreichen Zündung eines Brandsatzes gefilmt wurde. Ob er selbst einer der vorsätzlichen Brandstifter war, konnte bildlich nicht eindeutig dargelegt werden, jedoch befand er sich unmittelbar innerhalb des anwesenden verdächtigen Personenkreises.

Die Kommissare Drescher oder Löw saßen vor dem Schreibtisch der Profilerin Baronin von Tramitz und sahen sich verdutzt an, als die neue Kollegin ihnen die Neuigkeiten über den Undercoverbeamten Nummer1 präsentierte. „Jetzt herrscht bald Krieg, und dieser feine Herr ist anscheinend einer der Hauptdarsteller in dem Film", erklärte sie mit fester, fast männlicher Stimme. „Das BKA sollte ihn jetzt rausholen", schlug Kommissar Löw vor. „Er ist raus, es gab wochenlang keine Meldung für etwaige Absprachen mit ihm, anscheinend ist er umgedreht worden, oder ausgeknipst. Wir müssen mit allem rechnen", konstatierte die Baronin und verabschiedete die beiden Ermittler, die vergebens auf Anweisungen oder Vorschläge gewartet hatten.

Aus dem Polizeipräsidium wurde eine bestimmte Nummer angewählt, die nach Beendigung des Gespräches eine automatische Löschung erfuhr. So hatte es dieses Gespräch nie gegeben. Eine weibliche Hand wickelte ihre schmalen Finger um das Smartphone, schob es unter die dunkelblonde Locke, wo es neben der Ohrmuschel den besonderen Auftrag in den Gehörgang befahl:" Diesmal muss es funktionieren, er darf nicht erneut davonkommen".

In den Bordellen, den Clubs, in den privaten Anwesen und Wohnungen des Holländers Hark van den Brinck herrschte Chaos und totale Konfusion. Für alle Einrichtungen hatte der Clan-Chef die allerhöchsten Sicherheitsstufen angeordnet. Niemand, nicht einmal ein Käfer, eine Ameise, oder eine hundsgemeine Fliege sollten ab sofort Zutritt zu den geheimsten Räumen erlangen. Er fürchtete den langen Arm des Albaners und dessen Helfer Nummer1, der ehemals in seinen Diensten stand. Ein offener Krieg zwischen den beiden Clans schien nunmehr unvermeidbar.

******

„Ich habe gelesen, dass dieser ehemalige Internatsleiter bei einem Verkehrsunfall ums Leben gekommen ist. Was will dann die Mordkommission ausgerechnet von mir", fragte Gebhard Wolkenstein und wischte sich das Motorenöl aus den Fingern. „Ihr Freund war Schüler in der Klasse des Lehrers. „Ja, das ist mir bekannt, warum fragen sie nicht ihn, sondern mich? Ist der Herschbach deshalb gegen den Brückenpfeiler gerast?", konterte Wolkenstein fragend und leicht fast belustigend und provozierend. „Nein, Ursache für den Unfall war anscheinend eine Vergiftung. Also Mord. Auf Wiedersehen, und sie habe ich ganz besonders im Visier, ich komme bald wieder", sagte Henning drohend und hinterließ einen sprachlosen Schrauber.

Auch Professor Christian M. Köller zeigte sich betroffen, als Kommissar Henning ihm offenbarte, dass der Tod des ehemaligen Internatsleiters aufgrund einer Vergiftung im Zusammenhang mit dem anschließenden Verkehrsunfall zurückzuführen war. „Sie waren einer seiner Schüler? Haben sie Kontakt zu weiteren Mitschülern von damals? Kennen sie den Detektiv Puck?", wollte Henning wissen. „Viele Fragen auf einmal", antwortete Christian. „Es könnten demnächst noch mehr werden", antwortete der Kommissar und verabschiedete sich in dem Bewusstsein, hier erst einmal gewollt Staub aufgewirbelt zu haben.

Christian war ob des Druckes, der wegen des erneuten Krankenhausaufenthaltes seiner Celine und dem offensichtlichen Wechsel an die Uni nach Mainz ziemlich angespannt. Die ausführlichen Gespräche, die beim Dekan und dem Uni-Präsidium geführt wurden, hatten ein positives Ergebnis für ihn gebracht. Sein bisheriger Arbeitgeber wollte einem Wechsel an die evangelische Fakultät der Uni Mainz wohlwollend zustimmen und das Verfahren zur Exkommunikation einleiten.

Auf dem Weg in die Klinik parkte Christian seinen Wagen an Wolke's Werkstatt, der ihn vor dem großen Tor in Empfang nahm. „Ich weiß Bescheid, der Kripo-Mann war schon bei mir, und er hat besonders mich im Visier. Wer weiß warum", sagte Wolke mit abwinkender Gestik, bevor Christian ihn begrüßen konnte. „Wie kann man jemand vergiften, um ihn dann gegen einen Brückenpfeiler fahren zu lassen.

Welch ausgeklügelter, zeitlich abgestimmter Tathergang. Wem fällt so etwas ein?", fand Christian fast anerkennend. „Mir nicht! Warum kommt die Kripo dann zu uns? Was haben wir davon, dass dieser Typ stirbt? Innere Genugtuung, Auge um Auge?", sinnierte Wolke und erwartete nun eine erschöpfende Antwort von seinem Freund. „Könnten sie von den damaligen Missbräuchen erfahren haben und vermuten nun einen Racheakt durch uns?", fragte Wolke nach.

Christian schien plötzlich abwesend zu sein, hatte die Frage seines Freundes ungehört an sich vorbeisagen lassen. Er dachte an seine Celine, und an die vielen Schmerzen, die sie ertragen musste. Dachte an sein ungeborenes Kind, und auch an die vielen Leiden, die dieser Lehrer über Sebastian Brauners Eltern gebracht hatte. „Entschuldige, ich war gerade woanders. Eigentlich hat es dieser Herschbach verdient", sagte Christian und entschuldigte unvermittelt mit Blick nach oben. „Die arme Familie Brauner, die ihren Sohn wegen diesem Lehrer verloren hatten". „Brauner, sagtest du Brauner?", wollte Wolke wissen.

„Ja, Brauner, Sebastian Brauner hieß er, seine Eltern hatten damals einen Bauernhof, sie waren sehr stolz, dass ihr Sohn das Internat besuchen durfte. Er war sehr intelligent und hätte viel erreichen können. Doch er hielt den seelischen Druck, den die vielen Missbräuche verursacht hatten, nicht mehr aus und nahm sich das Leben", erklärte Christian. In Wolke stieg eine böse Ahnung auf, wollte aber erst später darüber reden, weil sein Freund auf dem Weg in die Klinik war. In der Zwischenzeit informierte er den Detektiv Puck von diesen neuen Erkenntnissen um den Jungen.

Celine Michel war mit diversen Geräten verbunden. Sämtliche Anlagen prüften und registrierten Hirnfunktionen, Blutversorgung und alle weiteren wichtigen Körperwerte. Der leitende Mediziner gab ein Update der allerneuesten Untersuchungen und Messungen. Christian misstraute den vorgeschobenen Optimismus des Arztes und fragte konkret nach allen möglichen Problemen mit denen momentan zu rechnen seien. „Wir können nur abwarten und alle medikamentösen Möglichkeiten einsetzen, um u.a. einem Schlaganfall vorzubeugen. Momentan haben wir alles im Griff", erklärte der Arzt und in Christian machte sich eine leichte Beruhigung breit.

******

Kommissar Hennig brütete über den Fotoalben aus Herschbachs Wohnung. Für alle weiteren Ermittlungen hatte er sich per richterlichen Beschluss die Jahrgangsunterlagen aus dem Internat Silberstein geben lassengeben lassen, für die sich auch der Detektiv Puck interessiert hatte. Über welchen Schüler im Speziellen des entsprechenden Jahrgangs hatte er Erkundigungen einholen wollen? -Ich muss ihn unbedingt nochmal in die Mangel nehmen-, dachte sich Henning und bereitete sich auf hartes Duell mit dem Detektiv vor. Desgleichen wollte er mit der Sekretärin des Institutes die Fotoalben durchgehen, hier erhoffte er sich einen besonderen Hinweis zum Fehlen der bestimmten Bilder. Er veranlasste eine Einbestellung Pucks ins Präsidium für den nächsten Tag.

Nachdem Gebhard Wolkenstein den Detektiv Puck zu einer wichtigen Unterredung gebeten hatte, informierte er seinen Freund Christian darüber und bat ihn bei diesem Gespräch zugegen zu sein.

„Es mag wichtig, oder auch an den Haaren herbeigezogen zu sein, aber ich muss Euch eine Vermutung, die mich seit Kurzem beschäftigt, mitteilen. Im letzten Jahr habe ich einen Oldtimer restauriert, den ich dann im Taunus abgeliefert habe. Auftraggeber war ein Rechtsanwalt und Notar mit Namen Brauner. Und jetzt erfahre ich, dass der damalige Junge aus deiner Klasse Christian ebenfalls Brauner hieß. Könnte es hier einen Zusammenhang geben?", warf Wolke in den Raum. Eine kurze Stille verdunkelte die Umgebung, bis Christian die Ruhe durchbrach. „Die Eltern des Jungen führten einen landwirtschaftlichen Betrieb. Könnten jedoch wegen der Namensgleichheit miteinander verwandt sein. Wie wollen wir jetzt vorgehen?" „Um den Verdacht gegen uns persönlich endgültig auszulöschen, sollten wir diesen Kommissar Henning aufsuchen und ihm unsere Vermutungen mitteilen", schlug Wolke vor. „Das passt gut, man hat mich nämlich zu einer Vernehmung bezüglich meiner Nachfragen im Internat ins Polizeipräsidium einbestellt. Da schlagen wir mehrere Fliegen mit einer Klappe", gab Detektiv Puck bekannt.

Eine besondere Strategie legten sich die drei für das bevorstehende Gespräch nicht zurecht, man wollte lediglich die neuen Erkenntnisse zur Wahrheitsfindung beisteuern. Der Name Brauner sollte vorerst nicht fallen, hier wollte man keine schlafenden Hunde wecken. Detektiv Puck wollte später auf eigene Faust in dieser Sache ermitteln.

Nummer1 nutzte all seinen Erkenntnisse und das umfangreiche Wissen, das er sich während seiner Zeit in Diensten des Holländers Hark van den Brinck zugelegt hatte, um den Auftrag des Albaners Victor Skorpin zu dessen vollsten Zufriedenheit zu erledigen. Seine ihm beiseite gestellten Mitstreiter ergänzten seine Arbeit und waren ihm vollkommen ergeben. Man wollte den Holländer wirtschaftlich auslöschen, zumindest aber ihm einen gehörigen materiellen Schaden zufügen. Selbst dessen in der Nähe von Köln lebende Tochter und ihre Familie nahm man unter Beobachtung, um entsprechend reagieren zu können, falls der starrsinnige Holländer sich für Gegenmaßnahmen entscheiden würde. In Frankfurt/M., in Wiesbaden und in den grenznahen Regionen zu den Niederlanden waren Feuerwehr, Polizei und Brandermittler damit beschäftigt, die nunmehr sich häufenden Zwischenfälle und Anschlage auf die Etablissements des Holländers Hark van den Brinck aufzuklären.

Die Ermittler Drescher und Löw waren von den entsprechenden Abteilungen über die Vorfälle in Kenntnis gesetzt worden und versuchten ihrerseits jetzt Zusammenhänge zu den bisherigen von ihnen bearbeiteten Einzelfällen, in dem Hark van den Brinck verwickelt war, herzustellen. Sie versuchten die Aufklärung dieser Fälle wegen der aktuellen Ermittlungen nicht in den Hintergrund geraten zu lassen. Sie forderten vom Oberstaatsanwalt Perchtl die Wiederaufstockung der personellen Stärke der SoKo.

„Ich kann ihre Aufregung verstehen, doch beabsichtige ich nicht schon wieder externe Kräfte anzufordern; man hält mich mittlerweile für schizophren. Und außerdem ist unsere Profilerin Baronin von Dingsbums vom BKA jetzt ihre Ansprechpartnerin", ließ der Vorgesetzte sie wissen. „Ach diese ….arrogante Pute", konterte Löw. „Vorsicht", mahnte der Oberstaatsanwalt. „Es herrscht Bandenkrieg und wir sind machtlos", entgegnete Drescher warnend. „Und immer wieder durchkreuzt die Dame unsere Ermittlungsansätze, indem sie die von uns gewählten Spurenpfade negiert oder umleiten will. Ständig bremst sie uns aus, wenn wir eine bestimmte Spur verfolgen. Überall hängt sie sich rein. Sogar über den mysteriösen Unfall des Internatsleiters will sie von Kommissar Henning über alle Einzelheiten und

Fortschritte informiert werden. So kann es nicht weitergehen", knallte Löw dem Oberstaatsanwalt entgegen, und die beiden Ermittler verließen wütend Prechtls Büro.

Ein paar Zimmer weiter saßen Wolkenstein, der Detektiv Puck und Professor Köller vor dem Schreibtisch des Kommissars Henning, der versuchte, seine Nervosität ob solch mächtiger Manpower nicht zu zeigen. „Ich möchte, dass sie mir jetzt in allen Einzelheiten ihrer damaligen Absichten bei ihrem Besuch in dem Internat schildern", schlug er befehlend vor. Christian legte seine Erlebnisse aus der Zeit im Internat Silberstein offen. Besonders die Missbräuche durch den damaligen Lateinlehrer Herschbach, die dem jungen Sebastian Brauner widerfahren waren, obwohl er damit dem Ermittler ein lupenreines Motiv gegen sich liefern würde. Dass der von ihm beauftragte Detektiv Puck ebenfalls Opfer des Lehrers war, war ihm erst später bekannt geworden. Ferner blieb auch nicht der Besuch bei dem im Rollstuhl sitzenden Immobilienmakler Markus Reschke, der ebenfalls Schüler im Internat Silberstein war, bei der Vernehmung unerwähnt.

Kommissar Henning blätterte in den Akten, machte sich wortlos Notizen und sah zwischendurch hoch, musterte die vor ihm Sitzenden auffällig lang. Man sah förmlich die Gehirnwindungen in seinem Kopf rattern und das Gesagte verarbeiten. „Außer ihrem Freund, dem Schrauber Wolkenstein, haben sie beide ein Motiv, den Lehrer Herrschbach getötet zu haben", sagte Henning und fuhr fort, wobei er das Fotoalbum des Getöteten den zu Vernehmenden vorlegte. „Eines aber entlastet sie drei, vielleicht. Aus einem Album, das wir in Herschbachs Wohnung fanden, sind mehrere Fotos entfernt worden. Sagen sie mir, wer von den Schülern es sein könnte, dessen Bilder entnommen wurden. Wer fehlt hier? Ist es der Schüler Sebastian Brauner?", forderte er. Christian und Detektiv Puck schüttelten den Kopf oder hoben die Schulter, um ihr Nichtwissen zu bezeugen.

Nachdem Kommissar Henning Professor Köller, den Schrauber Wolkenstein und Detektiv Puck mit dem Hinweis sich für weitere Befragungen bereit zu halten, entlassen hatte, gingen die drei über die Gänge zum Treppenhaus. Am Ende des Flures sah Gebhard Wolkenstein zufällig in eines der offenstehenden Büros und sah eine hübsche, schlanke Frau, die telefonierend vor einem Aktenschrank stand. Ihre Blicke trafen sich nur kurz. Doch dieses Bild schoss Wolke ins Gehirn und trieb sich fest, wie ein Nagel im Holz.

-Erste Hauptkommissarin Helmfriede Baronin von Tramitz- war auf dem Türschild zu lesen.

Nachdenklich setzte er mit den anderen seinen Weg zum Parkplatz fort, während das Bild dieser Frau in seinem Kopf umherspukte. Auch der Rest des Tages brachte ihm keine Lösung, trotz aller Gedankenmarter, die er seinem Gehirn verordnete, wollte es ihm nicht einfallen, wo diese Schönheit schon einmal in sein Blickfeld geraten war.

Christian wollte seine Vermutung vorerst nicht mit Wolke und Puck teilen. Er war der Einzige, der viele der damaligen Schüler in dem Album des verstorbenen Schulleiters Herrschbach wiedererkannt hatte. Jedoch fehlten Aufnahmen, auf denen sein damaliger Zimmerkollege Sebastian Brauner zu sehen war. Wer hatte die Fotos entfernt? Legte damit jemand absichtlich eine Spur in die Kanzlei Brauner und Partner?

Die Haushälterin des Finanzdienstleisters Reschke öffnete die schwere Haustür der hochherrschaftlichen Villa, von der sich Kommissar Henning ziemlich beeindruckt zeigte. „Herr Reschke erwartet sie, bitte folgende sie mir", sagte sie steif und führte den Ermittler in die große Bibliothek. Gleich darauf fuhr der elektrische Rollstuhl in den Raum und der vornehm gekleidete Markus Reschke fragte sofort nach dem Grund des Besuches.

„Ich ermittle im Mordfall des Internatsleiters Herschbach", antwortete Henning ohne Umschweife. „Mord, wieso Mord, ich dachte der Mann starb bei einem Verkehrsunfall", wollte Reschke wissen.

„Nein, es war zweifelsfrei Mord. Der Mann wurde vergiftet. Kannten sie ihn?", fragte Henning fast herausfordernd. „Natürlich, er war kurzzeitig mein Lehrer im Internat", antwortete Reschke. „Warum kurzzeitig?" „Meine Leistungen waren zu schlecht, worauf mich meine Eltern auf ein anderes Internat schickten", gab Reschke zurück und fuhr den Rollstuhl das Gespräch beenden zu wollen provokant Richtung Zimmertür. „Wer wohnt außer Ihnen noch in dem Haus", fragte Henning und sah sich bewundernd um. „Meine Haushälterin und mein Assistent Helge Bischof, der sich für ein paar Tage bei seinen Eltern in Leipzig befindet", führte Reschke aus und schob nach, „Wenn Sie keine weiteren Fragen haben....Hildegard bringt Sie zur Tür", sagte Reschke, drückte einen Klingelknopf woraufhin die

Haushälterin erschien. „Wenn Sie mir bitte folgen wollen", sagte sie überschwänglich freundlich.

„Könnte sein, dass ich Sie noch einmal aufsuchen muss, Auf Wiedersehen", verabschiedete sich Kommissar Henning und folgte der Haushälterin.

Der Ermittler genoss die Fahrt von Wiesbaden in den Taunus. Jedoch stand ihm eine weitere unangenehme Befragung bevor, was seine gute Laune ob der schönen Natur trübte. Fehlte ihm noch die richtige Portion Abgebrühtheit, um solche Termine gelassener anzugehen?

Der Leiter der renommierten Kanzlei Brauner und Partner zeigte sich ziemlich zugeknöpft und machte dem Kommissar sofort klar, dass er nur wenig Zeit habe, die Fragen zu beantworten. „Ihr Neffe Sebastian Brauner beging während seiner Schulzeit im Internat Silberstein Selbstmord. War ihnen der Grund für den Suizid bekannt?", wollte Henning wissen. „Ich hatte damals zu meinem Bruder und seiner Familie so gut wie keinen Kontakt. Und nach Sebastians Tod riss der Kontakt vollkommen ab. Was soll die Frage?", konterte der Anwalt. „Ist Ihnen der Name Ferdinand Herschbach geläufig?", legte der Kommissar nach. „Ich habe in der Zeitung von seinem Unfalltod gelesen; wars das jetzt? Ein Mandantengespräch wartet auf mich", versuchte Anwalt Brauner die angespannte Unterhaltung zu beenden, wobei sein Zeigefinger auf die Armbanduhr tippte.

-Fieser Typ-, dachte sich Kommissar Henning auf der Rückfahrt ins Polizeipräsidium. So richtig zufrieden mit den bisherigen Ergebnissen seiner Nachforschungen zum Tode des Internatsleiters war er nicht. Zu viele Unschuldige und nicht ein einziger Tatverdächtiger.

-Vielleicht war ich nicht hartnäckig genug-, dachte er sich.

******

Über eine abgeschirmte Leitung hielt Nummer1 die Verbindung nach Albanien. Von dort kam als verschlüsselte Botschaft, dass sich ein Mittelsmann gemeldet hatte, der absolut gesicherte Informationen übermittelte. Danach wird vermutet, dass in Kürze ein gezielter Anschlag auf Nummer1 bevorstehe. Hier sollen sogar Kräfte aus dem

BKA beteiligt sein. Wollte man diesen ehemaligen Undercover-Beamten jetzt endgültig abschalten und damit verhindern, dass er eventuelle Verstrickungen der Behörde in kriminelle Machenschaften veröffentlichte? Nummer1 stand also auf der Abschussliste ganz weit oben.

Der Auftrag des Albaners Victor Skorpin erforderte von Nummer1 und seinen Partnern sowieso eine erhöhte Vorsicht und genaue Vorgehensweisen. Dass jetzt zusätzliche Gefahrenpotenziale die Pläne erschwerten, machte die Sache keinesfalls einfacher. Die Männer wechselten öfter als bisher die Hotels, mieteten ihre Fahrzeuge nicht bei öffentlichen Autoanbietern, sondern ließen sie über Verbindungsleute organisieren. Trotz aller Vorsichtsmaßnahmen war sich Nummer1 sicher, dass sie offensichtlich und erkennbar observiert wurden. Und hier wollten sie den Gegnern eine erste Falle stellen.

Die Hauptkommissare Löw und Drescher nahmen die von Nummer1 übermittelten Informationen mit vorsichtiger Skepsis auf. Die vielen Vorwürfe, die hierbei vorgebracht wurden, schienen im ersten Ansatz völlig unglaublich. Doch nach längerem Überlegen und dem Verbinden diverser Sachverhalte miteinander konnten sie die hauptsächlichen Details nachvollziehen. Viel zu oft waren sie in der Vergangenheit gegen Mauern des Schweigens und Vertuschens angerannt und ins Hintertreffen geraten, weil die Gegenseite von ihren Ermittlungen anscheinend Wind bekommen hatte. Die gesammelten Erkenntnisse und Verdächtigungen legten sie Oberstaatsanwalt Perchtl vor, der im ersten Moment ebenso entsetzt war. Doch trotz aller Bedenken und Risiken gab er seinen Ermittler grünes Licht und gewährte ihnen freie Hand.

"Ich möchte, dass sie sich für diesen Einsatz nur Leute auswählen, von deren Loyalität sie vollkommen überzeugt sind. Sollte es schief gehen, sind wir im Arsch", warnte Perchtl und pumpte das Druckventil gegenüber den beiden Beamten noch weiter auf.

Der Oberstaatsanwalt wurde von einem unguten Gefühl beschlichen. Im Gegensatz zu öffentlichen Ermittlungen gegen potenzielle Straftäter saß das jetzige polizeiliche Gegenüber scheinbar äußerst nah am heimischen Herd. Hatte er den beiden Hauptkommissaren nunmehr einen Freifahrtschein für alle in ihren Augen notwendigen Maßnahmen erteilt? War es ein Fehler, das BKA aus dem jetzt bevorstehenden, äußerst schwierigen Einsatz komplett herauszuhalten, ja sogar zu übergehen? Ein Scheitern würde katastrophale Folgen nach sich ziehen. Würde die Aktion so wie geplant glücken, könnte manch ein Beteiligter die nächste Stufe der Karriereleiter spielend nehmen.

Drescher und Löw begannen umgehend mit den Vorbereitungen ihres Einsatzes. Das benötigte Team war in Windeseile zusammengestellt, Ausrüstung und zusätzliches Equipment wurden aus dem Arsenal der Bundespolizei beschafft, um im eigenen Präsidium nicht unnötig störende Mutmaßungen aufkommen zu lassen. Denn hier hatten anscheinend alle Räume lange Ohren mit großen Gehörgängen bekommen. Jetzt konnten sie alle restlichen Planungen gezielt und schnell in die Tat umsetzen. Der Grundstein war schon vorher gelegt worden. Man hatte eine Abhöreinrichtung installiert und auch das Smartphon der verdächtigten Person angezapft. Der Adapter am anderen Ende für das Ladekabel war mit einem Sender ausgestattet worden, der alle ein- und ausgehenden Telefonate und Mitteilungen umgehend an ein Überwachungssystem weitergeleitet hatte. Auch die Speichermedien des zu überwachenden Smartphones konnten eingesehen und ausgewertet werden. Hier bestätigte sich das ganze Ausmaß der Verdächtigungen gegenüber der Person und rechtfertigten die polizeilichen Maßnahmen, die nunmehr anliefen.

*****

Detektiv Puck hatte ermittelt, dass die Eltern des damaligen Schülers Sebastian Brauner bereits vor Jahren verstorben waren. Deren landwirtschaftliches Anwesen wurde seinerzeit an eine karitative Einrichtung verkauft, die sich um alkohol- und drogenabhängige Jugendliche kümmerte. Die notariellen und anwaltschaftlichen Verhandlungen wurden durch die Kanzlei Brauner und Partner erledigt. Alle grundbuchrechtlichen Angelegenheiten waren gesetzeskonform und gaben keinerlei Hinweise auf eventuelle Unregelmäßigkeiten. Lediglich der moderate Kaufpreis hob sich erheblich von dem regionalen Niveau ab.

Die dörfliche Gegend und die Nähe zu größeren Waldgebieten sollte den Insassen der Einrichtung Wohlfühlatmosphäre und Abschottung zu allen möglichen großstädtischen Gefahrenpotenzialen geben. Hier konnte man sich vollkommen auf die Abkehr von jeglichen

Suchtverhalten konzentrieren. Der aufwendig gestaltete Werbeflyer und auch die opulente Website der Institution ließen auf eine finanziell großzügige Unterstützung schließen.

Puck nahm sich vor, der Einrichtung in den nächsten Tagen aus der Nähe einen Besuch abzustatten, um sich ein Bild von den dortigen Gegebenheiten zu machen, denn irgendetwas machte ihn stutzig und verursachte ein leichtes Kribbeln unter seiner detektivischen Kopfhaut. Die technische Ausrüstung, die er just heute nicht dabeihatte, sollte seine Investigationen unterstützen.

Erste Hauptkommissarin Helmfriede Baronin von Tramitz fühlte sich in der Rolle als federführende Ermittlerin und angesehene Profilerin ausgesprochen wohl. Sie konnte mit ihrer starken Selbstsicherheit und dem erstklassigen Fachwissen den ihr zugeteilten Beamten des Polizeipräsidiums kräftig einheizen. Auf eine positive Beliebtheitsskala oder freundschaftliche Zusammenarbeit legte sie keinen Wert, für sie zählte nur Leistung. Die Abwesenheit von der BKA-Stammdienststelle in Wiesbaden gab ihr die nötige Freiheit auch die eigenen privaten Dinge nebenbei auszuüben und zu genießen. Hierzu zählte auch die Liebschaft, die sie zu einem Kollegen pflegte, der sich seit 5 Jahren in einer sehr sensiblen Undercover-Abordnung befand. Von Zeit zu Zeit traf man sich und lebte die Verbindung heftig aus. Nun sollte es nach längerer Abstinenz mal wieder so weit sein. Es passte ihr sehr gut, dachte sie. Nun wollte sie endlich Nägel mit Köpfen machen. Und erneut wurde aus dem Polizeipräsidium eine bestimmte Nummer angewählt, die nach Beendigung des Gespräches eine automatische Löschung erfuhr. So hatte es dieses Gespräch nie gegeben. Doch war es diesmal anonym und unbeobachtet? Mit dem Anruf jedoch setzte sich ein Räderwerk von ausgeklügelten Überwachungsmechanismen und Kontrollaufzeichnungen in Bewegung.

Den Schrauber Gebhard Wolkenstein hob es fast aus seinem Bürostuhl, als er die Akten von der vor kurzem stattgefundenen Betriebsprüfung wieder an Ort und Stelle räumte. Bei der Durchsicht einiger Rechnungen fiel ihm die Zahlung für die Aufarbeitung eines Oldtimers in die Hände. Das Fahrzeug für den Rechtsanwalt Brauner, das er seinerzeit vor dessen Villa ablieferte, und dabei eine Frau im offenen Cabrio mit wehenden Haaren winkend davonfahren sah; jetzt fiel ihm ein, wo er die Schönheit erstmalig gesehen hatte. Er informierte sofort seinen Freund Christian, der sich ebenso erstaunt wie nachdenklich zeigte. „Wieder diese Kanzlei Brauner und Partner", sagte Christian zu sich worauf Celine erstaunt den Kopf aus dem Kissen hob. „Lass uns nicht mehr daran denken", antwortete sie worauf Christian sie liebevoll umarmte.

Ihre medizinischen Werte, die sich nach einer erneuten Untersuchung als durchweg positiv ergeben hatten, bewirkten, dass sich ihr Körper auch nach außen hin wieder stabiler und sicherer zeigte. „Zum Ende der Woche können sie ihre Frau wieder mit nach Hause nehmen", signalisierte ihm der leitende Oberarzt. „Wir sehen uns dann erst zur Entbindung wieder", konnte er positiv ergänzen. Voller Zuversicht und Freude verließ Christian die Klinik und wollte die gute Nachricht mit seinem Freund Wolke und dem Detektiv Puck bei einer Einladung zum Italiener teilen.

Die Anwesenheit einiger Fahrzeuge mit holländischen Kennzeichen war das erste auffällige Merkmal, das Puck sofort registrierte, als er das landwirtschaftliche Anwesen von einem am Waldrand stehen Hochsitz aus beobachtete. Als er die unmittelbare Umgebung mit seinem Präzisionsfernglas abscannte, gewahrte er die Anfahrt eines großen Vans, der die langgezogene Auffahrt zu dem Anwesen nahm.

Nach dem Halt stiegen vor dem etwas abseits gelegenen Wirtschaftsgebäude 4 weibliche und 2 männliche Personen aus dem Fahrzeug, die sich sofort in das Haus begaben. Der Auslöser von Pucks hochwertigen Kamera ratterte unentwegt und legte fleißig allerhand Beweisfotos auf die Speicherkarte. -Anscheinend neue Patienten für eine Entwöhnungskur-, dachte sich der Detektiv beiläufig. Doch etwas später, als einer der Männer die Gepäckstücke aus dem Fahrzeug nahm und eine der Frauen ihn dabei half, kamen ihm doch Zweifel an der Geschichte. So, wie die Frauen gekleidet waren, wurden hier wahrscheinlich keine neuen Patienten „eingeliefert", das waren „Damen" anderen Kalibers und wurden sicherlich für eine andere Aufgabe vorgesehen. Über sein Smartphone bekam Detektiv Puck eine Nachricht vom Schrauber Wolkenstein, die ihn in ein weiteres, neues

Gedankendilemma versetzte. Welche Verschachtelungen und Überraschungen würde dieser Fall noch für alle Beteiligten bereithalten?

******

Nummer1 machte sich für das Rendezvous bereit. Die kleine Schlosstaverne unweit von Wiesbaden sollte wieder der Treffpunkt sein. Hier hatten sie sich auch zuletzt zu einem ausgiebigen Abendessen getroffen, um anschließend im angegliederten Hotel eine rauschende Liebesnacht zu verbringen. Man nutzte das verträumte Ensemble der passend eingerichtete Suite und die absolute Verschwiegenheit des Besitzers und seiner Angestellten. Die naturnahe Lage des Anwesens versprach ein Übriges. Jetzt in der kalten Jahreszeit und bei leichter Schneedecke umgab das prunkvolle Gebäude mit seinen qualmenden Schornsteinen von außen ein Hauch von russischer Spätromantik. Innen verspürte man die wohlige Wärme der stark einheizenden, offenen Kamine in fast allen Ecken des großzügigen Entrees.

Zwei Tage vor dem Love-Meeting wollte Nummer1 die besten Positionen für seine ihn schützenden Helfer erkunden. Wegen des Dates sollte er selbst und sein Auftrag keinesfalls gefährdet sein. Er wusste um die Gefahr; todbringende Lanzen, Sprengstoffe, kalte Mündungen......, um all das, was man gegen ihn in Stellung bringen würde.

Der Kroate Darian Maric hatte alle notwendigen Informationen erhalten, um diesen Undercover-Beamten ein für alle Mal auszuschalten. Im Verbund mit der Bulgarin Yoana Koleva und 2 weiteren Männern aus dem holländischen Clan sollte der Auftrag erfolgreich durchzuführen sein. Die bulgarische Killerin wollte zudem ihre beim ersten Anschlag auf Nummer1 getötete Kollegin rächen.

Am Vortag des ihm mitgeteilten Termins checkte Maric die Umgebung ab. Es fielen ihm keinerlei außergewöhnlichen Aktivitäten auf. Gäste kamen und gingen. Bedientete trugen Koffer zu Fahrzeugen, in die ältere Herrschaften einstiegen, nachdem sie ausreichend Trinkgeld in die offenen Hände gelegt hatten. Die Kofferträger achteten darauf, dass beim Einsteigen in die Nobelkarossen keine hochwertigen Mantelsäume in die Türöffnung ragten.

Der Kroate plante das Hauptziel vom angrenzenden Wald mit einem Präzisions-Scharfschützengewehr vor Betreten des Gebäudes auszuschalten. Sollte es aus irgendwelchen Umständen nicht gelingen, würden seine Mittäter im Inneren des Anwesens für die Erfüllung des Auftrages sorgen. Ein sicher abgestelltes Fahrzeug an der Ausfahrt des Parkplatzes sollte für einen geordneten Rückzug zur Verfügung stehen.

Aus sicherer Entfernung nahmen in getarnten Forstbetriebsfahrzeugen mehrere Sicherheitskräfte Erkundungen und Aktivitäten auf und registrierten Ort und Personen, während stumme Drohnen aus sicherer Höhe das gesamte Areal beobachteten. So sollte die Falle zuschnappen.

„Ich hätte ja nicht gedacht, dass wir weiterhin in solch einer Intensität mit den gesamten Fällen verwickelt bleiben würden", sagte Detektiv Puck, als er die Werkstatt des Schraubers Gebhard Wolkenstein betrat. Dieser steckte seinen Kopf unter einer Karosserie hervor und stieg mitsamt eines Werkzeugkoffers aus der Grube hervor.

„Das stimmt auffallend", rief Professor Christian Köller, der just in dem Moment ebenfalls die Werkstatt betrat, den beiden zu: „Das sollte uns zu denken geben. Ich glaube, dass die Kanzlei Brauner und Partner für so viele Konflikte und Machenschaften, die uns alle betreffen, verantwortlich ist". „Sollten wir unsere Verdächtigungen nicht besser den ermittelnden Beamten des Präsidiums vortragen, um sie damit auf eine bestimmte Fährte zu setzen?", schlug Wolke vor.

„Ja, das sollten wir wirklich mal tun", legte sich Detektiv Puck fest.

Der Kroate Maric war mit seinen Mitkämpfern außerhalb der Gebäude in Stellung gegangen; die bulgarische Killerin hatte sich derweil innerhalb des Anwesens unter die Gäste gemischt.

Während die Männer in der Werkstatt des Schraubers Wolkenstein noch alle möglichen Vorgehensweisen ausloteten, brachten sich die Parteien innerhalb und außerhalb der alten Schlosstaverne in Stellung und schärften Augen und Speere. Als erste Maßnahme sistierten die

Kommissare Drescher und Löw, von den Gästen des Hotels unbemerkt, 3 männliche Verdächtige, die nach ersten erkennungsdienstlichen Schritten mit der Maßgabe den Bereich ringsum die Schlosstaverne zu meiden, wieder auf freien Fuß gesetzt wurden.

Die Ermittler hatten sich mit ihrer Staff aufgeteilt und konnten unbemerkt von jeglicher Beobachtung, sowohl innen als auch außen, ihre Kräfte adäquat positionieren. Die eingesetzte Kamera-Drohne lieferte schon seit Beginn des Einsatzes perfekte Aufzeichnungen an eines der getarnten Forstbetriebsfahrzeuge, wo die filmischen Sequenzen umgehend ausgewertet wurden. Dementsprechend konnten die Fahndungskräfte gezielt handeln.

Während sich hier vor Ort die Situationen zuspitzten, setzte Oberstaatsanwalt Perchtl die SEK-Kräfte erstmalig rigoros gegen die Anwaltskanzlei Brauner und Partner ein. Die aus den abgehörten Gesprächen aus einem Büro des Präsidiums und den ausgelesenen Smartphonedaten ermittelten Sachverhalte füllten den rechtlichen Rahmen aus, um eine Hausdurchsuchung und Beschlagnahme von Akten und Computern mit den dazugehörigen Medien vornehmen zu können. Die abgeschirmte Ermittlung wirkte sich positiv aus, so konnten eventuelle Maulwürfe ausgeschaltet, bzw. unter der Erde gehalten werden. Einen Großteil der Einsatzkräfte stellte nach schnellster Abstimmung mit dem Innenministerium die Bundespolizei, und hier explizit die Beamten der GSG 9

„Wie geht es mit Deinem Studium voran Helge?", fragte Markus Reschke seinen studentischen Helfer und steuerte seinen Rollstuhl an die große Schrankwand in seiner Bibliothek, um das große Barfach zu öffnen. Nachdem er sich einen großen Whiskey eingeschenkt hatte, wandte er sich wieder dem jungen Mann zu. „Danke Herr Reschke, ich bin für die bevorstehenden Abschlussarbeiten bestens gerüstet. Dank ihrer finanziellen Unterstützung waren die Zusatzpraktika in den privaten Chemie-Laboren sehr hilfreich für meine Ausbildung. Hier konnten wir interessante und sehr vorteilhafte, aber auch sehr teure Versuche starten, die es an der Uni nie geben würde ", antwortete der junge Mann.

Markus Reschke fuhr seinen Rollstuhl zurück an den massiven Schreibtisch, zündete sich eine dunkle Zigarre an und begann leicht schmunzelnd in einem Internats-Jahrbuch zu blättern. Er zog eine schwere Schublade auf und entnahm einen kleinen Stapel Fotos, die er anschließend, nachdem er jedes einzelne noch einmal intensiv betrachtet hatte, in dem Buch verteilte.

Nummer1 hatte es sich in der Suite der Schlosstaverne bereits gemütlich gemacht. Nun erwartete er die Ankunft seiner Holden, die ihre baldige Ankunft vor einigen Minuten telefonisch angekündigt hatte. Sein 38-iger Colt lag einsatzbereit auf dem Glastisch. In die am Vortag angebrachte Überwachungskamera streckte er den ok-Daumen, was seine Mitstreiter im Nebenzimmer wohlwollend zur Kenntnis nahmen. Sie hatten von ihrem Zimmer aus auch einem weiten Ausblick auf den Eingangsbereich, während einer von ihnen den rückwärtigen Eingang zum Gebäude von einem gut getarnten PKW aus beobachtete. So konnten sie alle ein- und ausfahrende Fahrzeuge ausgiebig registrieren.

Detektiv Puck beobachtete von seinem ausgezeichneten Standort weiterhin ausgiebig die Gebäude des Vierseithofes, als plötzlich für Sekundenbruchteile die Sonnenstrahlen von der anderen Seite des Waldes zu ihm herüberreflektiert wurden. An einer dicht bewachsenen Baumreihe standen verdeckt 3 schwarze Vans, die kurz darauf in hohem Tempo in Richtung des Anwesens rasten. Vermummte, mit Maschinenpistolen bewaffnete SEK-Beamte stiegen aus, verteilten sich und stürmten die Gebäude. Nach einigen Minuten kamen zwei weitere Großraumfahrzeuge der Polizei die Auffahrt hochgefahren und blieben inmitten des Hofes stehen. Personen, die von den Einsatzkräften in Handschellen aus den Gebäuden geführt wurden, verteilte man auf diese Fahrzeuge. Nach kurzer Zeit war der Spuk beendet und sämtliche Polizeieinheiten fuhren davon.

Puck hatte genug gesehen und verließ sein Versteck.

******

Die Profilerin Helmfriede von Tramitz steuerte ihren Sportwagen im hohen Tempo über die Zufahrtsstraße zur alten Schlosstaverne. Nachdem sie das Auto zum Stillstand gebracht hatte, schaute sie in den Rückspiegel, zupfte am Haaransatz über der Stirn und nickte sich selbstsicher zu. Ihre schmalen Finger öffneten das Handschuhfach und umfassten den kalten Griff einer silbernen Luger, deren Magazin sie sorgsam überprüfte und die Waffe anschließend in ihrer Handtasche verschwinden ließ.

Nicht einmal das Splittern der Scheibe der Fahrertür sollte sie bemerkt haben, während das Geschoss in ihre linke Schläfe eindrang und hinter dem rechten Ohr wieder austrat. Blut rann über die geschminkte linke Wange. Von der rechten Gesichtshälfte hatte das breit ausgetretene Projektil nicht viel übriggelassen, bevor es den Holmen des Fahrzeuges traf. Mit diesem gezielten Schuss wollte man verhindern, dass die gekaufte Profilerin zu viel über die kriminellen Machenschaften ihrer Auftraggeber zur eigenen Verteidigung preisgeben könnte.

Erst nachdem der Schütze sein Versteck verlassen hatte, konnte ihn die Kameradrohne erfassen und die Aufnahmen an das Überwachungsteam weiterleiten, worauf eine sofortige Festnahme erfolgte. Darian Maric erkannte seine ausweglose Lage, und ließ sich widerstandslos verhaften. Die bulgarische Killerin Yoana Koleva hatte die Vorfälle vom Inneren des Schosshotels beobachtet. Sie entsicherte ihre Waffe und rannte die Treppe hoch, um in den 3 Stock zu gelangen, wo Nummer1 vergeblich auf die Baronin wartete.

Die Bulgarin klopfte an die Zimmertür, worauf Nummer1 die Schutzklappe des inneren Türspions bewegte, um nachzusehen, wer vor der Tür stand. Der kurze Lichtstrahl, der daraufhin ins Halbdunkel des nicht beleuchteten Flures drang, war für die Bulgarin das Startzeichen. Sie feuerte die 8 Schuss ihrer Pistole in die Richtung des Türspions ab und rannte anschließend zum Treppenhaus, wobei sie ein neues, gefülltes Magazin in den Schacht der Waffe einschob.

Die als Kellner getarnten Beamten erreichten sie noch bevor sie in der Treppenanlage verschwinden konnte. Der Aufforderung die Waffe abzulegen, kam sie nicht nach. Sie drehte sich um und zielte auf die Polizisten, worauf diese ihr zuvorkamen und sie mit gezielten Schüssen niederstreckten.

Alle zu dem Kommando gehörende Personen konnten festgenommen werden.

Oberstaatsanwalt Perchtl ordnete die gewaltsame Öffnung der Wohnungstür zum Appartement der Baronin an. Sämtliche hier befindlichen, verdachtsrelevanten Gegenstände wurden konfisziert und einer ermittlungstechnischen Untersuchung zugeführt. „Naja, nochmal alles gutgegangen", sagte der Oberstaatsanwalt und ließ sich erleichtert in seinen alten, lederbezogenen Bürostuhl fallen, währen sich die Ermittler Drescher und Löw in der Sitzgruppe entspannt räkelten.

Die vom Oberstaatsanwalt hervorgeholte, halbvolle Cognacflasche erfuhr in kürzester Zeit eine komplette Entleerung.

Die ersten Ergebnisse der Hausdurchsuchung in der Sozietät Brauner und Partner konnten schon nach ein paar Tagen vorgelegt werden. Hierbei war bemerkenswert, wie lange schon die Verbindung der Profilerin zu der Anwaltskanzlei bestand. Während eines gemeinsamen Praktikums in ihrer Studienzeit lernte sie Brauner kennen und sie verloren sich nie aus den Augen. Nach ihrem Dienstantritt im Bundeskriminalamt vor 6 Jahren intensivierte sich das Verhältnis und Rechtsanwalt Brauner konnte stets auf wohlwollende Dienste und Informationen durch die Baronin setzen.

Über das Mandat Brauners zum holländischen Clan Chef Hark van den Brinck wurden fast alle kriminellen Machenschaften durch die Baronin gedeckt bzw. deren Aufklärung vereitelt. Sämtliche polizeilichen Ermittlungen wurden durch sie und ihr Netzwerk weitestgehend verhindert oder in eine ermittlungstechnische Wüstenei umgeleitet. Ein durch richterlichen Beschluss geöffnetes Bankschließfach der Baronin von Tramitz enthielt brisante Aufzeichnungen und Datenträger von Transaktionen und weiteren kriminellen Vorgehensweisen zum Vorteil der Kanzlei und des Holländers. Anscheinend sollten sie für andere Zwecke irgendwann von Nutzen sein. Ebenfalls wurden ermittlungstechnische Hinweise und Hintergründe zu den Morden rund um das Ausflugschiff „Prestige" sichergestellt.

In Holland wurden aufgrund der Ermittlungen der deutschen Beamten die dortigen Staatsanwaltschaften tätig. Gegen Hark van den Brinck wurden zu allen Delikten schwere Anschuldigungen erhoben. Einer Festnahme wollte er sich durch eine schnelle Flucht entziehen, was die Behörden jedoch vereitelten konnten. Eine Untersuchungshaft wurde angeordnet.

Den finalen Abgang des Undercover-Beamten Klaus Mahnke (Nummer1) beschloss und betrieb man auf Drängen der Baronin schon nachdem im BKA bekannt geworden war, dass Mahnke sich mit den Ermittlern Drescher und Löw getroffen hatte. Lediglich die schlechte Arbeit der bulgarischen Killerinnen und die Flucht Nummer1 nach Albanien konnten ihn vorerst retten. Letztlich starb er im Kugelhagel hinter der Zimmertür des Hotels „Schlosstaverne".

Der Albaner Viktor Skorpin, der von all diesen Vorgängen durch entsprechende Mittelsmänner umgehend Nachricht bekam, konnte sich ein süffisantes Grinsen nicht verkneifen. Er setzte sein Gespräch mit den Architekten und Bausachverständigen für sein Großprojekt zwischen den 3 Autobahnen im südlichen Rhein-Main- Gebiet fort und stieß am Abend mit Freunden auf sein gelungenes Vorhaben an.

Detektiv Damian Puck hatte Professor Köller über die Ereignisse informiert und gebeten, sich beim Schrauber Wolkenstein zu treffen. Hauptkommissar Drescher hatte Puck von den durchgeführten Polizeieinätzen an der Schlosstaverne berichtet und sich weitere Einmischungen in dem Fall verbeten, dem wollte Puck auch uneingeschränkt nachkommen.

Während die Männer in der Werkstatt noch über die Vorkommnisse diskutierten, stand Celine Michel in einem See von Fruchtwasser.

Alle Vorsichtsmaßnahmen für solch einen Eventualfall hatten gegriffen. Christian war schlau genug hierfür eine Abfolge von Not-Maßnahmen festzulegen. Sollte während seiner Abwesenheit ein kritischer Umstand eintreten, musste Celine nur ihren Alarmknopf am Handgelenk drücken. Die Nachbarin Frau Bauerfeind hatte zudem einen Wohnungsschlüssel. Weiterhin würde bei der Diakonie ein Hilferuf eingehen, auch diese Stelle hatte einen Schlüssel für die Wohnung. Ferner ging bei Christian ein Notruf auf dem IPHONE ein und das passierte just in der Diskussion. „Ich muss weg, Celine.....", rief er in die Runde und stürmte zu seinem Fahrzeug.

Nachbarin Frau Bauerfeind war die Ruhe in Person. Sie hatte die werdende Mutter perfekt gelagert und erhielt viel Lob von der inzwischen eingetroffenen Rettungswagen-Besatzung, die die Patientin adäquat versorgte und rasch in die Uniklinik nach Mainz transportierte

Christian lief in den Gängen des Klinikums auf und ab, bis endlich die erlösende Nachricht kam. Celine Michel hatte ein gesundes Mädchen zur Welt gebracht. Sie selbst war noch schwach und nicht in der Lage die gesamte Situation zu erfassen. Im Krankenzimmer saß Christian an ihrem Bett, und fühlte eine seltsame innere Wärme. Über seine Hand, die die ihre hielt, spürte er die Verbindung zu ihrem Herzen.

Er dankte Gott für die wohlwollende Fügung, ihm ein gesundes Kind zu schenken, während sich der vor dem geöffneten Fenster stehende Stuhl wie von Geisterhand gelenkt laut knarrend über den Fußboden schob und der Vorhang am offenen Fenster waagerecht hoch wehte.

Danach trat eine wundersame Stille ein.

ENDE

Verlag: BoD · Books on Demand GmbH, In de Tarpen 42,

22848 Norderstedt, bod@bod.de

Druck: Libri Plureos GmbH, Friedensallee 273,

22763 Hamburg

Biografische Informationen der Deutschen Nationalbibliothek

Die Deutsche Nationalbibliothek verzeichnet diese Publikation

in der Deutschen Nationalbiografie; detaillierte Daten sind im

Internet über http://dnb.de abrufbar.

ISBN: 978-3-7693-9897-7